# LES TROIS DEMOISELLES

Alain Saussez

# LES TROIS DEMOISELLES

## LA LÉGENDE

Édition : BoD – Books on Demand
12/14 rond-point des Champs-Élysées, 75008 Paris
Impression : Books on Demand GmbH, Norderstedt, Allemagne
ISBN : 978-2-3224-0433-9
Dépôt légal : mars 2022

# PROLOGUE

Il était installé à la terrasse d'un restaurant qui donnait sur la mer. Il consulta sa montre. 11 h 30 passées, la personne qu'il attendait ne devait pas tarder. L'homme avait garé son véhicule, une Chrysler limousine claire appartenant au parc automobile du corps diplomatique, dans une rue sans issue qui descendait vers la plage. Il était grand, carré d'épaules, et vêtu d'un costume de flanelle beige.

En levant la tête vers la promenade qui longeait la plage, il aperçut la frêle silhouette à la démarche typique du jockey. Ils s'étaient entretenus à voix basse pendant une demi-heure en buvant une bière. Un spectateur les observant aurait pu remarquer l'état de nervosité dans lequel se trouvait le grand type qui se taisait par instants, en proie, semblait-il, à une forte émotion. Le petit homme quant à lui réagissait mollement en faisant parfois des gestes d'impuissance qui lui faisaient lever les yeux au ciel. Il portait une casquette à carreaux et la visière cachait l'expression de son regard. Avant qu'ils ne se séparent, l'individu au costume avait glissé une enveloppe sur la table, aussitôt saisie par la main de son interlocuteur. Le geste avait été si prompt, presque prématuré, qu'il ne lâcha pas ce qu'il tenait. Ils échangèrent vivement un court instant. En dressant l'oreille, on aurait pu saisir quelques mots de mise en garde.

# *I.*

Le château, planté au milieu d'un parc, surplombait une petite vallée qui descendait en pente douce vers la mer. Il avait son histoire, comme toutes les vieilles demeures. Édifié au milieu du XVIII$^E$ siècle, il avait été en partie détruit en 1944 au cours de la bataille de Normandie.

Le cèdre bleu déployait ses grands bras protecteurs au-dessus de la silhouette d'un homme âgé, assis dans un fauteuil roulant. Le maître des lieux, un vieillard de quatre-vingt-cinq ans, se prélassait sous l'arbre deux fois centenaire qu'il affectionnait particulièrement dans son ombre protectrice. Le temps avait allégé ses souffrances en lui faisant accepter son handicap. Il ne se déplaçait pratiquement qu'en fauteuil roulant et ne fréquentait que les endroits où il avait ses habitudes.

La vie n'était pas toujours rose pour Maximilien Beck, mais il faisait avec profitant au maximum des instants présents. Dans les circonstances présentes, les personnes qui participaient à la soirée organisée dans le magnifique parc du domaine familial paraissaient détendues et heureuses de vivre. Tout le monde fêtait l'investiture à la députation de Philippe Beck, héritier de l'empire financier et commercial du même nom. Il faut dire que le cadre champêtre était admirable. On ne pouvait rêver meilleur point de vue.

Il ne restait du discours du préfet, toujours trop long et parfois ennuyeux, que le pupitre et les deux rangées de chaises alignées. Le buffet, aménagé sur la pelouse au fond du parc, offrait une vue dégagée sur la mer, d'un bleu lumineux, qui moutonnait au loin. Pour l'heure, la grande majorité des invités, agglutinée devant la longue table recouverte d'une nappe blanche, se goinfrait de canapés et autres gourmandises assorties. Le jour était au maximum de ses capacités lumineuses ; les dernières vagues ensoleillées perdaient en intensité ce qu'elles gagnaient en coloris chatoyants. L'air était doux, légèrement ventilé par une brise marine porteuse de senteurs iodées. Le temps s'étirait au son d'une musique douce, et la scène n'exprimait rien d'autre pour la majorité des participants qu'une agréable soirée de début d'été. Tous y trouvaient leur plaisir – que ce soit pour nouer une nouvelle relation ou fortifier celles qui ne demandaient qu'à devenir pérennes. Tous ne pensaient avant tout qu'au plaisir de paraître, de communiquer et de plaire.

Dans un coin reculé à l'abri des regards, sous l'ombre protectrice du cèdre bleu, Maximilien Beck, assis au fond de son fauteuil roulant, observait la scène, un sourire ironique au coin des lèvres. Il suivait particulièrement des yeux le déplacement d'une jeune fille qui allait comme une libellule par petites envolées, causant à l'un et riant avec l'autre. Le vieillard tenait à la main une pipe. Il la portait de temps en temps à sa bouche et, avec beaucoup de lenteur, tirait une longue bouffée d'un mélange de tabac de son invention. Le visage à présent tourné vers la porte-fenêtre grande ouverte du château, il chercha du regard son fils qui déambulait sur la terrasse en compagnie de l'assistante du préfet. Il avait chaussé ses lunettes de myope dans le but d'observer et si possible d'accrocher une expression parlante au moins sur l'un des visages. S'exprimant peu, il avait appris à lire sur les lèvres. C'est la distance un peu longue et son handicap qui ne lui permettaient de déchiffrer qu'un tiers de la phrase. Il n'était sûr que d'une chose : ils parlaient de Maeney. Ce nom revenait en boucle dans la conversation. Le fameux Maeney était un ami proche de sa nièce Christine. Diplomate au consulat américain de Rennes, il fréquentait assidûment les casinos et les champs de courses de la côte normande.

Fatigué par ses efforts et surtout énervé par la présence de cette péronnelle qui tournait autour de son fils, il préféra abandonner son observation pour se consacrer à la vue vivifiante de l'horizon, qui s'embrasait d'un coup en s'enfonçant dans la mer.

L'édifice de vieilles pierres, qui s'élevait majestueux devant la pelouse verte entretenue comme un terrain de golf, remontait au XVIII siècle pour sa construction et au XXe pour sa rénovation. Dans le parc, outre le cèdre bicentenaire, les grands chênes séculaires côtoyaient la rangée de peupliers qui marchaient vers le ruisseau, les bras dressés au ciel.

La vieille demeure, qui avait servi de QG à un général de division blindée allemand de 1940 à 1944, avait beaucoup souffert lors du débarquement des troupes alliées. Maximilien Beck avait par amour rénové le vieux château en partie détruit, en prenant soin de conserver son cachet de vieille demeure normande. Une tour carrée séparait les deux bâtiments principaux, eux-mêmes agrémentés à chaque angle d'une tour pointue. Deux battants de bois cintrés faisaient office d'entrée principale.

Le vieux châtelain, qui avait orienté son fauteuil vers la ligne orangée de l'horizon, descendait d'une vieille famille prussienne. Il avait quinze ans en 1944 lorsque ses parents, fuyant l'Allemagne en guerre, s'étaient installés en Argentine, où ils avaient bâti un empire dans le commerce en gros de la viande. Après le décès de ses parents dans le crash de l'avion que pilotait son père, il avait hérité à 32 ans d'une entreprise internationale qui valait plusieurs millions. Un an auparavant, il était tombé follement amoureux d'une actrice française rencontrée au cours d'une soirée organisée par l'ambassadeur de France, un ami dévoué de son père. Après l'avoir épousée, il l'avait suivie jusqu'en Normandie, où elle possédait un château à moitié détruit durant la seconde guerre mondiale. De gros travaux de rénovation avaient été engagés, redonnant un certain lustre à l'habitation. Il y restait à présent à demeure, ne s'aventurant même plus dans sa villa de Ramatuelle, délaissée sans regret.

Au premier regard, Maximilien Beck suscitait une respectueuse sympathie. Les traits réguliers du visage dessinaient une figure carrée, au teint un peu bistré, avec un crâne dégarni par les chimiothérapies. Les joues un peu creusées accentuaient les rides profondes qui barraient son front, surtout quand il fronçait les sourcils, et pouvaient donner l'impression d'avoir affaire à une personne austère alors que c'était un bon vivant, serein et flegmatique, aimant le bon vin et la gastronomie régionale. Une expression de complète décontraction animait son visage où se lisait la satisfaction d'une vie bien remplie et, tout compte fait pas si mal équilibrée entre joies et peines.

Deux hommes s'approchèrent de lui. L'un d'eux était son fils, âgé de 42 ans, grand, bien charpenté, avec un beau visage légèrement bronzé et les yeux bleu foncé de son père. Il avait reçu une excellente éducation. Il faisait collection d'estampes japonaises qu'il allait lui-même acheter sur place. Après des études de droit à Paris, il avait repris les rênes de l'entreprise familiale, qui importait la meilleure viande des quatre coins du monde. Toujours célibataire, il semblait vouloir vivre le temps présent le plus intensément possible. Il possédait beauté, santé et fortune ; tout ce qu'il fallait pour mener une vie bien remplie dans les meilleures conditions. En revanche, son compagnon qui marchait à son côté avait un visage rond ingrat avec un gros nez et des lèvres épaisses, balayées par une fine moustache. Les cheveux noirs et brillants étaient plaqués en avant. Il portait de grosses lunettes aux verres teintés. Sa démarche était bondissante comme celle d'un boxeur à l'entraînement.

Le fils, comme il le faisait toujours quand il croisait son père, s'arrêtait à sa hauteur et lui demandait s'il avait besoin de quelque chose.

— Tout va bien, répondait invariablement le père en souriant.

— N'hésite pas à me biper quand tu désireras rentrer, reprit le fils en se dirigeant avec son ami vers le buffet.

Maximilien Beck reporta ensuite son attention sur sa nièce Gabriella, qu'il avait recueillie et élevée avec ses deux sœurs après le décès de leurs parents dans un accident de voiture. La benjamine était sa préférée. Il la trouvait naturellement belle et ne manquait pas une occasion de discuter avec elle.

Élisabeth Lindorff était la plus mature des trois sœurs. Avocate, mariée et divorcée au bout d'un an, elle occupait un poste important dans une grande banque internationale. Christine, sa sœur jumelle, fréquentait le monde du spectacle. Elle était mannequin, mais aussi actrice et chanteuse, sans parvenir à véritablement percer dans le *show-business*. Quant à la cadette Gabriella, elle poursuivait des études de médecine pour devenir neuropsychiatre.

Élisabeth n'épargnait pas sa jumelle, qu'elle trouvait superficielle et à qui elle reprochait de n'avoir pas de véritable but dans la vie. « Une saltimbanque », n'arrêtait-elle pas de dire. Elles ne s'étaient pas adressé la parole depuis maintenant plus d'un mois. Elle avait renoncé à chaperonner la benjamine, en réalité sa demi-sœur, qui à 24 ans existait sans faire de vagues. À part ça, la jeune femme menait une vie bien remplie qu'elle partageait entre travail et loisirs. Elle envisageait de se remettre à l'équitation. Son oncle toujours prévenant quand il s'agissait de ses nièces, l'avait autorisé à réaménager l'écurie datant de plus d'un siècle qui se trouvait dans une annexe regroupant la maison du gardien et les serres. Il ne lui restait plus qu'à visiter les haras, nombreux dans la région et faire l'acquisition d'un cheval.

Les trois sœurs avaient un point commun. Belles mais d'un charme différent. Élisabeth était une jeune femme de son temps. Sa grande taille, son teint toujours légèrement hâlé qui faisait ressortir l'éclat magnifique de ses yeux sombres et attirants, mis en valeur par une chevelure blonde flamboyante, la classaient parmi les femmes les plus représentatives de la haute société normande. Christine, quant à elle, persistait à se donner des airs de star, d'une beauté ravageuse mais superficielle – au contraire de Gabriella, la benjamine, qui avait la vénusté et l'insouciance de la jeunesse.

Tout avait commencé un an plutôt lorsque le capitaine Alexandre Castillac, attaché à la brigade anticriminalité dirigée par le commissaire Lucas Mariani avait écopé d'un blâme pour violence envers un garde à vue ; fils d'une grosse ponte de l'audiovisuel. Dans le but de se faire oublier, il avait accepté de remplacer un commissaire en poste dans une ville touristique de l'Orne. Après une vingtaine de jours relax, le temps de rencontrer les principaux acteurs de la vie locale, il avait été brutalement confronté à un crime particulièrement barbare d'une adolescente habitante du village. L'enquête menée conjointement avec la cheffe de la gendarmerie s'était avérée longue et difficile. Les tensions exacerbées entre Castillac et le juge d'instruction avait conduit ce dernier à commettre des erreurs de jugements préjudiciables à un bon déroulement des investigations. Après deux nouveaux crimes tous aussi abominables que le précédent et suite à l'arrivée d'une juge remplaçante, l'enquête était repartie sur de nouvelles bases permettant d'aboutir à l'arrestation du meurtrier. Les points positifs de cette année de purgatoire, riches d'évènements importants avait été outre sa nomination au grade de commandant, de nouer des liens amicaux avec Pierre Hébert, le médecin légiste et surtout de retrouver en la personne de la juge son amour de jeunesse.

# 2.

Le 27 juillet s'annonçait chaud et orageux ; un jour de vacances comme beaucoup d'autres, où l'on avait mille raisons de se voir à la plage, les doigts de pied en éventail. Le commandant Castillac, assis derrière son bureau, consultait le dossier des affaires en cours quand la sonnerie du téléphone retentit.

— Brigadier Ardouin. J'ai un appel en urgence, un certain monsieur Beck désire vous parler.

Un petit grésillement, le temps que le transfert se fasse et que la communication s'établisse.

— Bonjour monsieur Beck... Commandant Castillac. Je vous écoute.

— Un drame vient de se produire au château du Parc...

Un silence, suivi d'une respiration haletante ; puis de nouveau les mots, hachés par une forte émotion.

— On a tiré sur un invité. Je crois qu'il est mort, lâcha son correspondant d'une voix parasitée par l'affolement.

— Qui êtes-vous ? demanda Castillac sur un ton posé. Le patron de l'hôtel ?

— Non... non, pas du tout ! Je suis le fils du propriétaire.

— Surtout, vous ne touchez à rien et vous demandez aux gens qui se trouvent sur place de ne pas partir. Je m'occupe de prévenir la police scientifique et technique, ainsi que les autorités judiciaires. Il me reste à noter l'adresse et j'arrive !

Vacances obligent, le seul inspecteur en service se trouvait sur les lieux d'une agression. Le commandant n'avait pas le choix : pour l'assister, il devait prendre la seule personne qu'il avait sous la main : une jeune stagiaire fraîchement sortie de l'école de police.

Pour quelle raison Valérie Balain s'était-elle mis dans la tête de tenir coûte que coûte sa promesse de faire la lumière sur la disparition mystérieuse de sa petite sœur. Rien ne l'y obligeait, du moins jusqu'à ce jour où le destin avait choisi à sa place. Tout était parti de la dernière adresse connue de sa sœur. Un château situé à proximité d'une cité touristique où elle occupait un emploi de servante. Au grand dam de son instructeur de l'école de police, le capitaine Bussy, elle avait choisi ce lieu de villégiature mondain, ignorant un poste dans une grande ville en sachant que c'était sa seule piste pour retrouver la trace de Sylvie. La seule ombre au tableau, c'est qu'elle avait décidé d'agir en solo sans faire appel officiellement à la police. Satisfaite de son choix, la jeune lieutenante avait rejoint son affectation quelques jours avant sa prise de fonction, dans le but de débroussailler le terrain. Elle avait dû rappeler deux fois avant d'être mise en relation avec une femme à la voix grave de contralto qui l'avait dirigée sur la personne responsable du personnel de maison.

Valérie Balain était d'humeur chagrine, elle avait à peine fermé l'œil de la nuit. Le soleil, pour arranger les choses, flemmardait et tardait à pointer ses rayons, encore endormi sous la couverture d'une multitude de minuscules nuages roses. Son petit déjeuner expédié, elle s'était retrouvée sur la promenade qui longeait la plage, déserte à cette heure matinale. De son rendez-vous la veille au soir, sur la place du Casino, elle ne retenait qu'une prise de contact décevante avec un individu étrange qui lui avait dit représenter le propriétaire du château où sa sœur avait travaillé – un certain Philippe Beck. Il avait enregistré son 06 sur un portable en lui disant qu'il la rappellerait.

L'homme était grand, très grand. Une véritable armoire à glace. Il portait un feutre mou à larges bords, soulevé au moment de leur rencontre, ce qui lui permit de constater qu'il était presque chauve, mis à part deux touffes de cheveux poivre et sel au-dessus des oreilles. La main qui avait serré la sienne était large et puissante, capable d'assommer un agneau d'un coup de poing. Le visage, ingrat, était voué aux regards en coin et pire encore : à l'indifférence et à l'évitement. Les traits de la figure étaient brouillon, comme si leur créateur, pris de tremblote, n'était pas parvenu à tracer une ligne droite. Seuls les yeux captaient un instant l'attention – l'intensité des prunelles bleues très claires avait quelque chose de glacial.

La journée de fin juillet s'annonçait caniculaire. Valérie Balain venait de rejoindre son poste dans un commissariat situé dans une station balnéaire très mondaine de la côte normande, réputée pour ses courses hippiques et ses célèbres planches qui longent la plage.

Avant de voir Alexandre Castillac, commandant du commissariat, Valérie Balain l'avait imaginé autrement. Plus vieux et pas aussi beau. Au premier coup d'œil, il lui parut ouvert et sympathique, à l'image de l'officier instructeur de l'école de police. Il était grand, solidement charpenté, avec un regard franc et viril. Il portait une casquette de marin qui lui donnait des airs d'aventurier.

Une fois l'adresse correctement entrée dans le GPS, Castillac et la stagiaire avaient pris la route qui devait les mener au château du Parc. Le commandant, assis à la place du passager, lançait de fréquents regards en direction de la jeune Valérie Balain. Il avait consulté sa fiche rapidement deux jours auparavant. Vingt-deux ans, célibataire, sortie première de la promotion d'Alice Dubreuil – une jeune policière abattue par des terroristes. De taille moyenne, elle arborait une frimousse ronde avec des taches de rousseur sur les joues, un petit nez légèrement retroussé et des lèvres fines rose dragée. Les yeux bleu clair s'harmonisaient avec les cheveux blonds, coupés court, parés de chaque côté des tempes d'accroche-cœurs. Le regard franc et soutenu dénotait un caractère bien trempé.

La lieutenante s'était garée à côté de la camionnette de la Scientifique qui stationnait déjà devant le perron. Une certaine effervescence régnait autour de l'entrée principale du château. Le commandant Alexandre Castillac n'avait pris ses fonctions que depuis un mois et il devrait normalement succéder au policier en place qui prend sa retraite. Avant de descendre du véhicule, il pensa à se munir de deux paires de gants jetables. Il remarqua avec satisfaction que les invités avaient été regroupés sous le chapiteau de réception dans l'attente d'être interrogés. Ils entrèrent par la grande porte, qui donnait sur un grand hall dallé de marbre rose, envahi par plusieurs techniciens de la police qui préparaient leur matériel. Pour l'instant, seul son ami Pierre Hébert, le médecin légiste, se trouvait agenouillé près du corps allongé en travers des dernières marches de l'escalier.

Une musique de jazz jouée à l'extérieur leur parvenait en bruit de fond, entrecoupée par les flashs des appareils utilisés par les experts pour photographier le cadavre sous tous les angles. Castillac s'apprêtait à se diriger vers ce qui semblait être le salon, quand un homme d'une quarantaine d'années se présenta sur le seuil.

— Commandant Castillac ? interrogea-t-il en s'avançant, la main tendue.

— Lui-même, répondit-il en présentant son adjointe qui l'accompagnait.

— Lorsque j'ai entendu les coups de feu, deux précisément, je ne pouvais bien sûr pas, en toute bonne foi, imaginer qu'un tel drame viendrait ternir la fête. Je m'apprêtais à rejoindre mon bureau qui se trouve à proximité de l'entrée principale. C'est en passant devant l'escalier que j'ai vu la victime, un diplomate américain ami de ma cousine, tituber et tomber sur les dernières marches.

— Quelle heure était-il ? demanda le commandant.

Celui-ci jugea utile de lui répondre en prenant de la marge.

— Je dirais entre midi... et 13 h.

— Sinon, vous n'avez rien remarqué de spécial ? Personne n'est sorti ou entré ?

— Non, personne... Je suis resté jusqu'à l'arrivée de la police.

— La victime résidait-elle au château ?

Le rythme saccadé des questions ne paraissait pas trop perturber le fils Beck, qui prenait même de l'assurance au fil de l'entretien.

— Occasionnellement. Pratiquement plus, pour ainsi dire depuis sa brouille avec ma cousine Christine.

— Combien de personnes habitent en permanence au château ?

— Trois à l'étage : moi, mes cousines Christine et Gabriella, plus deux employés de maison qui ont une chambre sous les combles. Seul mon père, vu son handicap, dispose d'un petit appartement spécialement aménagé à côté de mon bureau au rez-de-chaussée.

Castillac marqua une pause. Il jeta un rapide coup d'œil vers Balain qui avait sorti un calepin de sa poche, sur lequel elle notait toutes les questions et les réponses ; puis il revint vers son interlocuteur qui paraissait attendre la question suivante.

— Existe-t-il une deuxième sortie, et si oui, est-elle sous surveillance ?

— Oui, au bout de l'aile opposée à celle où nous sommes. Une porte sécurisée donne sur le garage. La surveillance vidéo n'est activée qu'après 22 h, et les jours d'affluence comme aujourd'hui.

— Que savez-vous au juste de la victime ?

Le regard du fils Beck s'assombrit et une vilaine grimace lui fit froncer les sourcils.

— Pratiquement rien, finit-il par articuler en haussant le ton. Je l'ai croisé quelquefois sans véritablement engager la conversation. Comme je vous l'ai dit, ajouta-t-il avec une pointe d'agacement dans la voix, c'était un ami de ma cousine qui passait la voir quand il se rendait dans la région pour jouer aux courses.

— Une dernière question : qui se trouvait sur place au moment du drame ?

— À ma connaissance, personne ! Tout le personnel de maison était à l'extérieur pour s'occuper des invités.

— Merci pour votre coopération, monsieur Beck. Je n'abuserai pas davantage de votre temps. Une dernière petite chose : pouvez-vous m'indiquer comment accéder au premier étage sans passer par le grand escalier ?

— Suivez-moi, je vais vous y conduire, proposa Philippe Beck d'une voix redevenue normale, tranchant avec la brusque flambée de l'instant précédent.

L'escalier de service se trouvait dans la tour gauche du château et desservait également les parkings situés au sous-sol. Les huit chambres principales se faisaient face, quatre de chaque côté, donnant sur un grand et large couloir, séparé par un salon aménagé dans la tour carrée, un peu comme dans un hôtel. La dernière porte à droite était grande ouverte et des taches de sang maculaient le carrelage. Plusieurs petits chevalets, disposés par la Scientifique, balisaient le parcours de la victime jusqu'à l'escalier. Le commandant se contenta de jeter un coup d'œil dans la chambre pour voir si personne ne s'y trouvait et comme tel était le cas, il invita tout le monde à rebrousser chemin. Il était d'usage de laisser le champ libre aux experts de la Scientifique avant de visiter les lieux.

Une fois revenus à leur point de départ, en voyant le fils Beck consulter sa montre, Castillac l'informa qu'il allait interroger le personnel de maison et les invités.

— Oui... faites votre travail, commandant, dit-il en s'excusant. Je suis obligé de vous quitter, mais avant je vais vous présenter ma cousine Élisabeth, qui vous guidera mieux que moi.

Ils s'éloignèrent du bâtiment en se dirigeant vers le bout du parc où se trouvait le chapiteau. La pelouse, large rectangle vert qui descendait en pente légère en direction d'un petit ruisseau dont on percevait le doux gazouillement, avait un charme champêtre fort reposant, tranchant avec l'agitation qui régnait plus loin.

— Vous habitez une bien belle demeure, dit Castillac afin de meubler la conversation, lui qui n'était pas spécialement passionné par les vieilles pierres.

Le fils Beck eut un triste sourire et répondit simplement :

— Que je vous invite à apprécier dans des circonstances moins dramatiques.

Le commandant ne réagit pas, car son guide venait de s'arrêter devant une jeune femme qui discutait avec un couple, une flûte de champagne à la main.

La jeune fille à cette distance, put voir que c'était un homme d'abord ouvert et sympathique, beau et sportif, qui mesurait plus d'un mètre quatre-vingts. Une casquette de marin type capitaine, ornée de feuilles de chêne avec des petites cordes de garniture au-dessus de la visière couvrait sa tête, et un cigarillo au coin des lèvres lui donnait de faux airs de Corto Maltese, la BD préférée de sa sœur Élisabeth.

— Gabriella, peux-tu me dire où se trouve Élisabeth ? Puis dans la foulée il ajouta : Je te présente le commandant Castillac, qui a des questions à poser aux invités.

Après un bref, mais pénétrant regard dans sa direction, la jeune fille s'adressa à son cousin sur un ton réprobateur.

— Que se passe-t-il ? demanda-t-elle. Les personnes en avaient marre d'attendre ; ils s'interrogeaient sur la présence de la police et surtout sur les raisons de leur confinement dans cet espace restreint.

— Pour l'instant il valait mieux les tenir à l'écart de tout ça, éluda son cousin. Pour calmer les plus curieux, dis-leur qu'un invité a été victime d'une agression.

— De qui s'agit-il ? s'enflamma Gabriella Lindorff. J'ai le droit de savoir !

— De John Maeney... il aurait été assassiné. Je n'étais même pas au courant de sa présence.

— Christine est-elle au courant... ? demanda la jeune fille.

— Justement, je n'arrive pas à la joindre, pas plus d'ailleurs que ton autre sœur. Pourrais-tu appeler Élisabeth pour lui demander de te retrouver ici afin de gérer la situation ? Puis, se retournant vers Castillac, il enchaîna :

— Je suis désolé de vous quitter sur cette fausse note, mais avec Élisabeth vous serez entre de bonnes mains. Je reste bien entendu à votre entière disposition. Au revoir commandant.

Entre-temps, Castillac, qui avait écouté d'une oreille distraite la conversation, estima que le plus urgent était de recueillir le témoignage des invités afin de pouvoir les libérer rapidement. Il chargea Balain de ce travail en lui rappelant de ne pas oublier de récupérer le maximum de photos et de vidéos prises durant la fête.

Gabriella, malgré plusieurs appels, ne parvenait pas à joindre ses sœurs. Aussi proposa-t-elle de partir à leur recherche. L'entrée principale étant condamnée, ils étaient passés par la porte du garage. Trois grosses cylindrées se trouvaient garées sur les emplacements délimités par un marquage au sol. Elle s'était brusquement arrêtée en fixant d'un regard vague les véhicules.

— Quelque chose semble vous tracasser, s'inquiéta le commandant, attentif au comportement accablé de la jeune fille.

Gabriella Lindorff, réfugiée dans un instant de silence, prit son temps pour répondre. Après avoir respiré un grand coup, elle partagea son inquiétude en constatant la seule absence du véhicule de sa sœur Élisabeth. Ce qui posait la question de savoir avec qui Christine Lindorff avait quitté le château. Une lecture attentive de la caméra de surveillance du parking s'imposait. Elle composa encore deux fois les numéros qui répétaient le même terrible message, « votre correspondant n'est pas joignable. » Castillac, impuissant, suivait du coin de l'œil le déroulement de l'action, pas très optimiste quant au résultat vu les secondes qui s'égrenaient sans que personne ne réponde. Cette nouvelle affaire prenait un drôle de départ. Un crime et une double disparition qui restait heureusement à confirmer. En remettant son portable dans sa poche, Gabriella semblait perturbée. Les sourcils froncés, ce qui enfonçait un peu plus ses yeux dans leurs orbites, et la grimace de dépit qui tordait ses lèvres fines donnaient à son visage l'apparence d'un masque aux traits angoissés.

— Je suis vraiment inquiète… très inquiète, répéta la jeune femme. Ce n'est pas dans les habitudes d'Élisabeth de ne pas répondre aux messages. Il y a bien une explication, on ne disparaît pas comme ça sans raison !

La première chose qu'Élisabeth Lindorff, deux minutes plus tard environ, se trouva faire en présence de sa sœur et de Castillac, fut d'exprimer des excuses de ne pas avoir répondu à ses appels. Elle avait dû tout laisser en plan pour se rendre au greffe du tribunal afin de signer des documents importants. Philippe Beck, croisé dans le parking, l'avait mise au courant pour John Maeney et pour la disparition de Christine. Son apparition était en soi une bonne chose. Elle avait redonné de l'espoir à sa sœur, qui retrouvait des couleurs.

Élisabeth Lindorff était ce qu'on appelle une belle femme. Son abondante chevelure, du blond le plus nordique qui soit, glissait en douceur sur ses épaules. Elle portait un corsage blanc très ajusté qui moulait une poitrine opulente et une jupe plissée qui s'arrêtait juste aux genoux. Ses jambes bronzées, fines et longues attiraient le regard des hommes et certainement aussi celui de certaines femmes. Ses yeux d'un bleu légèrement vert ne laissaient personne indifférent ; dommage que son air « femme du monde » vienne tempérer cette première impression.

Castillac resta un instant silencieux, réfléchissant au plus sûr moyen de l'interroger sans trop la brusquer. Quels pouvaient être ses liens avec le diplomate américain ? La fébrilité de son regard le dissuada de la questionner pour l'instant sur sa relation avec la victime, qu'elle paraissait bien connaître.

Comme elle levait les yeux sur lui, il crut en voyant naître un sourire sur ses lèvres qu'un souvenir avait refait surface et qu'elle s'apprêtait à le lui faire partager. Mais quelque chose avait dû faire obstacle, car au dernier moment elle garda le silence.

— En vous observant depuis quelques secondes, reprit Castillac, j'ai acquis le sentiment que les derniers événements vous ont bouleversée. Aussi, pouvons-nous remettre à plus tard cet entretien, si tel est votre souhait.

— Tout ce qui pourra aider à retrouver ma sœur passe en priorité. Je pensais à une chose : avez-vous visité la chambre de Christine ?

— Non... répondit Castillac ; mais il ajouta que si elle donnait son accord, l'utilité d'une telle visite paraissait évidente.

La porte de la chambre était fermée à clé.

— Existe-t-il un double des clés ? demanda le commandant.

— Oui... je crois, répondit la jeune femme qui garda le silence un instant, le temps de solliciter sa mémoire. Attendez-moi, je vais les chercher à la cuisine.

La chambre était vide, le lit défait et le tiroir de la table de chevet renversé sur les draps. Un des battants de l'armoire était entrouvert et un habit enfilé sur un cintre traînait par terre. Une valise à moitié pleine jetée dans un coin de la pièce complétait le bordel constaté. La salle de bains réservait également des surprises. Le contenant des flacons destinés au bain avait été vidé dans le bac et s'écoulait lentement en une coulée verte et bleue. Quant aux tubes de comprimés qui se trouvaient dans l'armoire à pharmacie, ils remplissaient le lavabo. Tout ce désordre pouvait être interprété de deux façons. Un enlèvement, difficilement réalisable sans attirer l'attention, ou plus probablement un départ précipité pour une raison qui restait à déterminer. En d'autres termes, cette fuite serait-elle la conséquence directe de l'assassinat de Maeney ? Toujours était-il qu'en repartant Castillac demanda au responsable de la police scientifique d'inspecter également la dernière chambre à gauche au bout du couloir, la clé se trouvant sur la porte.

En rejoignant le chapiteau, Élisabeth ne masquait plus son inquiétude. Castillac s'interrogeait encore sur la tactique à employer. Concernant Christine Lindorff, il était prématuré de lancer un avis de recherche avant d'avoir des certitudes sur son implication dans la mort du diplomate ou des éléments probants prouvant qu'elle serait en danger. Il ne restait de la fête, gâchée par le drame, qu'une chaise vide plantée au milieu de la pelouse et des oiseaux qui se chamaillaient pour récupérer quelques miettes sur les tables. Le personnel du traiteur rangeait verres, assiettes et couverts, repliait les nappes et chargeait tout dans une camionnette. Les invités avaient disparu, il ne restait que l'inspectrice stagiaire assise à une table ronde qui mettait de l'ordre dans ses papiers.

— Alors Balain, où en êtes-vous de la collecte des témoignages ?

— J'ai pratiquement interrogé tous ceux qui étaient présents sous le chapiteau, récupéré les images de trois iPhones et gardé une caméra pour visionner le film au calme.

Le commandant l'interrompit, pressé de rejoindre son ami Pierre Hébert, le médecin légiste, qui devait pouvoir le renseigner sur les circonstances de la mort de Maeney.

— Faites-moi un résumé... le plus court possible !

— Je ne pense pas pouvoir faire plus court, enchaîna la jeune femme. Ils n'ont rien vu et rien entendu, répondit promptement l'inspectrice en ébauchant ce qui pouvait être une grimace de dépit.

— Rien ! Pas le moindre indice... ? insista Castillac.

— Non, pas grand-chose, seulement le témoignage d'un serveur qui dit avoir remarqué, vers 13 h, un ULM surgir au-dessus des arbres et filer en direction de la mer.

— Essayez quand même d'en savoir plus sans perdre trop de temps, suggéra le commandant.

La jeune fille, tout en parlant, feuilletait son carnet de notes. Elle marqua un silence le temps de se relire, puis cita la déposition oubliée mais confuse du jardinier qui aurait vu devant la porte du parking, une jeune femme se disputer avec un inconnu seulement entraperçu durant quelques secondes. Il lui manquait aussi le témoignage d'Élisabeth Lindorff, absente au moment des faits. Le commandant lui fit part du motif de son absence en la priant de se renseigner auprès du greffe du tribunal pour vérifier son alibi.

Élisabeth Lindorff s'était de nouveau approchée sans perdre de vue ce qui se passait à côté d'elle. Attentive et empressée de se rendre agréable, elle avait proposé à Castillac, qui comme elle n'avait pas déjeuné, de lui faire apporter de quoi se restaurer, s'enthousiasmant même en vantant le goût excellent du jambon sec. Il finissait juste de remercier la jeune femme quand il se retourna, sursautant au son d'une voix qu'il connaissait.

— Auriez-vous s'il vous plaît, demanda Pierre Hébert à l'homme debout derrière la table qu'il débarrassait, un jus d'orange ou quelque chose de similaire ?

Pierrot, son ami, se tenait devant lui, vêtu de la combinaison blanche réglementaire qui ne laissait voir que sa bouille ronde et son sourire légendaire. Une fois les présentations terminées, ce qui donna droit au numéro de charme habituel du médecin légiste en présence de belles femmes, il avala deux longues gorgées d'orangeade avant d'accepter de s'asseoir autour de la table ronde dressée spécialement pour eux. Ce n'est qu'après avoir avalé deux canapés au foie gras et vidé une coupe de champagne qu'il daigna enfin s'adresser à son copain.

— Tu as vraiment le don de collectionner les affaires qui ne sont pas courantes. Ton macchabée est mort d'une hémorragie provoquée par un objet long, rond et pointu, planté trois fois dans le cœur. La voix, toujours aussi porteuse, avait par chance épargné Élisabeth Lindorff, obligée de répondre à un appel urgent.

— Un tournevis ou un pic à glace, s'exclama Castillac, tout de même interpellé par la déclaration du fils de la maison qui disait avoir entendu deux coups de feu.

— Il est beaucoup trop tôt pour affirmer quel type d'arme blanche a été utilisée. En revanche, tu peux écarter le revolver sans éliminer pour autant son utilisation, car il me semble avoir entendu deux gars de la Scientifique parler de deux impacts de balle relevés dans la chambre.

Gabriella, la cadette des sœurs Lindorff qui poussait le fauteuil roulant sur lequel se trouvait son oncle, repéra la silhouette virile du policier qu'elle avait rencontré une heure auparavant. Poussée par la curiosité, elle avait jeté les yeux sur la combinaison blanche d'un expert de la police, et décida d'emprunter l'allée qui conduisait au chapiteau.

Elle avançait dans sa direction quand le regard de Castillac fut attiré par l'éclat et la fraîcheur de son visage, reflet d'une beauté qui se dévoilait seulement après plusieurs coups d'œil appuyés. Très peu maquillée – seulement une légère touche de mascara qui soulignait les grands cils noirs – elle avait des cheveux brun foncé coupés court, qui ne ressemblaient en rien à la flamboyante chevelure blonde de ses sœurs. À cet instant, il ne voyait que ses mains, longues et fines, qui tenaient fermement les poignées du fauteuil roulant. Elle portait un tee-shirt de marque et un blue-jean javellisé.

— Vous êtes l'inspecteur chargé de l'enquête ? interrogea le vieil homme en s'adressant à Castillac.

— Commandant, monsieur, commandant Alexandre Castillac, en effet chargé de mener les investigations.

— Je vous prie de m'excuser, commandant ; pour moi tous les policiers sont des inspecteurs. Quant au diplomate américain, ce n'était pas mon ami, mais celui de ma nièce Christine.

Le manque d'affliction du vieil homme en parlant du meurtre de Maeney était révélateur de l'indifférence que lui inspirait le diplomate. Peut-être avait-il des raisons d'ignorer la victime, en déduisit Castillac, qui désirait quand même savoir pourquoi.

— Est-ce que vous voulez dire qu'il n'était pas le bienvenu au château ? glissa-t-il rapidement en se souvenant brusquement que le fils du châtelain lui avait demandé de ne pas interroger son père hors de sa présence.

— Je ne vois pas le rapport avec votre affaire, s'étrangla Maximilien Beck en haussant le ton. Je ne comprends pas où vous voulez en venir.

— La chambre de votre nièce a été retournée de fond en comble et son téléphone est sur messagerie. Je pense que vous avez là deux raisons de vous inquiéter.

Pendant le silence qui suivit, le vieillard avait agrippé le bras de sa nièce, la forçant à se baisser pour écouter ce qu'il lui murmurait à l'oreille. Le regard du commandant croisa celui de la jeune fille à l'instant où elle annonça d'une voix claire et douce que son oncle était fatigué et que de toute façon il n'avait rien d'autre à ajouter. Après un bref signe de tête en guise d'au revoir, elle avait opéré un demi-tour pour regagner la large allée bitumée qui remontait jusqu'aux portes du château.

Après leurs agapes ils retournèrent ensemble vers le bâtiment principal. C'est en voyant que le véhicule de la Scientifique était toujours là que Castillac se dit qu'il pourrait peut-être s'entretenir avec le responsable de l'équipe d'experts. D'après un assistant, le chef se trouvait à l'étage. Il emprunta le grand escalier en évitant les taches de sang signalées par des chevalets numérotés. La porte de la chambre était grande ouverte et une femme en combinaison blanche relevait des empreintes sur une des portes de l'armoire. En remarquant sa présence, elle lui demanda d'appuyer sur l'interrupteur afin d'éclairer la pièce.

— Vous êtes de la « Crim » ? se renseigna-t-elle tout en rangeant dans une boîte les échantillons relevés.

— Commandant Castillac, je suis chargé de l'enquête.

— Sonia Masson, enchantée de faire enfin votre connaissance, répondit-elle en souriant. Je ne peux pas vous dire grand-chose, il faudra attendre quarante-huit heures pour avoir un rapport complet. J'ai quand même quelque chose qui peut vous aider à démarrer votre enquête, annonça-t-elle en tirant de sa boîte un sachet transparent contenant deux balles. Il s'agit d'une arme de poing dont l'origine reste à déterminer. Une des balles se trouvait fichée dans le plâtre du plafond et l'autre dans une porte de l'armoire. J'ai également trouvé un bouton de chemise et sans empiéter sur votre boulot je peux vous affirmer que la victime s'était défendue avec acharnement contre son agresseur. Les traces de pas relevées sur le sol sont suffisamment parlantes. Je fais le maximum pour vous transmettre un rapport complet d'ici deux jours.

— C'est très aimable à vous, encore merci pour les précieux renseignements communiqués.

— À charge de me payer une bière à l'occasion, avait-elle lancé en retournant à son travail.

En sortant, alors que le soleil déclinait à l'horizon, Castillac retrouva Balain sur la terrasse, accompagnée d'un homme d'une bonne trentaine d'années au visage basané. Une fois les présentations faites, le commandant engagea le ballet des questions avec le dénommé Vélasquez, jardinier et homme à tout faire, employé au château.

— C'est votre nom, Vélasquez ? quel est votre travail au château ; demanda-t-il, n'obtenant pour toute réponse qu'un hochement de tête.

— Vous avez déclaré au cours du premier interrogatoire avoir aperçu une jeune femme et un homme se disputer devant la porte du parking aux environs de 11 h. Pouvez-vous ajouter des détails plus précis à votre déclaration ?

Le jeune homme leva la tête en lançant un regard désespéré en direction de Balain, confirmant son incrédulité quant à la compréhension de la question.

— Quelle est votre nationalité ? Comprenez-vous le français ?

— Il est Argentin, répondit Balain, prenant le relais. Il est en France depuis quatre mois. Il a une carte de séjour temporaire salarié et si vous voulez tout savoir un contrat de travail signé par Philippe Beck.

— Rassurez-moi, Balain, il a quelques rudiments de français ?

— L'essentiel de ce qu'il doit savoir. Il est un peu crispé, ajouta-t-elle ; j'ai cru comprendre qu'il avait subi des violences policières dans son pays.

— Dans ces conditions, il est peut-être préférable que vous preniez la suite.

— Comme vous voulez commandant. Dites-moi ce que vous voulez savoir.

— Qu'il confirme sa première version avec plus de détails, surtout concernant les personnes impliquées.

— *Consignarse lo que vio hoy si es con mas deta*

— Vous avez un talent caché, Balain. Que lui avez-vous dit ?

— J'ai appris l'espagnol en seconde langue, disons que je me débrouille encore un peu. Je lui ai demandé de confirmer ce qu'il avait déclaré avec plus de détails.

— *Entendi senora voy a tratar de responder en francés*

— Il dit qu'il a compris et qu'il va s'efforcer de parler le français.

— Vous connaissez quand même les personnes qui habitent le château ? demanda-t-il en peinant à trouver les bons mots pour enclencher des questions faciles à comprendre.

— Seulement de vue, et un peu plus le personnel de service du château. J'ai surtout affaire à monsieur Philippe Beck.

— Revenons, si vous le voulez bien, à votre déclaration initiale. Vous connaissez, j'imagine, la victime, le diplomate Maeney, et également la demoiselle Lindorff.

— Je ne connais pas l'homme ; quant aux demoiselles Lindorff, je sais seulement ce qui se dit dans les cuisines, c'est-à-dire rien qui m'intéresse.

— Vous confirmez tout de même avoir aperçu un homme et une femme discuter devant la sortie du parking souterrain ?

— Je ne peux rien affirmer, ce n'étaient que des silhouettes vues d'assez loin. L'homme était grand et la femme blonde, assise au volant de sa voiture. Et puis mon attention avait été attirée par un bruit inhabituel... un petit avion qui passait à la limite du parc. Vous savez, monsieur le policier, la caméra extérieure placée au-dessus de la porte du parking vous renseignera mieux que moi sur... il buta sur le mot « *identidad* », que traduisit aussitôt Castillac, l'identité de ces gens.

— Nous avons récupéré les cassettes, souligna Castillac, elles seront visionnées demain. Il se peut que nous ayons besoin de nous revoir.

Pas sûr que l'Argentin ait compris le message ; en tout cas il faisait de son mieux en essayant de trouver la bonne phrase, sans pouvoir éviter de buter sur certains mots dont il effaçait les voyelles. Malgré ses efforts pour paraître sociable, Vélasquez, sans être inquiétant, inspirait la méfiance. Sa bonne taille, son teint bronzé d'homme habitué au soleil, ses cheveux plus noirs que ses yeux perçants, son nez long, mais droit, signaient son origine sud-américaine. Un sourire désabusé courait constamment sur ses lèvres, tout cela éveillant surtout chez les femmes un intérêt particulier.

D'après ce qu'il avait compris, c'était l'homme à tout faire du château. De jardinier, il passait chauffeur, quand ce n'était pas garde du corps. Il parlait peu (l'obstacle de la langue). Engagé par Philippe Beck, il était entièrement dévoué à son patron. Il ne buvait pas, ne se droguait plus, et ne se mêlait pas aux autres employés du domaine.

Balain lui avait glissé en aparté qu'une des sœurs Lindorff n'était pas insensible à ses yeux expressifs et mobiles. Il n'empêche, Castillac n'aimait pas ce genre de profil insaisissable. Son intuition lui disait que ce jeune homme cachait quelque chose. Dans un premier temps, il allait charger Balain de se renseigner sur l'individu et de voir qui il fréquentait.

Le crépuscule s'annonçait timidement, encore repoussé par une vague de vive lumière estivale. Castillac se dirigeait vers son véhicule, décidé à rejoindre le deux-pièces qu'il avait loué en bord de mer. La pression des premières heures d'une enquête qui promettait d'être difficile était un peu retombée. Machinalement, poussé par le besoin de se détendre, le commandant avait allumé un mini-partagas tiré de la boîte qui ne quittait jamais sa poche. Il n'avait pas tiré trois bouffées qu'il tomba sur Élisabeth Lindorff qui prenait également la direction du parking.

En voyant Castillac, la jeune femme s'avança en lui tendant sa main longue et fine. Ce dernier répondit à son salut en saisissant ses doigts sans trop les serrer.

— Est-ce que vous avez des nouvelles ma sœur ? demanda-t-elle.

— Toujours rien pour l'instant... certains barrages viennent d'être levés, sans résultat.

Le hochement de tête désolé du commandant eut pour effet de faire monter en elle une sourde colère.

— Ma sœur est toujours portée disparue, et vous abandonnez les recherches ! s'écria la jeune femme d'un ton de reproche.

Elle parlait comme une personne perturbée qui cherchait dans les mots une raison à montrer sa détermination à tout faire pour retrouver sa jumelle.

— Les gendarmes poursuivent leurs investigations. Nous disposons actuellement de peu d'éléments pour amorcer un semblant de piste. C'est pourquoi nous avons besoin de votre concours.

— Je ne demande qu'à vous aider, s'enflamma-t-elle, le visage effarouché magnifique, tout auréolé par ses cheveux blonds soulevés par le vent léger venu de la mer.

— Puisque vous êtes disposée à collaborer, j'aurais quelques questions à vous poser. Que savez-vous sur John Maeney... ? J'ai cru comprendre que vous le connaissiez bien, dit-il à tout hasard, avec le sourire.

— Oh ! pas grand-chose, répondit-elle spontanément, malgré tout surprise par la question.

— Pouvez-vous développer ce pas grand-chose ? glissa le commandant, curieux de voir comment Élisabeth Lindorff allait réagir.

— Je l'ai croisé plusieurs fois avant qu'ils se séparent. Aujourd'hui... c'était la première fois que je le voyais depuis leur séparation. Sinon ma sœur était discrète sur sa relation avec John.

— C'était un bel homme. Il n'a jamais essayé de vous draguer ?

La jeune femme avait rougi en masquant mal son embarras.

— Commandant, vous avez l'air de sous-entendre que j'aurais eu une liaison avec John Maeney. C'est bien évidemment faux... vous racontez n'importe quoi, dit la jeune femme en lui roulant des yeux furibards.

— Loin de moi cette idée, se défendit Castillac, en ajoutant perfidement : c'est vous qui prenez la mouche en parlant de John... Maeney.

Elle ne savait pas comment elle en était venue à parler de cet homme pour qui elle ne ressentait plus que de l'indifférence. Cet individu, par ses manigances, n'avait fait que créer un malaise entre elle et sa sœur, ce qui était loin de renforcer les liens déjà distendus qui les unissaient. Mais à présent que le policier l'écoutait, elle se devait de divulguer certaines choses concernant la vie mouvementée de sa jumelle.

Castillac accueillit cette initiative positivement en se disant qu'il aurait de cette façon une idée précise des gens qu'il serait amené à rencontrer.

— Pour moi le sort de Maeney ne sera jamais un problème. En revanche celui de Christine me préoccupe beaucoup. Peut-être n'ai-je pas suffisamment détaillé tous les signes qui m'auraient permis de comprendre la principale motivation de ses actes, car elle n'avait jamais fait la moindre allusion à des violences que Maeney lui aurait fait subir. Je ne veux pas croire que les événements récents, l'énorme désillusion de son échec, son héritage dilapidé pour rien sont peut-être la cause de sa disparition.

— Vous n'écartez donc pas l'idée qu'elle aurait pu mettre en scène son enlèvement ou sa disparition pour se faire de la publicité ?

— Je n'y crois pas ! répéta Élisabeth Lindorff en ouvrant de grands yeux. Elle venait de tout perdre. La revue financée avec sa fortune personnelle et où elle tenait le premier rôle s'est avérée un échec retentissant.

— Justement, cette absence inopinée tombe à pic. C'est pour elle le moyen d'évacuer la pression, de faire le point sur sa situation...

— Si j'ai bien compris vos arguments, vous n'allez pour l'instant entreprendre aucune recherche pour la retrouver rapidement. Vous êtes donc prêt à assumer en toute connaissance de cause la responsabilité de sa mort. Elle le toisa avec aplomb, satisfaite de dire ce qu'elle avait sur le cœur.

— Si vous entendez par là que nous ne faisons rien pour retrouver votre sœur, vous vous trompez. Une dizaine de personnes, gendarmes et policiers, suivent cette affaire et je regrette que les résultats ne soient pas à la hauteur de vos espérances, dit le commandant qui digérait mal la rebuffade qu'il venait d'essuyer.

— Je déplore seulement la lenteur des investigations. Un meurtre et une disparition sans le moindre indice qui puisse faire espérer un début de piste.

— Votre jugement très épidermique ne tient aucun compte de la réalité. Je vous rappelle que nous sommes au tout premier jour de l'enquête.

— Il me semble avoir entendu dire qu'en cas d'enlèvement, les premières quarante-huit heures étaient capitales. Pour quelqu'un qui avance dans le brouillard, je vous trouve bien présomptueux, s'exclama-t-elle.

— Je regrette, madame, que vous mélangiez tout. À ma connaissance, votre jumelle n'est plus une enfant. J'ai l'impression que vous ne comprenez pas la complexité des problèmes auxquels nous devons faire face. Pour l'heure nous devons trouver le ou la coupable du meurtre d'un diplomate et tirer au clair la disparition d'une personne, enlevée, fugitive ou meurtrière. Je trouve que c'est déjà suffisamment d'emmerdes, sans ajouter vos états d'âme.

La jeune femme eut une moue boudeuse et répondit en le défiant du regard.

— J'ai pourtant dit ce que je savais. Puis l'air effaré, la jeune femme considéra Castillac en ajoutant : ôtez-moi de l'esprit l'idée que vous puissiez soupçonner ma sœur d'avoir tué John Maeney !

— En l'état actuel des faits, rien ne s'oppose à envisager cette éventualité. À moins d'éclairer davantage ma lanterne, votre jumelle reste le suspect numéro un.

Elle était abasourdie. Les propos du policier, les suppositions plus farfelues les unes que les autres, renforçaient sa détermination à ne rien lâcher. L'image de sa sœur disparue s'imposait sans cesse à elle. Elle imagina avec effroi sa jumelle prisonnière d'un psychopathe, subissant d'infâmes tortures.

— Je ne cesserai pas de vous harceler tant que vous n'aurez pas retrouvé ma sœur, dit-elle en perchant plus haut sa voix.

— Vous êtes en train de jouer un jeu dangereux sans bien mesurer les conséquences de vos actes.

— Je pense que vous cherchez à me culpabiliser, reprit la jeune femme en le toisant droit dans les yeux. Certes, ajouta-t-elle, je prends des risques, mais chercher à découvrir des indices concernant l'enlèvement de ma sœur relègue le danger au second plan.

Il la dévisagea un long moment, frappé par la froide détermination de son regard.

— C'est bien ce qui me pose problème ! Vous n'avez aucune raison de mener une enquête en parallèle !

— Rien ne m'oblige à ne pas le faire.

— Détrompez-vous… L'entrave à une enquête de police peut vous valoir une mise en garde à vue.

— Ne vous fatiguez pas, commandant, je connais la musique. Je vous rappelle que je suis avocate ! Et je trouve votre jugement bien radical envers une personne qui ne cherchait qu'à vous aider.

— Pour le moment, j'attends toujours des réponses à mes questions. Vous n'avez par exemple rien dit sur le fond, concernant vos rapports avec la victime, et surtout votre avis sur le témoignage d'un dénommé Vélasquez… Ernesto Vélasquez, épela-t-il en articulant bien le nom ; homme à tout faire dans le château, et qui dit vous avoir vue discuter vivement avec la victime, une heure avant le drame.

— Je connais mal le personnel de service. De plus, je n'habite plus au château depuis deux mois.

— Il affirme pourtant vous avoir vue discuter avec la victime alors que vous sortiez du garage au volant de votre véhicule. Rencontre constatée également par Maximilien Beck qui confirme avoir remarqué une brève altercation entre vous et le diplomate. Il donne même l'heure exacte ; 11 h, moment attendu où il fume sa première pipe de la journée.

— J'ai en effet dû me rendre en urgence au greffe du tribunal, et je me souviens en sortant du garage avoir frôlé et rabattu le rétroviseur du véhicule mal garé de Maeney. Il s'en est suivi une courte chamaillerie ; sans plus. Et puis à votre place je n'accorderais pas un grand intérêt à la déposition de mon oncle. Tout le monde sait qu'il est bigleux comme une taupe.

Castillac, sans répondre à la provocation, ramena l'entretien sur les liens qui unissaient Élisabeth Lindorff au diplomate assassiné.

— Je ne suis pas certain que vous m'ayez dit toute la vérité concernant vos rapports avec Maeney. Je vous engage une nouvelle fois à me dire ce que vous savez ; trop attendre risque de mettre la vie de votre sœur en danger.

— Il y a belle lurette que je n'ai plus eu de longue conversation avec John Maeney. la dernière fut courte et sans regrets. Je n'ai rien à ajouter.

Il s'apprêtait à laisser partir la jeune femme, quand Balain vint lui dire à voix basse que l'alibi de la dame n'était pas confirmé. Elle s'était bien rendue au greffe du tribunal, mais la veille.

— Je vous laisse à vos affaires, glissa Élisabeth Lindorff en amorçant un demi-tour.

— Ne partez pas encore, madame. Il semblerait que vous ayez confondu les dates. Vous êtes bien allée au tribunal, mais hier. Que faisiez-vous aujourd'hui entre 11 h et 1 h de l'après-midi ?

— Très franchement, je ne vois pas en quoi ça vous regarde !

— Il faut pourtant me le dire, sinon vous n'avez pas d'alibi.

— Commandant, êtes-vous en train de me considérer comme une suspecte ?

— Au même titre que toutes les personnes impliquées dans un crime. Je vous demande seulement de répondre à ma question. Où étiez-vous ce jour, 27 juillet, entre 11 h et 1 h ?

La jeune femme n'ouvrit la bouche qu'au bout de quelques longues secondes. Son regard insolent se porta sur lui en ébauchant un sourire narquois. Puis d'un geste dédaigneux de la main, elle balaya l'air sans détacher ses yeux des siens.

— J'ai rendu visite à un ami qui avait un besoin urgent de me voir !

Castillac s'apprêtait à en demander plus, quand elle l'interrompit sèchement.

— Je sais ce que vous allez me demander... aussi je prends les devants en vous disant que je ne vous donnerai pas son nom.

— Dans ce cas, à mon grand regret, nous allons devoir poursuivre cet entretien au commissariat.

— Vous allez me faire perdre mon temps, et le vôtre par la même occasion.

— J'enquête sur une affaire criminelle confuse, et votre silence équivaut à un refus de coopérer.

Alors qu'il se préparait à lui demander de le suivre, la jeune femme tendit les deux poignets en s'écriant sur un ton théâtral :

— Alors vous m'arrêtez ?

— Voilà de bien grands mots. Disons que je désire avoir un peu plus d'explications concernant vos rapports inamicaux avec la victime. Vous en profiterez pour signer le procès-verbal d'audition.

— Je vous l'ai dit... vous perdez votre temps. Je ne sais rien et je n'ai rien à ajouter.

— Dans ce cas, l'affaire sera vite réglée.

— Vous êtes tous aussi emmerdants dans la police ?

— Dites-vous qu'il y a pire, et suivez-moi.

Elle s'approcha, presque à le toucher, et murmura en avançant la bouche :

— J'étais avec le député sortant, adversaire de Philippe Beck. Vous comprendrez, j'espère, ma détermination à éviter que la chose s'ébruite. À présent que vous savez tout, puis-je retourner à mes occupations ? demanda-t-elle en ébauchant un sourire satisfait.

Castillac pouvait en effet comprendre son mutisme ; aussi fit-il un rapide signe de tête affirmatif. Il demanderait quand même à Balain de vérifier discrètement le bien-fondé de son allégation.


Après avoir hésité longtemps et retourné plusieurs fois le problème dans sa tête, Balain avait décidé malgré l'appréhension qui la tenaillait de se rendre au rendez-vous fixé par celui qu'elle appelait « Quasimodo ». Pas rassurée (pour une raison inconnue, les réverbères qui éclairaient la promenade étaient éteints), elle marchait d'un pas rapide vers le Casino tout illuminé. C'est alors qu'elle devina dans la pénombre la grande silhouette emmitouflée dans une parka. Le col était remonté jusqu'aux oreilles et l'homme portait un chapeau type Borsalino bloqué par la barrière dense des sourcils. Il s'approchait tellement vite qu'elle crut un instant qu'il allait l'ignorer. Mais non… il s'était arrêté à sa hauteur. En levant la tête, elle ne voyait que ses yeux vifs et pénétrants qui fixaient les siens. Elle ignorait complètement ce qu'il allait lui dire ; aussi attendit-elle qu'il daigne engager la conversation. Elle restait malgré tout méfiante, à tel point qu'elle ne pouvait s'empêcher de surveiller les alentours pour détecter une éventuelle présence. Ce qu'il voulait en échange de renseignements concernant la disparition de sa petite sœur, l'avait sur le coup sidérée. Il désirait connaître l'avancée de l'enquête ouverte après l'assassinat de Maeney. Elle avait quarante-huit heures pour prendre une décision ; passé ce délai, elle devrait se débrouiller toute seule.

— Je vous laisse réfléchir à ma proposition, avait-il ajouté en la saluant à l'entrée du parking avant de monter dans un 4x4 et de se diriger vers la sortie, sans qu'elle ait eu le temps de relever le numéro de la plaque minéralogique.

# 3.

28 juillet. Deuxième jour de l'enquête.

Castillac et Balain se retrouvèrent le lendemain matin de bonne heure au commissariat pour faire le point sur les interrogatoires. Castillac avait déjà conscience que les événements qui se préparaient nécessiteraient patience et perspicacité. En consultant le répertoire des messages, il avait relevé celui du procureur qui demandait à le voir de toute urgence.

— Eh bien, je vous écoute ; dites-moi ce que vous pensez de votre journée d'hier, Balain.

La jeune fille marqua une hésitation – non pas qu'elle ne sût pas quoi répondre, mais dire le fond de sa pensée la gênait pour l'instant.

— Je crois qu'il faut attendre pour émettre une opinion qui tienne la route. Trop de choses restent encore floues, confia la jeune femme, qui désirait approfondir ses idées avant d'en parler.

— Quelles choses, à votre avis ? demanda son supérieur qui ne lâchait rien.

— À commencer par le mobile… Imaginons une scène de jalousie qui aurait mal tourné ; d'après les premières constatations du médecin légiste, l'arme du crime décrite serait plutôt utilisée par une femme. Ce qui expliquerait la brusque disparition de Christine Lindorff.

— Votre analyse fait référence à un cas d'école. Il se peut que vous ayez raison, mais pensez aussi à un élément perturbateur qui viendrait chambouler votre belle théorie. Par exemple cette altercation à proximité du parking entre une dame et un inconnu seulement entraperçu, ou bien encore la limousine de Maeney mystérieusement disparue, sans parler de cet ULM vu aux environs de l'heure où le crime a eu lieu. Autant de choses que vous allez devoir explorer pour vous forger une opinion. Il faut bosser là-dessus… mettre un nom sur ces individus et retrouver la Chrysler appartenant au corps diplomatique.

Après avoir avalé un expresso (il aimait le goût et l'arôme du café chaud), Castillac ajouta pour conclure sur une note positive :

— Peut-être n'avons-nous pas recensé tous les indices qui permettraient d'avoir une vision globale de la principale motivation des actes de la disparue. Par exemple, quels étaient ses véritables rapports avec Maeney ? Étaient-ils amants ou séparés ? Les événements qu'elle vient de traverser sont peut-être la cause de sa disparition. Elle fait partie d'un milieu qui ne supporte pas l'échec. Elle est née pour briller, pas pour faire les manchettes d'un vulgaire fait divers. Reste à savoir si elle avait encore l'envie et le courage de parer les coups vicieux. Côtoyer des privilégiés à longueur d'année peut donner un sentiment de puissance susceptible de pousser parfois à prendre des risques inconsidérés. Il allait la libérer, quand il se rappela avoir omis de poser une question importante : Au fait, avez-vous pensé à récupérer les vidéos des caméras de surveillance, surtout celle placée à la sortie du parking souterrain ?

— Je vais de ce pas les visionner dans mon bureau ainsi que le film et les photos récupérés sur place, répondit-elle avec dans la voix l'assurance du travail bien accompli.

Depuis qu'ils avaient fait connaissance, Castillac se montrait compréhensif envers la stagiaire qu'il estimait courageuse et opiniâtre. De fait, alors qu'elle sous-estimait ses capacités de raisonnement, il trouvait au contraire ses dissonances constructives. Elle était toujours en action, mentalement ou occupée à chercher des indices où personne n'aurait l'idée de regarder. Il ne connaissait rien de sa vie privée et il ne cherchait pas à creuser au-delà de son CV. Parfois un peu morose, son optimisme naturel reprenait vite le dessus. En un mot, elle accomplissait le job avec sérieux et bonne humeur.

# 4.

Christine Lindorff s'était réveillé un bandeau sur les yeux et les mains attachées dans le dos. Elle sentait une présence à côté d'elle, et bientôt un regard qui la fixait en ne quittant plus son visage effrayé. Elle se souvenait de la dernière ligne qu'elle avait sniffée et de la bouteille de whisky sifflée pour s'abrutir et oublier la brusque crise de folie de John, qui avait tout retourné dans la chambre pour trouver des tickets de PMU qu'il aurait soi-disant égarés. Et puis plus rien. Le trou noir, l'oubli du temps et des emmerdes. Elle entendait à présent la respiration de son agresseur, amplifiée par le silence de l'endroit aussi humide et glacial qu'une tombe.

— Que me voulez-vous ? parvint-elle à articuler. Je n'ai plus d'argent, ajouta-t-elle bêtement, comme si on l'avait enlevée pour demander une rançon. Cette réflexion déclencha dans son esprit une peur panique : si ce n'était pas pour de l'argent, que pouvait bien lui vouloir cet homme ?

— Je peux me payer sur autre chose de plus excitant, avait-il murmuré à son oreille de sa voix aux consonances libidineuses qui ne laissaient planer aucun doute sur ses intentions. Elle avait alors ressenti la pression des jambes de l'inconnu sur ses hanches et subi, impuissante, le contact de ses mains qui déboutonnaient lentement son corsage. Elle hurla comme jamais elle ne l'avait fait, provoquant des échos en chaîne qui tournaient en rond dans sa prison. Il la tabassa sauvagement pour la faire taire, avant de la violer à demi inconsciente.

Troisième jour d'enquête.

Le commissaire Laurent s'invita dans le bureau de Castillac pour faire le point sur l'enquête en cours. Proche de la retraite, l'homme était petit, rondouillard et chauve. Un visage joufflu, de petits yeux rusés et des traces de couperose sur les pommettes complétaient l'image populaire du flic de province. Il avait la poignée de main molle des gens sans ambition.

— Alors commandant... quoi de neuf ?

— Pas grand-chose, pour le moment. Nous attendons le rapport de la Scientifique pour arrêter une stratégie et orienter nos recherches. Pour l'instant, la seule certitude que nous ayons est qu'il s'agit d'un crime, peut-être doublé d'un enlèvement.

— Si j'ai bien compris, on se retrouve avec un diplomate assassiné et une femme disparue ; de quoi alimenter la gazette locale et les bistrots de la ville. Pour le coup, ce dont je suis sûr c'est de recevoir un appel du procureur qui m'invitera à traiter l'affaire avec une extrême rigueur. Alors préparez-vous à l'avoir sur le dos, surtout si les Affaires étrangères s'en mêlent.

— C'est déjà fait, je le vois à 14 h. Pour le reste, je ferai ce qu'il faut pour éviter tout dérapage, répondit Castillac, qui avait par le passé eu maille à partir avec un magistrat.

— Au fait, comment s'appelait la victime ?

— John Maeney... conseiller au consulat américain de Rennes.

— Et la femme disparue ?

— Christine Lindorff, la nièce de Maximilien Beck.

— Que du beau monde... Il va falloir vous surpasser, Castillac, en évitant de faire des vagues, car au moindre faux pas, ils ne vous louperont pas « là-haut ».

— Je connais la musique, commissaire ; nos juges sont des gens frileux qui préfèrent se protéger deux fois avant d'affronter les frimas.

— Je vous aurai prévenu, lança le commissaire, ajoutant tout en se dirigeant vers la sortie : quant à moi, j'ai la satisfaction de ne plus craindre ce genre de chose.


À 13 heures 45 minutes pile... Castillac garait son véhicule sur le parking du palais de justice. Le bâtiment de deux étages au caractère sobre n'avait rien de régional, sinon les petits carreaux aux fenêtres.

Après avoir prévenu le procureur de son arrivée, la réceptionniste, une jeune femme pimpante, l'invita à monter au premier, deuxième bureau à droite.

Une fois assis dans le bureau du procureur, la première impression de Castillac fut que le magistrat paraissait sympathique et réceptif au premier abord. L'homme, la quarantaine, était de taille moyenne, sportif ; il avait les épaules larges et les cheveux coupés à la brosse. Une fine moustache bien taillée et un regard franc complétaient le portrait.

— Xavier Mareuil, content de vous voir, commandant, avait-il dit en lui serrant franchement la main. Asseyez-vous. Il le fixa une fraction de seconde, le temps de l'informer qu'il allait chercher la juge d'instruction qui se trouvait deux bureaux plus loin.

Une fois les présentations faites, la juge s'était assise à côté de lui. Elle avait une bonne quarantaine d'années, courtaude, habillée d'un strict tailleur de couleur sombre, et sans être jolie, elle était souriante. Ce qu'il avait pris pour l'accent belge avant qu'elle ne dise son nom, « Brigitte Fischer », était en réalité alsacien.

— Je vous remercie, commandant, d'avoir répondu rapidement à mon appel, d'autant plus que cette affaire doit être traitée rondement. Le consul des États-Unis que j'ai eu au téléphone me demande un rapport sur les circonstances de la mort du dénommé John Maeney, conseiller sécurité du consulat, et si nous pouvons lui rendre son arme de service, un M 17 de l'armée américaine. Nous avons les autorisations du Quai d'Orsay pour intervenir au nom de la République française. Je compte sur vous pour prendre très vite un rendez-vous avec le consul. Tenez... dit-il en lui tendant une chemise bleue, vous trouverez à l'intérieur l'adresse et le téléphone du consulat.

Castillac, bien calé dans le fauteuil, prit rapidement connaissance des documents trouvés dans la chemise que le procureur venait de lui remettre. Ils étaient tous estampillés du cachet Interpol. Le premier feuillet concernait tout ce qu'il fallait savoir sur l'identité et le parcours de John Maeney. En poste deux ans à l'ambassade des États-Unis de Buenos Aires, il avait rejoint le consulat américain de Rennes où il occupait la fonction de chef de la sécurité. Le deuxième volet était plus intéressant : le conseiller John Maeney avait fait l'objet durant quarante-huit heures d'une notice rouge alertant la police argentine que cet homme était activement recherché pour une infraction grave. Elle n'avait jamais été validée, et Maeney s'était présenté au consulat de Rennes sans être inquiété.

Castillac en savait un peu plus sur le passé du diplomate, sans pour autant être plus avancé sur les circonstances de son assassinat. Crime passionnel ou règlement de comptes ? Cette question le laissait perplexe, car rien ne pouvait être affirmé avant d'avoir pris connaissance du rapport de la Scientifique. Il devait encore creuser en tenant compte du fait que le séjour argentin de Maeney était certainement une piste à étudier en faisant un lien possible avec un cartel.

En attendant, Christine Lindorff était toujours activement recherchée, et les chances de la retrouver vivante s'amenuisaient au fil des heures. Il devait battre le fer tant qu'il était chaud. Sa montre affichait 10 h 30 et en calculant large, il avait le temps de prendre rendez-vous avec le consul en début d'après-midi.

Pressé par le temps, il prit congé du procureur et de la juge d'instruction en expliquant qu'il prenait la route sur-le-champ pour se rendre à Rennes.

Aussitôt dit, aussitôt fait. Installé dans sa voiture, il avait composé le numéro du consulat des États-Unis de Rennes. Une voix d'abord masculine l'aiguilla sur la secrétaire du consul qui lui répondit avec un accent charmant qu'il pouvait le recevoir ce jour à 15 h. Il accepta d'emblée, pouvant tranquillement parcourir les quelque deux cent cinquante kilomètres qui le séparaient du centre de Rennes. Elle lui donna l'adresse et un numéro de téléphone à appeler en cas d'urgence.

Le consulat était niché entre deux bâtiments de trois étages, représentatifs de l'architecture régionale, situés sur une petite place à proximité des quais.

L'accueil de la secrétaire fut conforme à l'impression cordiale de sa voix. Elle le fit patienter une dizaine de minutes avant de l'introduire dans le bureau du consul. Il était très grand, le dépassant de plusieurs centimètres. Mince et fin, il n'avait plus un poil sur le crâne et il portait de grosses lunettes rectangulaires. L'homme était venu à sa rencontre la main tendue. Après l'avoir prié de s'asseoir, et ayant retrouvé son fauteuil, il entama la discussion.

— Commandant, nous avons tous les deux un emploi du temps chargé ; aussi je vous propose de régler rapidement les formalités concernant le décès de John Maeney.

— Le rapport définitif concernant le meurtre de votre compatriote ne sera disponible que dans quarante-huit heures. Je peux cependant vous communiquer oralement les premières constatations.

— Commandant, l'interrompit le consul en souriant, ne vous cassez pas la tête, adressez le rapport une fois terminé par mail à ma secrétaire. J'ai en revanche une question importante à vous poser. L'homme avait calé ses coudes sur le bureau et croisé ses mains à hauteur du menton. Avez-vous retrouvé l'arme de service de notre agent, un revolver M 17 de l'armée américaine, et serait-il possible de récupérer son véhicule de fonction ?

— À ma connaissance, non... Je sais seulement que la Scientifique a récupéré deux balles ; quant à la limousine, elle est introuvable. Je voudrais également sans abuser de votre disponibilité, vous poser une question concernant la personnalité de votre conseiller en sécurité.

— Interpol a dû vous transmettre une partie du dossier concernant Maeney. Je crains de ne pas connaître suffisamment ce monsieur pour me livrer à des commentaires sur sa personne. J'occupe mon poste depuis dix mois. Je connaissais mal l'homme avec lequel je n'avais pas... comme vous dites chez vous, d'atomes crochus. Si vous voulez vraiment en savoir plus, renseignez-vous avant de partir auprès de ma secrétaire ; elle sera plus à même de vous apporter les réponses les plus appropriées sur la vie mouvementée de Maeney.

En sortant, il se trouva nez à nez avec la secrétaire qui planta ses yeux noisette dans les siens. La cinquantaine, elle avait un visage qui, sans être beau, reflétait la bonté et la bonne humeur.

— De la part du consul, dit-elle d'une voix charmante à l'accent roulant, en lui tendant une brochure d'information sur le consulat. Vous trouverez à l'intérieur le mail et mon numéro de téléphone personnel, ajouta-t-elle, tout sourire.

La bienveillance de cette dame l'étonnait un peu, et il lui vint à l'esprit que son patron l'avait autorisée à parler de John Maeney pour dévoiler ce que sa fonction ne permettait pas de dire.

— Vous le connaissiez bien ? lança Castillac afin de nouer le dialogue.

— En réalité très superficiellement, répondit-elle. Je le voyais peu, et c'était toujours pour demander de l'argent. La mort de John Maeney n'est ni plus ni moins la conséquence de sa vie de menteur et de flambeur.

Elle se tut un instant, le temps de prendre une communication aussitôt transmise au consul.

— Comme je m'apprêtais à vous le dire, John était un peu voyou, mais charmeur en diable. J'ai connu peu de femmes qui lui ont résisté longtemps. Pour lui les choses ont changé à la nomination du nouveau consul. L'ancien le protégeait et fermait les yeux sur ses magouilles. Mon patron ne vous a rien dit, mais il a été obligé d'intervenir le mois dernier pour étouffer une sale affaire de suspicion de trucage de courses. Vous n'ignorez pas, j'imagine, que notre conseiller en sécurité était un gros joueur. Interdit de casinos et de cercles de jeu, il s'était converti aux courses hippiques avec plus ou moins de succès. Mais si vous voulez en savoir plus sur ce dernier volet, vous pouvez contacter une certaine Véronique Marchal, guichetière à l'hippodrome de La Touques.

Ce fut seulement une fois dehors que Castillac analysa les retombées positives de sa visite au consulat. Il avait été frappé par le ton sur lequel la secrétaire du consul lui avait parlé du diplomate assassiné, avec sur le visage l'expression d'une colère intense qui se teintait parfois d'un sentiment plus affectif pour un homme qu'elle avait peut-être aimé.

Quand trois heures plus tard il retrouva son bureau, il avait déjà en tête les actions qu'il allait devoir entreprendre pour enfin faire décoller l'enquête.

Il n'avait pas fini de s'asseoir que le téléphone sonnait.

— Castillac… j'écoute, brigadier.

— Une jeune fille répondant au nom de Gabriella Lindorff désire vous voir.

— Vous pouvez la laisser monter, répondit-il en se demandant ce que la cadette des Lindorff pouvait bien lui vouloir.

Gabriella Lindorff venait de pousser la porte de son bureau. Elle avait la souplesse d'un fauve et la beauté candide de la jeunesse. Castillac se leva et désigna de la main le seul siège encore solide sur ses quatre pieds. La jeune fille murmura quelque chose qui ressemblait à un merci et s'assit avec précaution sans s'appuyer contre le dossier. Il retrouva son fauteuil à vis, et d'un coup de rein le fit pivoter d'un quart de tour afin de faire face à son interlocutrice. Il aimait cet instant silencieux, chargé du mystère des mots qui allaient déclencher l'action.

— Que puis-je faire pour vous être agréable, mademoiselle Lindorff ?

Elle le regarda, intimidée ou étonnée par tant de sollicitude, puis, ravalant sa salive, elle prit son courage à deux mains et bafouilla :

— Commandant, j'ai été spectatrice d'un phénomène curieux qui devrait vous intéresser.

Gabriella Lindorff s'interrompit et pour se donner une contenance (elle se sentait rougir) elle tortilla une mèche de ses cheveux.

Castillac sourit et fixa le front de la demoiselle pour ne pas l'effaroucher. Il allait devoir l'aider à s'exprimer, sinon il risquait d'y passer la soirée.

— Si vous m'en disiez plus sur cette chose que vous voulez me montrer, dit-il, je jugerais de la suite à donner.

— L'endroit se trouve dans le parking souterrain du château. Je suis sûre que ce passage secret existe. Je ne sais vraiment pas quoi faire. Vous êtes le seul à pouvoir m'aider.

Castillac, dubitatif, fixa les yeux vert sombre de la jeune fille, partagé entre l'envie de la prendre par le bras pour la raccompagner à la sortie ou de s'asseoir à côté d'elle pour l'écouter raconter son histoire. Poussé par son intuition et au risque de se tromper, il choisit la seconde option. Son air perplexe avait dû alerter son interlocutrice qui s'exclama :

— J'étais sûre que vous alliez me prendre pour une folle. Pourtant je n'ai pas rêvé !

Castillac la regarda de nouveau, mais cette fois en lui accordant une vive attention.

— Je dois justement interroger le jardinier, dit-il en souriant. Je vous propose de nous retrouver dans une heure au château à l'endroit que vous choisirez.

— C'est entendu, commandant, je vous attendrai devant l'entrée du parking. Puis elle ajouta d'une voix douce : merci de me croire.

Sur ce, elle se leva et lui tendit la main, rassurée et confiante.

Comme prévu, ils se retrouvèrent devant l'entrée du parking, et sans autres préliminaires, la jeune fille l'invita à la suivre. Elle l'avait précédé en l'embarquant dans la descente de l'escalier étroit qui menait au sous-sol. Arrivés en bas, elle l'entraîna au fond du garage où se trouvait un vieil établi de chêne d'une seule pièce qui couvrait tout un pan de mur.

— Un passage secret existe derrière ce plateau, dit-elle en posant la main dessus, mais je ne connais pas le dispositif pour l'ouvrir, ajouta-t-elle rapidement en fixant ses yeux sur lui.

Sans trop savoir pourquoi, il avait tendance à la croire. Son regard ne mentait pas ; il exprimait seulement le dépit de ne pas trouver la clé.

— Sans mettre en doute votre parole, comment pouvez-vous affirmer que l'établi pivote ? demanda le commandant, curieux de connaître la réponse.

Sans se faire prier, Gabriella Lindorff expliqua qu'un soir, juste avant 22 h pour éviter d'avoir à débrancher l'alarme, elle avait garé son véhicule à sa place habituelle. Elle marqua un court silence, le temps de lui montrer un coupé BMW placé juste en face de l'endroit où ils se trouvaient. Elle s'apprêtait à descendre de la voiture quand un grincement de porte avait éveillé son attention. Par réflexe et sans bien réfléchir, elle s'était enfoncée au fond du siège. Une silhouette s'avançait dans sa direction en s'éclairant avec une lampe de poche. Elle était incapable de dire si c'était un homme ou une femme, sinon que la taille était moyenne et qu'une capuche cachait le visage.

— Oui et alors... ? s'impatienta Castillac.

— Je n'osais pas trop bouger de peur que l'individu me repère. Toujours est-il qu'il s'est arrêté devant l'établi et qu'un instant plus tard en relevant la tête pour voir, il n'était plus là.

— Il aurait pu se diriger vers une autre sortie sans se faire remarquer. L'endroit est très sombre.

— Impossible... ! s'indigna la jeune fille, vexée de voir qu'il ne la croyait pas. La seule porte accessible est celle que nous avons empruntée pour venir ici.

Malgré tout intrigué par ce fait insolite, il inspecta rapidement le meuble. Mis à part l'étau, rien ne traînait sur la table de travail. En revanche, un grand nombre d'outils se trouvaient accrochés sur le panneau de bois calé contre le mur.

— Si elle existe... on va trouver l'ouverture, dit-il, optimiste.

Debout devant l'établi, il fixait Gabriella, perplexe.

— Que dois-je faire pour aider ? demanda-t-elle, pleine de bonne volonté.

— Commencer par décrocher les outils un par un, répondit-il avant de saisir une clé à tube.

— Que faut-il chercher ? se renseigna-t-elle au bout d'un instant, tout en continuant à retirer les objets qui lui tombaient sous la main.

Un outil qui ne se décroche pas. Il désespérait de trouver quelque chose, quand la jeune fille s'écria qu'une clé anglaise semblait rivée au panneau. En s'approchant, Castillac constata en effet que l'objet était bien scotché sur son support. Il fit pression dessus en le faisant tourner sur la droite sans provoquer de réaction ; aussi avec une petite appréhension, tourna-t-il la clé dans l'autre sens, ce qui déclencha le mécanisme d'ouverture.

La jeune fille avait reculé de deux pas, le regard fixé sur l'établi qui s'était écarté du mur ; de quoi permettre le passage d'une personne de corpulence moyenne.

— Reste à savoir ce que nous allons trouver de l'autre côté, enchaîna le commandant en se faufilant derrière le meuble.

La lampe torche récupérée dans un tiroir de l'établi éclaira un escalier de pierre qui plongeait dans l'obscurité. Il repéra un levier en bronze placé à hauteur d'homme qui devait actionner l'ouverture et la fermeture. Gabriella Lindorff ne le lâchait pas d'une semelle. Il sentait l'odeur douce et acidulée de son parfum.

Elle détourna les yeux, gênée par ce qu'elle voyait. Ils venaient de découvrir une vaste pièce spécialement aménagée pour se livrer à des activités sadomasochistes. Menottes, fouets, combinaisons en cuir noir... tout pour magnifier la pratique sexuelle du plaisir dans la douleur. Une caméra fixée sur un trépied faisait face à un fauteuil en osier et à un lit en métal forgé sur lequel étaient accrochées deux paires de menottes. Dans ses yeux agités qui n'arrêtaient pas de faire le tour de la pièce se mêlaient stupeur et interrogation.

— Surtout, regarder avec les yeux sans toucher avec les mains, conseilla Castillac en s'amusant de l'air embarrassé de la demoiselle qui « piqua » un fard en murmurant timidement :

— Je n'ai aucune envie de faire joujou avec ces objets.

— Vous avez bien raison. À ce propos, tant que la Scientifique ne sera pas intervenue, vous êtes tenue au secret le plus absolu.

— C'est-à-dire ? voulut-elle savoir. Que comptez-vous faire ?

— Dans l'immédiat, demander un mandat de perquisition au juge d'instruction et ensuite faire intervenir la Scientifique.

— Ne pensez-vous pas qu'il faudrait au moins prévenir mon oncle ?

— Non, pas pour l'instant. Il faut éviter de toucher ou de déplacer des objets tant que les experts n'auront pas fait leur boulot.

— Je pense revenir demain avec le document. En attendant « bouche cousue » : vous gardez ça pour vous.

La jeune fille n'avait plus rien dit depuis plusieurs minutes. Elle opina du bonnet, puis s'enferma de nouveau dans le mutisme. Elle s'était mise en retrait et semblait perdue dans ses pensées. Elle fut néanmoins troublée au bout d'un moment en imaginant ce qui pouvait bien se passer dans cette pièce. Mais la seule véritable question qu'elle se posait était de savoir qui, parmi les personnes habitant au château, pouvait bien se livrer à ces jeux dépravés. C'est dans cette atmosphère malsaine qu'elle se rendit compte que sa sœur pouvait très bien être impliquée dans cette mascarade. Ce qu'elle voulait maintenant c'était rebrousser chemin, oublier ce qu'elle venait de voir et surtout ne pas se lancer dans des suppositions qui ne pouvaient que lui faire du mal.

Le lendemain matin en prenant son petit déjeuner, Castillac éprouva la satisfaction d'avoir découvert le véritable point de départ de l'enquête. Il ne doutait pas un instant que la Scientifique allait mettre au jour une quantité impressionnante d'indices qui déboucheraient peut-être sur l'explication de l'assassinat de Maeney et la disparition de Christine Lindorff.

Aussitôt assis derrière son bureau, il avait appelé la juge d'instruction pour la mettre au courant des derniers événements et lui demander de bien vouloir établir un mandat pour perquisitionner la pièce secrète située sous le parking du château.

Une heure plus tard, il avait saisi sa veste et il s'apprêtait à prendre Balain en passant devant la porte entrouverte de son bureau, quand il entendit des éclats de voix. Intuitivement il se demanda qui pouvait bien crier aussi fort en s'adressant à la lieutenante. En poussant un peu plus la porte, il reconnut Élisabeth Lindorff, la chevelure en bataille, ne mâchant pas ses mots.

— Allez-vous faire foutre… ! Vous me faites vomir. J'exige de voir le commandant.

— Puis-je savoir, madame, ce qui vous met dans cet état ? intervint Castillac en s'immisçant dans la conversation.

Surprise, la jeune femme s'était retournée, un court instant bouche bée.

— Je viens d'apprendre que la gendarmerie a levé les barrages, dit-elle d'une voix soutenue sans être acerbe.

— En effet, certains axes très fréquentés en période estivale ont retrouvé un trafic normal. Mais les recherches continuent malgré le dispositif allégé.

Elle eut à cet instant une expression qu'il ne lui connaissait pas. De fait, c'était plus qu'une grimace tant elle déformait le fin contour de ses lèvres.

— Vous laissez tomber. Ma jumelle peut bien crever, vous n'en avez rien à foutre ! explosa-t-elle de nouveau, le visage rouge d'indignation.

— La police continue son travail. Nous sommes au troisième jour de la disparition de votre sœur. Aucune rançon n'a été demandée ni aucun corps retrouvé. Il se peut qu'elle vous donne des nouvelles dans les heures qui suivront.

— J'admire votre bel optimisme.

Elle avait lancé sa phrase comme une réplique de théâtre, ajoutant en prenant un air offensé :

— J'aimerais voir votre tête si c'était votre femme ou votre petite fille qui avait disparu.

— Je vous répète que pour l'instant la disparition de votre sœur n'est pas classée comme enlèvement. Le préfet vous a fait une faveur en déclenchant des recherches aussi rapidement.

— Et moi, je vous ressasse que demain il sera peut-être trop tard. Vous êtes têtu et inefficace, répondit-elle en faisant de grands gestes de ses bras.

— Si par malheur c'était le cas, il faudra vous en prendre à vous-même. Vous n'avez rien dit qui puisse nous faire penser qu'elle était en danger de mort.

— Je vous ai mal jugé, commandant ! Vous n'êtes qu'une brute, doublée d'un mufle !

Sur ce, elle le foudroya d'un regard noir et sans un mot se dirigea vers la sortie.

Ce genre d'altercation le mettait mal à l'aise. Il s'était décidé au dernier moment, malgré le peu d'empressement qu'il éprouvait pour ce genre de manifestation, à accompagner la lieutenante Balain à la fête mondaine qu'organisait le maire tous les ans à la même date dans la grande salle des mariages.

La soirée, donnée par le maire, réunissait tout ce que la région pouvait compter de notables et de hauts fonctionnaires. Ils avaient croisé le procureur et discuté quelques minutes avec le capitaine commandant la gendarmerie. Le préfet, inaccessible, causait beaucoup, évoluant dans un cercle intime et protégé. Castillac n'était pas fana de ces raouts, trop bruyants, trop éclairés et souvent insipides. Le commandant et la lieute-nante Balain, bien coiffée et sur son trente et un, se tenaient debout devant la table drapée de blanc du buffet en train de siffler une coupe de champagne. C'est après un nouveau regard dans le coin le plus sombre de la salle que Castillac repéra une grande silhouette masculine qui les observait.

— Dites donc Balain, connaissez-vous ce monsieur debout près du pilier, droit devant vous, qui n'arrête pas de vous regarder depuis deux bonnes minutes ? demanda-t-il.

— Non... ! Je ne connais pas cet homme. Il doit me prendre pour quelqu'un d'autre, dit-elle en ne faisant que jeter un rapide coup d'œil dans sa direction.

— Pas sûr, enchaîna Castillac. Il a l'air d'insister et le signe de tête amical qu'il vient de vous adresser confirme son souhait d'attirer votre attention.

— Attirer mon attention ? Quelle drôle d'idée ! rétorqua la lieutenante. Dans ce cas, il serait venu me parler, ajouta-t-elle, le visage brusquement empourpré.

Le temps qu'il se retourne, il constata que le mystérieux observateur avait disparu. Ce qui mettait un terme au feuilleton rocambolesque de l'étrange silhouette ignorée jusqu'au bout par Balain.

L'essentiel étant de faire acte de présence, il s'apprêtait à s'éclipser en laissant sa jeune inspectrice profiter des petits fours quand il tomba nez à nez avec Élisabeth Lindorff, remise de ses émotions, accompagnée de Philippe Beck et de sa jeune sœur, qu'elle avait convaincue de venir. Après un bref et froid salut, le fils Beck avait pris Élisabeth Lindorff par le bras et entraînée au milieu du salon où son ami le préfet paradait.

— Je ne vous imaginais pas fréquenter ce genre de soirée, s'étonna Gabriella Lindorff en souriant gentiment.

— Je comptais justement filer en catimini quand je suis tombé sur vous.

— J'avoue être venue à reculons, alors si je peux sauter en marche pour éviter les mains à serrer et les embrassades hypocrites, je suis prête à profiter de votre wagon.

En sortant, ils avaient croisé son ami Pierrot en smoking et nœud papillon, au bras d'une nouvelle conquête encore plus blonde que la précédente.

Ils marchaient côte à côte en longeant la plage, faiblement éclairée par la lueur orangée des réverbères alignés le long de la promenade. Castillac avait déboutonné le haut de sa chemise et remisé sa cravate au fond de sa poche. Gabriella, les cheveux flottant librement au vent et le visage radieux, avait relevé sa robe longue et marchait pieds nus sur le sable.

— À votre place, je ne garderais pas mes chaussures, dit-elle, riant de bon cœur en voyant la langue écumeuse des vaguelettes épuisées lécher les semelles.

Il s'était arrêté un instant, le temps de se déchausser et de nouer entre eux les lacets pour faciliter le portage.

Les deux flâneurs s'étaient avancés assez loin pour trouver la mer qui se languissait de ne pas pouvoir faire de vagues. Gabriella prenait un malin plaisir à patauger dans les grandes flaques d'eau qui s'étaient formées à marée basse. Une légère brise marine s'amusait dans ses cheveux, ébouriffés comme un panache noir au-dessus de sa tête.

Il découvrait le visage de la jeune fille sous un autre jour. Les nombreuses chamailleries qui avaient jusqu'à présent empoisonné leurs rapports semblaient oubliées. La jeune rebelle qui n'aimait pas les flics avait mis un mouchoir sur ses préjugés. Pour tout dire, malgré une courte échappée vers le grand large, les yeux du commandant n'avaient pas quitté ceux de Gabriella. Elle soutenait son regard sans insistance, mais déterminée à ne pas lâcher prise. Elle ne détourna son visage que lorsqu'une brusque bourrasque gifla sa joue.

Leur relation avait pris une nouvelle tournure quand il avait doucement retiré une brindille emmêlée dans ses cheveux. En tournant précipitamment la tête, les lèvres de Gabriella avaient effleuré les siennes. Surprise, elle avait rougi, mais pas choquée par l'effet ressenti, fort agréable. Elle semblait ravie de son escapade. Un passant intrigué aurait pu les apercevoir face à la mer, étrangement silencieux, heureux de partager cet instant de bonheur. En remontant vers les dunes qui vallonnaient le bout de la plage, ils avaient repéré la coque retournée d'un bateau, pratique une fois assis, pour enfiler chaussettes et chaussures.

— Je suppose que vous n'avez pas dîné, devina Castillac. Je connais un petit restaurant pas très loin qui sert un excellent poisson.

— C'est une proposition alléchante, mais je crains de devoir la refuser.

Le refus, exprimé avec regret, n'entamait en rien l'expression joyeuse de son visage.

— Je n'ai prévenu personne de mon départ. Élisabeth pourrait s'inquiéter, et je suis tributaire de mon cousin pour me ramener au château.

— Qu'à cela ne tienne… je peux vous reconduire.

Son beau regard souriant le fixa une fois de plus, et pour toute réponse elle le prit par le bras en l'entraînant en direction du bâtiment de verre de la mairie.


Alexandre Castillac était pressé de retrouver ceux qu'il aimait. Une heure plus tard, il garait la BMW devant le perron du manoir. Il était bien décidé à ne pas se poser de questions sur l'avancée laborieuse de l'enquête. La mauvaise intuition qui titillait sa conscience, il la chassa en voyant Antoinette sa grand-mère de cœur qui l'attendait debout sur le pas de la porte comme elle le faisait souvent quand il regagnait tard la chambre d'hôte qu'il louait durant le remplacement qu'il avait fait au commissariat de Monbourg. Elle avait le visage apaisé d'une vieille dame sereine. Le teint frais de la vie à la campagne et le sourire joyeux de l'enfance. Mala, fillette de sa compagne, dessinait assise à un bout de table installée dans le salon de réception. En le voyant, elle s'était levée d'un bond pour venir se jeter dans ses bras.

Quarante-huit heures de bonheur avant d'affronter les emmerdements. Une courte pose qu'il allait savourer pleinement. « Tu as l'air fatigué ? » Tels furent les premiers mots que Geneviève prononça en venant se blottir dans ses bras, qu'elle serra fort en l'embrassant. Ce baiser, c'était le regain du souvenir d'un bel été de vacances. Ils avaient vécu une brûlante et dévorante passion, étouffée par l'éloignement et les vicissitudes de la vie. Le destin magnanime les avaient à nouveau réunis vingt-ans plus tard, et ils comptaient bien rattraper le temps perdu.

Le week-end avait été une courte parenthèse, sublime, grâce à la nuit passée dans les bras de Geneviève. Castillac n'avait pas aussitôt posé les pieds sous le bureau que la sonnerie du téléphone le ramenait à la dure réalité de son métier. Il décrocha.

— Oui brigadier ? Répétez... où ça... ? Oui, je situe l'endroit... Vous dites, une cinquantaine de kilomètres... Prévenez que je serai sur place dans une vingtaine de minutes. Une dernière chose, Ardouin : demandez à la lieutenante Balain de me rejoindre. Il prit son arme et le holster, dévala l'escalier et démarra sur les chapeaux de roue, sirènes hurlantes.

Après avoir longé la mer et traversé un nombre incalculable de petites stations balnéaires encore à moitié endormies à cette heure matinale, Castillac gara son véhicule vingt-cinq minutes plus tard sur un terre-plein aménagé en haut de la falaise. Il repéra à l'extrémité du parking la camionnette bleue de la gendarmerie, gyrophare activé, et la blanche, plus discrète, de la Scientifique.

Les gendarmes avaient quadrillé les abords immédiats et bloqué les accès au site sans grand espoir de trouver des traces exploitables, vu le trafic intense des véhicules en cette période de l'année. Le chien qui avait découvert le corps, un labrador marron glacé, était sagement assis aux pieds de son maître, qui venait de relater au capitaine des gendarmes dans quelles circonstances il avait découvert le cadavre. L'homme, un retraité qui vivait dans une maison située à environ deux mille mètres du site touristique, ne fit aucune difficulté pour raconter de nouveau son histoire à Castillac. Il promenait son chien comme tous les jours à la même heure, expliquant sans se presser qu'il n'était plus venu dans les parages depuis deux jours, des marées précoces poussées par un vent violent ayant inondé les accès et envahi les grottes. Brown, son chien, heureux de retrouver son parcours habituel, avait visité toutes les cavités et trouvé le corps à moitié nu d'une femme. Le vieil homme, décidément prolixe, ajouta qu'il lui arrivait également de sortir son chien le soir. À la question de savoir s'il n'avait rien remarqué d'inhabituel durant ses promenades nocturnes, il répondit qu'en effet il avait repéré trois jours plus tôt, vers 21 h, un 4x4 gris clair qui stationnait pratiquement à l'entrée du passage interdit. Il s'était approché, même que Brown avait levé la patte et pissé sur l'enjoliveur de la roue arrière droite. Il ne regrettait qu'une chose, ne pas avoir relevé la plaque d'immatriculation du véhicule. Il se souvenait en revanche qu'il n'était pas du coin, plutôt un 76. Castillac remercia ce témoin providentiel et emprunta le sentier qui serpentait à flanc de falaise pour rejoindre la grotte où le corps avait été découvert.

En bas les vagues déferlaient, éclaboussant d'écume les rochers déchiquetés, creusés par le flot corrodant qui envahissait les cavités basses à marée haute.

Quatre personnes s'activaient dans la caverne, dont la femme à qui il devait une bière. Castillac avait reconnu son ami Pierre, le médecin légiste, agenouillé au pied d'une femme nue, recroquevillée en chien de fusil dans une posture fœtale. Ce qu'il voyait du corps, les longs cheveux blonds, les courbes et les formes arrondies, ne laissait aucun doute dans son esprit. Il se trouvait en présence du cadavre de Christine Lindorff.

— Tu as quelque chose pour moi, Pierre… ? demanda Castillac à son ami, qui l'avait rejoint.

— Ouais ! une belle saloperie… répondit Pierre Hébert en bougonnant.

Son ami n'était pas dans son état normal. L'examen du corps qu'il venait d'effectuer le chamboulait au point de lui faire perdre son sourire légendaire. D'une voix rauque, légèrement tremblotante, il fit un rapport oral de ses premières observations.

La mort remontait aux environs de 2 h 30 ce matin. La victime avait été sauvagement tabassée et avait subi des violences sexuelles d'une rare cruauté avant d'être étranglée. Le meurtrier était un monstre sadique qu'il faudrait rapidement empêcher de nuire si on ne voulait pas qu'il fasse de nouvelles victimes.

La scène avait quelque chose d'irréel. Les silhouettes blanches de la Scientifique donnaient l'illusion de glisser sur un miroir en tournant autour du corps nu en posture fœtale, menton rentré et les jambes repliées bien haut sur la poitrine. Et puis il y avait ce silence de cathédrale interrompu toutes les cinq secondes par le clapotement de grosses gouttes qui tombaient du plafond taillé dans la roche.

Il avait besoin de prendre l'air. De plus, regagner le haut de la falaise s'était avéré plus difficile qu'il le croyait. Certains passages qu'il n'avait pas remarqués en descendant nécessitaient des précautions. Les haltes répétées lui permettaient de suivre le contour sinueux de la côte parsemée de petites bourgades et de ports concentrés le long des plages. La vie reprenait la main. À l'est, l'horizon s'enflammait en dispersant les voiles sombres de la nuit, et la mer s'était retirée en abandonnant sur le terrain de grandes flaques d'eau où se miraient les premiers rayons de soleil. Avant de partir, en consultant sa messagerie, il releva un SMS de Balain qui lui disait ne pas avoir trouvé de véhicule disponible pour le rejoindre.

Le commissaire Laurent ayant prolongé son escapade en Touraine, tout le personnel disponible se trouvait réuni dans le bureau de Castillac. L'inspectrice Balain était venue avec son siège et le brigadier Ardouin avait dégoté deux chaises pliantes dans un placard. Étaient présents également l'inspecteur Martin, de retour de congé, et l'agent Valéry chargée de l'accueil.

Castillac s'apprêtait à débuter la réunion, quand le clignotant rouge de son téléphone lui indiqua qu'une personne extérieure au commissariat cherchait à le joindre.

— Bonjour commandant... capitaine Bussy ! Nous venons de retrouver la Chrysler du diplomate assassiné, carbonisée sur un sentier forestier pratiquement jamais emprunté et situé à environ une dizaine de kilomètres de Berville. J'ai demandé à la Scientifique de se rendre sur place. Vous devriez recevoir le rapport sous quarante-huit heures. Vu l'état de la carcasse, ne vous attendez pas à un miracle.

— Merci, capitaine, pour votre coopération efficace. Au plaisir de vous rencontrer.

Après avoir informé l'assistance de l'information transmise par la gendarmerie, Castillac s'exprima le plus clairement possible sur l'essentiel de ce qu'il savait sur l'assassinat de Christine Lindorff en insistant sur la sauvagerie et la monstruosité du criminel, qu'ils devaient pourchasser et empêcher de nuire. Le temps des questions vint ensuite, suivi des réponses, le tout se terminant par la répartition des tâches. Balain s'était montrée la plus assidue, posant à elle toute seule les trois quarts des questions. Elle voulait savoir, entre autres, si le crime était celui d'un sadique ou d'un tueur froid et méthodique.

— Ce type de tueur, fit-il remarquer, semblerait obéir à des penchants tels que la rage provoquée par la vengeance et l'hostilité à l'encontre des femmes ou encore le sadisme comme un exutoire aux pires souffrances qu'il puisse infliger à sa victime. Le tout exécuté méthodiquement, avec toutefois une réserve concernant la véritable motivation de ses actes. Par ailleurs, le laps de temps entre l'enlèvement et la mort, pas même deux jours, additionné à la violence des coups et des sévices infligés, prouvent que notre homme avait la ferme intention de tuer.

— La Scientifique a-t-elle relevé des empreintes et trouvé des indices ? demanda Balain, emportée par l'enthousiasme qu'elle manifestait pour cette affaire.

— La mer ayant recouvert la grotte pendant plusieurs heures sous un mètre cinquante d'eau, je vois mal des empreintes résister à un tel lessivage. Quant aux indices, il me semble avoir aperçu les vêtements de la victime. N'importe comment, il faut attendre les rapports du médecin légiste et de la Scientifique pour décider de la marche à suivre.

Castillac avait récupéré un tableau mobile neuf dans le bureau du commissaire. Il comptait s'en servir pour noter tout ce qui avait un rapport avec l'enquête – victimes, suspects et principaux témoins. Balain, déjà au courant de beaucoup de choses, le secondait. Martin, associé à Ardouin, était chargé de mener à bien les enquêtes de voisinage et la surveillance des suspects. L'agent Valéry assurait la permanence du commissariat.

Le même jour à 11 h 15 Castillac, accompagné de Sonia Masson, l'experte en relevés d'empreintes, montait les marches qui conduisaient au salon du château. Il avait dans sa poche le mandat de perquisition délivré par la juge d'instruction. Maximilien Beck devait être au courant, à l'heure qu'il était, de la découverte du corps de sa nièce. Le majordome les avait annoncés, et ils attendaient depuis plus d'un quart d'heure le bon vouloir du sieur Philippe Beck. Ce dernier arriva cinq minutes plus tard d'un pas traînant, ce qui eut pour effet d'énerver sérieusement Castillac.

— Commandant, il ne fallait pas vous déplacer. Le préfet vient d'annoncer à mon père la triste nouvelle de la découverte du corps de sa nièce.

— Je ne viens pas pour ça, répondit sèchement Castillac.

— Ah bon… pourquoi alors ?

— Pour exécuter un mandat de perquisition que voici, dit-il en tendant le document à bout de bras.

— Quelle drôle d'idée ! répondit le fils Beck d'une voix lente, un sourire d'une indéfinissable expression pointant sur ses lèvres à moitié pincées.

Il avait saisi le mandat d'un geste mou et sans le lire, il déclara :

— Effectuez votre travail, commandant. Par où voulez-vous commencer ?

Castillac observait Beck, de plus en plus perplexe. La décontraction qu'il affichait donnait l'impression qu'il savait déjà que la fouille serait un échec.

— Un témoin nous a signalé avoir découvert par inadvertance dans le sous-sol où se trouve le parking une salle secrète où des personnes se livreraient à des pratiques sadomasochistes.

— C'est tout simplement impensable ! s'exclama le fils Beck, qui ajouta après un court silence : Cet individu ment et cherche à nuire à ma famille ; le tout dit sur un ton qui manquait étrangement de tonicité.

Castillac avait peut-être une idée, qu'il pensait pouvoir utiliser pour briser l'arrogance affichée de Beck.

— Monsieur, il me vient subitement à l'esprit que nous pourrions demander à votre père si par hasard il n'aurait pas souvenance de ce passage secret.

— Non ! Je me refuse à mêler mon père à ces sordides histoires. J'ai perdu assez de temps. Si vous le voulez bien, finissons-en avec cette farce et rendons-nous sur les lieux.

Bingo ! Il avait vu juste. Le ton plus agressif du fiston confirmait sa première impression. À tous les coups, il allait faire chou blanc en ayant entraîné l'experte de la Scientifique dans un traquenard.

La visite ne fut qu'un simulacre de perquisition. Comme il l'avait malheureusement pressenti, la pièce était vide, nettoyée de fond en comble, l'odeur encore piquante de l'ammoniac flottant dans l'air. Tout ce qui constituait les preuves de pratiques sadomasochistes avait disparu. À la place, une armure de chevalier avec heaume, cuirasse et jambières trônait au milieu de la salle. En y regardant de plus près, on s'apercevait qu'elle délivrait un message. Car c'était bien un bras d'honneur que le signe de la main gauche posée sur la cubitière de l'autre bras plié verticalement. Le canon d'avant-bras avec le gantelet au poing dressé ne laissait aucun doute sur la signification insultante du geste.

— Alors commandant, vous êtes satisfait… ? Vous m'avez fait perdre mon temps et l'argent du contribuable, cracha Beck, triomphant. Le seul point positif, ajouta-t-il en toussotant – les mots raclaient sa gorge irritée par l'odeur piquante de l'air – c'est que j'ai découvert une pièce secrète dont j'ignorais l'existence.

Les propos outranciers du fils Beck et son outrecuidance dépassaient ce que Castillac pouvait supporter. Il se devait de répondre à la provocation.

— À votre place, monsieur, je ne pavoiserais pas. L'air est à peine respirable, vous-même ressentez une gêne ; voilà bien la preuve que cette pièce vient de subir un nettoyage en profondeur.

— Pensez ce que vous voulez, grogna Beck en se dirigeant vers l'escalier pour remonter. Une dernière chose, « commandant » : dorénavant adressez-vous à mon avocat, bougonna-t-il en le fusillant d'un regard incendiaire ; et puis surtout, cessez d'importuner les membres de ma famille aujourd'hui en deuil. Le préfet est un ami, glissa-t-il rapidement.

— Fin de l'échange... baissez le rideau. (Sonia Masson se manifestait en ajoutant qu'elle était dégoûtée par la mauvaise foi de ce type.) Je ne vous propose pas de relever les empreintes sur l'armure, elles seraient irrecevables par le tribunal. En revanche, quelque chose cloche dans la mise en scène du bras d'honneur. Logiquement c'est la main droite qui devrait être posée sur le pli du coude.

— Ce qui veut dire en clair... ? demanda Castillac, interloqué.

— Tout simplement que l'auteur de ce montage était gaucher... !

— Intéressant, reconnut Castillac. Décidément, vous êtes ma bonne étoile. Puis-je vous inviter à boire une bière ?

— Une autre fois, dit-elle en tapotant sa montre. Je dois récupérer ma fille à la sortie de l'école.


Une fois son bureau regagné, Castillac appela son ami légiste. Comme d'habitude, il dut attendre plusieurs minutes avant qu'il ne décroche le combiné.

— Allô ! C'est toi, Alex. J'étais sûr que tu allais m'appeler.

— Salut, Pierrot, désolé de te déranger en plein travail. Je viens aux nouvelles concernant les circonstances de la mort de Maeney.

— Je confirme ce que je t'ai dit sur les lieux du crime. La mort serait intervenue entre midi 45 et 1 h 30. Maeney est mort par suite d'une hémorragie provoquée à l'aide d'un objet pointu type pic à glace, jamais retrouvé sur place. Trois coups ont été portés avec force, dont deux mortels, par une personne pas très grande, gauchère de surcroît. Pour en terminer avec l'autopsie de ton diplomate, il se droguait. J'ai relevé des traces de cocaïne dans ses cheveux.

Il venait de raccrocher en notant mentalement le lien qui entre le meurtrier gaucher de Maeney et la personne qui avait imaginé la mise en scène de l'armure qui trônait au milieu de la pièce vide de la salle secrète. C'est alors que la porte s'ouvrit sur la silhouette adolescente de Gabriella Lindorff. Cette apparition intempestive eut pour effet de provoquer un courant d'air avec la fenêtre grande ouverte, à l'origine de l'envol des feuilles placées dans la corbeille du courrier. Castillac se leva pour aller ramasser les documents et, profitant du déplacement, il avança une chaise à la jeune fille, qui restait figée sur le seuil de la porte.

— Commandant, dit-elle du bout des lèvres. J'ai un aveu à vous faire.

Castillac, qui s'apprêtait à s'asseoir, chercha à fixer le regard fuyant de la demoiselle, qui avançait à petits pas pour gagner le siège approché.

— Le secret de la salle découvert dans le sous-sol du parking était trop lourd à porter. Je n'ai pas eu la force de le cacher à Élisabeth.

Elle tortillait ses doigts dans tous les sens, avec sur le visage une expression de petite fille grondée.

— Par votre faute, car j'imagine que vous êtes au courant, la perquisition a tourné au fiasco. La salle a été vidée de tous les objets compromettants. Vous portez à présent la lourde responsabilité de la destruction de pièces à conviction qui auraient peut-être permis de confondre l'assassin de votre sœur, et par la même occasion celui de Maeney.

Elle leva sur lui des yeux paniqués qui cherchaient vainement dans les siens un peu d'indulgence.

— Je vous le jure, monsieur… je vous supplie de me croire. C'est vrai, je l'ai dit à Élisabeth parce que j'estimais normal qu'elle soit au courant.

— Mais bon sang, qu'avez-vous à la place du cerveau ? Personne n'est innocent, pas plus-vous que votre défunte sœur que vous avez voulu protéger en faisant disparaître des preuves accablantes !

— Ce n'est pas juste, cria-t-elle, ajoutant après avoir repris son souffle : est-ce ma faute si Élisabeth a trahi le secret ?

Son visage était blême et des larmes mouillaient ses yeux. Prise de légers tremblements, elle se tassa sur la chaise comme un animal apeuré.

— Il n'est pas nécessaire de vous mettre dans cet état. Ce qui est fait est fait. J'espère seulement que cette expérience désastreuse vous servira de leçon.

Aussitôt que la demoiselle eut tourné les talons, il demanda à Balain de venir dans son bureau.

— Je viens de sermonner la benjamine Lindorff en ayant l'impression de prêcher dans le désert, malgré et surtout à cause de pleurnicheries qui sonnaient faux. Mais je ne vous ai pas fait venir pour débattre du sujet. Je vais m'occuper d'interroger Élisabeth Lindorff qui serait à l'origine de la fuite. Quant à vous, vous aurez la charge de vous renseigner sur un éventuel déménagement qui aurait eu lieu au château ces deux derniers jours. Disons que nous ferons le point demain matin, car d'autres tâches autrement plus importantes nous attendent. Au fait, pour éviter la mésaventure d'hier, prenez la voiture de service ; les clés et les papiers sont dans un tiroir du bureau de l'accueil.

Quatrième jour d'enquête.

La journée s'annonçait torride. En poussant la porte de son bureau, Castillac se disait qu'il serait mieux sur la plage à profiter du soleil et de la mer.

Il venait juste de se laisser tomber lourdement dans son fauteuil, que le brigadier Ardouin lui apportait le courrier.

— Quoi de neuf ? interrogea le commandant en s'adressant au policier.

— Rien d'intéressant, chef. Les habituelles bafouilles pour signaler des sonorités intempestives et des querelles de voisinage, dont une de dénonciation qui sort du lot.

— Faites voir quand même, répondit-il désabusé, en prenant connaissance de la lettre ainsi rédigée. « Celui que vous cherchez n'est pas très loin. Il fait partie de ceux que vous côtoyez souvent. Renseignez-vous sur les mystérieuses disparitions de jeunes servantes attachées au service du château. Signé : le justicier ».

Castillac en ce début de matinée avait l'esprit libre, pas encore encombré par une multitude de nouvelles vraies ou fausses ; cette dernière méritait un peu d'attention.

— Vous êtes en poste depuis combien de temps ? demanda-t-il au brigadier.

— Plus de cinq ans, commandant... pourquoi ?

— Avez-vous eu connaissance de disparitions de jeunes filles, et plus particulièrement de servantes attachées au château ?

— Je me souviens en effet d'un couple de cultivateurs qui avait signalé la disparition de leur fille, une adolescente de seize ans, employée au château. Elle avait fugué pendant deux semaines avec son amoureux.

— Merci pour ces renseignements, Ardouin, déclara Castillac en terminant de prendre connaissance du courrier.

Quelques minutes plus tard, Balain se présenta au rapport. Entretemps, il avait réfléchi au moyen de coincer le fils Beck sans déclencher une intervention hostile de ses soutiens haut placés. Il n'en voyait qu'un : mettre la main sur les objets révélateurs qui se trouvaient dans la salle secrète. Il restait à souhaiter que la jeune stagiaire se fût démerdée pour avoir eu vent d'un déménagement récent.

— Alors Balain, j'espère que vous êtes porteuse de bonnes nouvelles.

— J'ai des renseignements de première main, de la bouche même du jeune cuistot qui officie dans les cuisines du château. J'avoue avoir un tout petit peu abusé de mes charmes pour le convaincre de causer, ajouta-t-elle en rougissant.

— Vous me faites saliver, Balain... Ne me forcez pas à vous tirer les vers du nez.

— Toujours est-il que j'ai appris que l'épicier qui livre le château trois fois par semaine a demandé à repousser les livraisons pour la semaine en cours, au soir après 20 h. À la question de savoir pourquoi, le jeune homme a répondu évasivement qu'une personne du château avait des objets encombrants à transporter. Mais l'information la plus intéressante, c'est que le dernier voyage aura lieu ce soir. J'ai cru comprendre qu'il laissait la fourgonnette garée sur le parking extérieur.

Castillac avait reculé son siège en posant ses deux mains sur le bureau. La satisfaction qui se lisait sur son visage faisait plaisir à voir.

— Bon travail, Balain. J'espère que la moisson de ces renseignements n'a pas nécessité un sacrifice trop contraignant.

— Ne vous inquiétez pas, patron : seulement la promesse de boire un verre à l'occasion.

— Je vais charger l'inspecteur Martin et le brigadier Ardouin de planquer ce soir à partir de 20 h, et de filer le véhicule jusqu'à sa destination.

Dans le courant de l'après-midi, Castillac organisa une réunion préparatoire improvisée réunissant les principaux protagonistes de cette opération. Il insista sur l'importance de la filature et sur sa discrétion, en veillant à ne pas se faire repérer. Au moindre problème, ne prenez aucune initiative qui risquerait de faire échouer le plan, appelez-moi directement, avait-il répété avant de leur souhaiter bonne chance.

Castillac était sur le point de quitter son bureau quand le procureur s'était invité par surprise, selon lui pour préciser et analyser les nouveaux éléments de l'enquête.

Après son altercation avec Philippe Beck, il s'attendait à un retour de bâton. Aussi avait-il eu le temps de réfléchir à ce qu'il allait dire au magistrat. L'homme était habile et hypocrite sous couvert d'une certaine amabilité ; il n'hésitait pas à casser du flic, lui avait glissé à l'oreille son ami Pierre Hébert.

— Votre dossier est vide, commandant. Il n'y a rien de concret dans les pièces que vous avez transmises à M$^{me}$ Fischer, juge d'instruction, et M. Beck s'inquiète de la lenteur des résultats. Il a d'ailleurs fait part de son mécontentement au préfet.

— Je ne pense pas, monsieur, que l'on puisse résoudre cette affaire en trois jours. La victime était étrangère, et de surcroît appartenait au corps diplomatique. Quant à la disparition de la demoiselle Lindorff, c'est à la demande du préfet que les barrages routiers et les battues ont été interrompus.

— Je reconnais bien là les méthodes policières : se défausser en incriminant les autres.

— Qu'est-ce que vous voulez exactement ? demanda Castillac en haussant malgré tout la voix, agacé par les sempiternels reproches du procureur.

— Eh bien, que vous soyez plus rapide et plus efficace dans vos recherches.

— Je fais le maximum avec des effectifs réduits au minimum. Nous suivons en ce moment une piste sérieuse. Je vous tiendrai au courant.

— Une dernière chose et je vous laisse à vos affaires, déclara le magistrat, plus accessible. J'ai reçu une requête du Service de la police des jeux qui réclame une photocopie des trois tickets PMU trouvés dans la doublure de la veste de Maeney.

Xavier Mareuil se leva pour marquer la fin de l'entretien, serra la main de Castillac par-dessus le bureau et gagna en trois pas la sortie en lançant un vague « au revoir ».

Cette discussion n'était pas faite pour lui donner le moral. Il allait devoir redoubler d'efforts pour au moins amorcer un début de piste. Ce n'était pas la première fois, et probablement pas la dernière, que les magistrats lui cassaient les pieds en lui mettant des bâtons dans les roues. Perplexe, le commandant se gratta l'oreille. Ses sourcils froncés attestaient de son impuissance à clarifier les choses. Confronté à des faits qu'il ne parvenait pas à lier entre eux, il tentait d'établir une chronologie des actes. Ce qui l'amena invariablement à constater que quelque chose clochait dans les rapports qu'il avait lus. Il allait devoir tout reprendre à zéro. Un fait important avait dû échapper à la vigilance de Balain, novice dans la façon de mener les interrogatoires. Autre cassement de tête, la manipulation calculée de la caméra de surveillance. La bande avait été effacée à partir de 11 h 30, ce qui compliquait sérieusement la validité des alibis fournis après cette date.

Castillac avait besoin de se détendre. Il fit une longue virée le long de la plage en marchant jusqu'au port. Promenade durant laquelle il gambergea longuement sur les tenants et les aboutissants d'une enquête qu'il avait du mal à cerner. Le soleil déclinant prenait des couleurs plus sombres qui teintaient l'horizon de larges sillons orangés. La visière de sa casquette un peu baissée protégeait ses yeux du soleil et il avait grillé deux cigarillos en ne pensant à rien. Juste avant de s'engager sur la jetée, il reconnut dans le personnage qui s'avançait vers lui l'éminence grise de Philippe Beck, le mystérieux David Strauss. Ce dernier ne s'attendait visiblement pas à le rencontrer à cet endroit. Cependant il avait rapidement compensé cet instant de surprise en s'avançant, la main tendue.

— Bonjour commandant, c'est super de vous rencontrer, s'était-il exclamé en forçant un peu sur le superlatif. Nous n'avons pas souvent l'occasion de nous croiser !

L'homme d'une quarantaine d'années, de haute stature, était doté d'une musculature puissante que l'on devinait sous le polo bleu marine. Le cheveu était rare sur un crâne dégarni ; quant au visage long et laid, sans moustache ni collier de barbe, il cachait ses yeux derrière de grosses lunettes de soleil. Il avait de grandes paluches qui écrasaient les mains en les serrant.

Ils firent quelques pas ensemble sans aborder, à sa grande surprise, la moindre discussion sur l'avancée de l'enquête. C'était forcément délibéré de la part de Strauss. Ce qui avait le mérite d'être clair concernant sa non-implication dans les affaires judiciaires du château. Ou alors il cachait bien son jeu, usant d'une grosse dose d'indifférence pour faire croire qu'il était insensible aux problèmes de son ami Philippe Beck. L'individu était passé au travers de tous les interrogatoires, et mieux encore, son nom n'avait jamais été cité dans les rapports.

L'inspecteur Martin suivait la camionnette depuis son départ du château. Il avait parcouru environ quarante-cinq kilomètres quand le véhicule bifurqua à droite pour emprunter la départementale qui conduisait à Berville. Le chauffeur s'était arrêté cinq bonnes minutes sur le parking de la pharmacie pour repartir ensuite en prenant un chemin qui descendait vers la mer. Il apercevait les mâts des bateaux amarrés dans le port qui se balançaient au-dessus des toits d'ardoise des petites maisons alignées le long de la plage. La fourgonnette avait stoppé devant un portail rouge que le conducteur s'était empressé d'ouvrir pour ne pas gêner la circulation.

L'inspecteur était bien embêté. En voyant filer la cible, il n'avait pas attendu Ardouin, parti soulager sa vessie. Il savait qu'en intervenant seul il transgressait les règles de sécurité, mais dans son for intérieur il était persuadé d'avoir pris la bonne décision. À présent, il devait trouver rapidement un endroit où stationner sans se faire repérer afin d'appeler le commandant. Il était passé lentement devant le portail refermé, juste le temps d'apercevoir le véhicule garé dans une courette. Cent mètres plus loin, il trouva un terrain aplani à l'abri des regards indiscrets. Sans trop cogiter sur ce qu'il allait dire, il sortit son portable de sa poche, quand il s'aperçut que sa batterie était à plat. Il pesta contre la malchance tout en se disant qu'il pouvait peut-être aller jeter un coup d'œil discret sur la maison, pour au moins noter le nom de la rue et le numéro de la plaque de la maison.

Le soleil disparaissait à l'horizon et les ombres entamaient leur lente progression. Le coin paraissait tranquille. Le réverbère situé à plus de vingt mètres éclairait faiblement la rue. Il s'approcha en maintenant un pas de promeneur attentif au moindre mouvement suspect. Un chien aboya de l'autre côté de la route, à bonne distance de la maison à surveiller. L'inspecteur sur ses gardes malgré tout longeait la haie qui bordait la propriété en prenant l'air et la démarche de quelqu'un qui cherchait son chemin. Il s'arrêta à la limite du portail, étonné de voir que la porte était légèrement entrouverte. Il hésita un instant, sermonné par une voix qui lui disait de rebrousser chemin ; mais son intuition et la possibilité de briller auprès de ses collègues l'encourageaient à se glisser à l'intérieur en préparant dans sa tête une excuse bidon pour expliquer au propriétaire des lieux son intrusion dans une propriété privée. Une allée dallée menait à deux bâtiments : une maison d'habitation plongée dans l'obscurité, et un hangar aux battants ouverts à l'intérieur duquel vacillait une lueur orangée. En s'approchant de la fourgonnette, il remarqua les deux portières grandes ouvertes et le sommier en fer forgé à moitié sorti. À cet instant, il regrettait amèrement de ne plus avoir de batterie, oubli qui le privait d'une belle série de photos. Dans l'incapacité de filmer quoi que ce soit, il jugea plus prudent de rebrousser chemin en évitant d'attirer l'attention du propriétaire.

L'inspecteur Martin s'apprêtait à marcher en direction de la sortie, quand un tonitruant « *What do you want ?* » le cloua sur place. Il se trouvait à présent embringué dans une situation qu'il ne maîtrisait pas. En plus, il avait affaire à un étranger. Bien que son anglais soit limité, il avait compris qu'on lui demandait ce qu'il voulait. L'inspecteur se retourna lentement en retenant sa respiration. Ce qu'il vit n'avait rien d'encourageant. Un géant roux lui faisait face en le menaçant avec une hache. Tétanisé, il chercha à saisir son arme et, voyant qu'il n'y parviendrait pas, il cria de toutes ses forces : « Police » en mettant sa carte sous le nez de son agresseur qui le fixait d'un air rigolard. Il crut un instant que c'était une blague et que tout allait se terminer dans un éclat de rire, le temps de voir scintiller le filet tranchant de la hache qui s'abattait sur son crâne.

L'inspecteur Martin, le haut du crâne fendu jusqu'au nez, resta debout pendant quelques secondes, les yeux grands ouverts, puis s'effondra par terre aux pieds de son bourreau.

À 22 h en revenant de dîner, Castillac n'avait toujours pas de nouvelles de l'inspecteur Martin. Ardouin l'avait tenu au courant de la rocambolesque histoire d'envie pressante de pisser et du départ précipité du véhicule de son collègue, dont il n'avait vu que les feux arrière. Ce long silence, ajouté au fait qu'il n'arrivait pas à le joindre, devenait inquiétant. Il avait passé une après-midi éprouvante dans le bureau du procureur à discuter des deux affaires en cours et des mesures à prendre pour éviter que l'enquête soit confiée au SRPJ.

— Vous êtes un bon flic, Castillac, avait-il dit, un sourire discret adoucissant l'expression sévère de son visage. Prenez garde quand même de ne pas en faire trop. En vous attaquant de front au fils Beck, vous risquez d'y laisser des plumes.

— Ce sont les risques du métier, monsieur le procureur. Cet individu a quand même fait disparaître des preuves accablantes probablement liées aux deux victimes.

— En ce qui me concerne, ce ne sont que des suppositions, et sans mettre votre parole en doute, il faudra trouver autre chose pour s'attaquer à la famille Beck.

Le reste de la discussion s'était ensuite déroulé dans le bureau de la juge d'instruction. Elle voulait se faire une opinion sur la personnalité des deux victimes dont il avait brossé un portrait rapide, en insistant sur le fait que les deux affaires n'étaient pas liées, mais que les circonstances les avaient fait se rencontrer. En d'autres termes, il se pouvait que le meurtre de Christine Lindorff soit la conséquence directe de celui de Maeney. Après avoir abordé rapidement le contenu de la conversation avec le consul des États-Unis, elle s'était fait expliquer dans le détail les rapports du médecin légiste et de la Scientifique, en marquant une pause après chaque réponse le temps de prendre des notes.

Castillac était soucieux. Il n'avait aucune nouvelle de l'inspecteur Martin, et sa femme s'inquiétait à juste titre qu'il ne soit pas rentré la veille au soir. Pour ne pas l'affoler inutilement, il avait prétexté une filature de nuit qui s'était éternisée.

— Balain... nous sommes dans la mouise, constata le commandant. Il va falloir se bouger le cul si on ne veut pas passer pour des amateurs.

Debout tous deux devant le tableau, ils séchaient comme de mauvais élèves, incapables de dissocier les non-dits des informations fantaisistes qui débouchaient en général sur une impasse. Castillac s'était reculé de deux pas de façon à englober du regard toute la surface du tableau, en partie occupée par des photos et des annotations. Et puis soudain, l'étincelle jaillit ! Il manquait le lien principal qui reliait les victimes entre elles. Il fallait de nouveau consulter les procès-verbaux d'interrogatoires afin de débusquer un nom ou un fait qui aurait échappé à l'attention des enquêteurs.

— Toujours aucune nouvelle de Martin ? s'enquit la jeune inspectrice, visiblement préoccupée par le silence de son collègue.

Castillac s'apprêtait à répondre, mais il fut interrompu par la sonnerie du téléphone. Il fit signe à Balain, placée à proximité du combiné, de décrocher. La communication ne dura que quelques secondes et quand elle raccrocha, en voyant la brusque pâleur de son visage, il comprit que quelque chose de grave venait de se produire.

— Les gendarmes viennent de retrouver le véhicule de l'inspecteur Martin, encastré dans les rochers en bas de la falaise. Sa gorge était tellement nouée qu'elle rencontrait des difficultés à articuler les mots.

— À quel endroit ? demanda Castillac en prenant au vol son arme et sa veste.

— Juste après le calvaire des Demoiselles... Je dois me faire confirmer... balbutia-t-elle, émue jusqu'aux larmes.

— Désolé de vous interrompre. Prenez vos affaires et suivez-moi. Vous me direz tout ça en cours de route.

Castillac conduisait la voiture de service équipée d'un gyrophare. Il connaissait bien la route, qu'il traça en vingt-deux minutes chrono. En suivant les indications fournies par les gendarmes, ils empruntèrent une route défoncée par des nids-de-poule qui piquait du nez dans la mer. Au bout, un vaste rond-point permettait de repartir dans l'autre sens. Plusieurs véhicules, le bleu des gendarmes, le blanc de la Scientifique et le rouge des pompiers étaient garés en épis. En sortant de voiture, il eut vite fait de repérer l'amorce d'un sentier, type chemin des douaniers qui devait sinuer le long de la falaise.

— Il va falloir marcher, Balain, dit Castillac en entraînant la jeune fille dans son sillage.

Ils longèrent un chemin empierré de plus en plus proche du rivage, au-dessus duquel se dressait une falaise deux fois plus petite que celle du calvaire des Demoiselles. Une dizaine de personnes en uniforme ou en combinaison blanche s'activaient autour d'un tas de ferraille encastré entre deux rochers, tentant par tous les moyens de lui arracher des indices miraculeusement échappés aux vagues qui l'avaient recouvert à moitié durant la marée haute. Un gendarme qui surveillait l'accès à la zone de l'accident leur déconseilla de s'avancer plus avant sans être mieux équipés. À la question de savoir où il pouvait trouver un responsable, il lui indiqua une petite crique où une tente avait été dressée. Ils trouvèrent l'endroit au moment où les pompiers le quittaient après avoir déposé le corps, qu'ils venaient de désincarcérer. Par chance, il reconnut tout de suite la silhouette dégingandée de son ami Pierre qui allait se livrer à un premier examen. En reconnaissant les vêtements que portait le cadavre, allongé sur un lit de galets, Balain ne put s'empêcher de détourner la tête en étouffant des sanglots. Pierre Hébert les salua d'un signe de tête, accompagné d'un regard compatissant. Le médecin légiste, un genou à terre, examinait le corps en commentant parfois ce qu'il diagnostiquait.

— La mort remonte à hier soir à environ 23 heures. Il était mort quand sa voiture a été poussée du haut de la falaise. Je peux te certifier que c'est un crime commis par le fou furieux que tu n'as pas encore arrêté, lui balança son ami comme un reproche.

— Es-tu sûr de ce que tu avances ? insista son copain, qui avait besoin de plus de preuves pour envisager cette éventualité.

— Approche un peu tes yeux de ce qui fut le visage de cet homme. Que vois-tu ? Tu ne peux pas louper cette plaie qui fend le crâne jusqu'aux lèvres comme une coquille de noix. Eh bien monsieur, cette horreur, c'est un coup de hache qui l'a provoquée.

Pierrot avait raison : une bête furieuse sévissait dans les murs du château du Parc. Le doute n'était plus permis ; trop de voyants rouges s'allumaient pour ne pas réagir rapidement en revisitant les documents accumulés depuis le début de l'enquête.

En repartant, ils firent un détour par l'exploitation du maraîcher, prêteur du véhicule suivi par l'inspecteur Martin. La cinquantaine, une bonne tête de paysan avec de petits yeux malins, il n'avait fait aucune difficulté pour expliquer que par gentillesse, il avait prêté sa fourgonnette à la demande de Philippe Beck pour effectuer le déménagement de plusieurs objets lourds. Il l'avait toujours récupérée sur place en bon état, lavée et nettoyée.

— Pouvez-vous me décrire la personne qui ramenait le véhicule ?

— Je n'en sais fichtre rien, répondit-il, visiblement gêné par la question. Je la retrouvais le matin tôt garée devant les serres. Que signifient toutes ces questions ? demanda-t-il. Le chauffeur avait-il eu des problèmes ? interrogea-t-il, anxieux. Puis d'un coup il se retourna en disant : Regardez la fourgonnette à droite, elle se trouve à la place où le mystérieux conducteur l'a laissée.

— Merci, monsieur, de coopérer aussi efficacement. Je vais vous demander un petit sacrifice. Pouvez-vous ne pas utiliser votre camionnette avant que la police scientifique ne soit venue l'examiner ?

Le soir, alors qu'il rentrait tranquillement chez lui en longeant la plage, Castillac rencontra Balain qui venait, lui semblait-il, de quitter un homme dont il ne distinguait plus que la grande silhouette et qui se dirigeait vers le parking. Son air était différent de celui qu'elle avait en quittant le commissariat. Elle paraissait contrariée et même un peu agitée, comme si elle sortait d'une dispute.

— Oh ! C'est vous, commandant ? Vous vous promenez, dit-elle avec ce ton vaguement rieur qu'elle essayait de prendre quand elle ne savait pas quoi dire.

Ils firent les quelques pas qui les séparaient de sa voiture sans s'arrêter de parler... de la pluie et du beau temps.

La jeune inspectrice attendit que Castillac traverse l'avenue pour rejoindre son domicile avant de démarrer sa voiture. Elle pleurait, une vraie crise de larmes. L'homme qui était censé lui donner le nom de celui qui avait précipité sa sœur dans la débauche et peut-être la mort, l'avait lourdement trompée. Elle était à présent prisonnière d'un charlatan qui n'hésiterait pas à la faire tomber au moindre faux pas. Elle était allée trop loin dans le *deal* avec l'individu, qu'elle avait surnommé « Quasimodo ». Le violent incident qui venait d'éclater ce soir la mettait en position de tout perdre. Il avait exigé qu'elle lui procure certaines informations concernant les enquêtes en cours sur les sœurs Lindorff et Vélasquez. Elle était tellement chamboulée qu'elle avait failli griller un feu rouge. Au début en discutant avec lui, elle n'avait pas fait gaffe à ses exagérations et à ses réactions parfois violentes, qu'il s'amusait à tourner en dérision. Son esprit à vif ne manquait pas de se poser la question de savoir ce qu'elle allait bien pouvoir faire à présent pour se sortir du guêpier où elle s'était fourrée.

# 5

Cinquième jour d'enquête.

Castillac avait pris ce matin de début août normalement ensoleillé et chaud, la résolution de revenir aux fondamentaux, de chercher l'élément perturbateur, tellement gros qu'on ne le voyait pas. Tout le ramenait invariablement à cet endroit. La découverte du corps de Christine Lindorff, et plus récemment celui de l'inspecteur Martin. Il s'était pointé très tôt dans la matinée sur le parking du calvaire des Demoiselles, pratiquement désert à cette heure matinale. La vue d'ensemble qu'il avait sur la surface de terre battue, délimitée au bout par un grillage de plus de deux mètres de haut, donnait sur un à-pic rocheux de presque soixante mètres qui plongeait dans la mer. À droite l'entrée de la grotte, interdite au public non accompagné, à proximité de laquelle stationnait un camping-car. À l'extrémité gauche, un grand noyer au feuillage vert foncé, entouré de buissons fleuris, et tout proche ce qui ressemblait à une cabine de chantier, se confondait dans l'environnement végétal. Ce nouvel élément, escamoté lors de sa première visite, ne pouvait qu'attirer son attention. Il s'agissait d'un petit local type EDF, visiblement hors service, vu les traces de rouille qui corrodaient la base. Ce qui était moins banal, c'était le panneau jaune triangulaire frappé d'un éclair, marqué « danger électrique » en bon état et la porte bloquée par une chaîne cadenassée. Il s'était renseigné auprès des services techniques de la ville, qui ignoraient l'existence de ce local. Quelques coups de fil passés au centre EDF de la région confirmaient que ce poste n'était plus opérationnel depuis plus de deux ans. Revenu sur les lieux avec un agent de la mairie muni d'une pince coupante et la chaîne une fois cisaillée, la porte s'ouvrit sans mal sur un trou d'environ deux mètres qui plongeait dans les entrailles de la falaise. Une fois l'échelle en bois descendue, ils avaient atterri sur un terre-plein éclairé par une fenêtre taillée dans la roche. En s'approchant, on entendait distinctement un bruit de ressac, suggérant le mouvement grondant et tumultueux des vagues qui frappaient les rochers.

Il en avait vu assez pour ne pas s'aventurer plus loin, au risque d'effacer des indices que seule la police scientifique serait en mesure d'analyser. Comme il n'était pas question de poster un gendarme en faction 24 heures sur 24, la seule solution consistait à remplacer le cadenas, ce que l'agent des services techniques de la mairie s'engagea à faire dans l'heure qui suivait. De retour au bureau, il avait aussitôt alerté la Scientifique pour qu'une équipe soit envoyée sur place en stipulant que la clé du cadenas se trouvait dans les locaux des services techniques de la mairie.

Sa montre affichait 11 h 30. Le commandant, qui venait de réintégrer son bureau, eut juste le temps de prévenir Balain qu'il désirait la voir en début d'après-midi, que la réceptionniste annonçait l'arrivée d'Élisabeth Lindorff.

Une fois la jeune femme installée, il entama la discussion, pas sûr de pouvoir la mener jusqu'à son terme tant le caractère de son interlocutrice était versatile.

— J'imagine que vous savez pourquoi je vous ai demandé de passer.

La jeune femme leva les sourcils d'un air résigné.

— De quel acte contraire à la loi allez-vous encore m'accuser ?

— Je n'ai pas l'intention de vous imputer une faute sans preuve, assura Castillac. Cette conversation n'ayant rien d'officiel, vous êtes en droit de refuser de répondre à mes questions. Il se pencha légèrement en avant, le regard malgré tout attiré par les longues jambes fuselées que la jeune femme avait croisées haut, découvrant ses genoux ronds et bronzés.

— Alors pourquoi cette convocation maquillée en entretien ?

— Pour mettre les choses au clair et repartir sur de bonnes bases, le tout dans l'optimisme et la bonne humeur.

— Oh là, commandant ! Vous me faites peur. Heureusement que je suis assise, car vos paroles prêtent à sourire, mais je crains qu'elles cachent au contraire une désagréable surprise, s'écria la jeune femme en affichant un sourire qui n'avait rien de contagieux.

— Commençons par clarifier votre attitude irresponsable qui a fait échouer une perquisition dans le sous-sol du parking. Par votre faute, des indices importants ont été détruits.

Il éleva la voix en la fixant droit dans les yeux.

— Je me doutais que c'était un piège. En fait cette confrontation n'a rien d'amical, dit Élisabeth Lindorff en faisant grise mine. Il va sans dire que je ne répondrai pas à votre provocation ni à toutes les questions qui suivront, dit-elle en se levant.

— Rasseyez-vous, madame... je n'ai pas terminé, j'ai des photos à vous montrer.

— Dois-je comprendre que vous me mettez en garde à vue ? répliqua-t-elle, le rouge aux joues et les sourcils froncés.

— Vous pensez trop, madame, et souvent négativement. Je vous demande seulement de jeter un œil sur ces photos, dit-il en faisant défiler sous ses yeux les images prises avec son iPhone dans la salle où se déroulaient les séances sadomasochistes.

À son grand étonnement, elle avait blêmi, et son comportement gêné tendait à prouver qu'elle découvrait ces clichés pour la première fois.

— Votre réaction m'interpelle ! Je serais curieux de savoir ce que votre sœur a bien pu vous raconter.

— Absolument rien de tout ça. Je savais seulement que vous alliez faire une descente au château sur renseignements d'un indicateur qui disait avoir découvert dans le sous-sol du parking une planque secrète où de la drogue se trouvait cachée. J'ajoute n'avoir parlé à personne de votre intervention. Ceux qui disent le contraire sont des menteurs.

L'harmonie du beau visage, défait par la colère, ne montrait plus que les sourcils froncés et les lèvres pincées.

— Je ne sais pas quoi dire, commandant, et je comprends votre indignation. Que comptez-vous faire à présent ?

— Rien du tout. Toute action en justice serait vouée à l'échec.

— Je comprends maintenant pourquoi Philippe, mon cousin, m'avait proposé de transporter les derniers cartons de mon déménagement jusqu'à mon domicile.

— Ne m'en voulez pas de vous poser la question, mais vous n'avez jamais remarqué chez votre sœur Christine des bleus aux poignets ou sur les bras ?

— Vous croyez qu'elle participait à ce genre de séance ? Je vous avoue ne plus être sûre de rien. Ces derniers mois, on ne se voyait pratiquement plus.

— Très franchement, je préfère ne pas répondre. Le peu d'images que j'ai visionnées montraient des personnages vêtus de combinaisons intégrales noires ; même les cheveux étaient cachés. Seul un examen attentif des films aurait permis d'apporter des réponses. Une dernière question, et ensuite je vous laisse tranquille.

— Je vous dois bien ça, commandant... Je vous écoute.

— Selon vous, qui au château serait susceptible de se livrer à ces jeux érotiques ?

— Vous me posez une sacrée colle, commandant. Une légère rougeur qui faisait ressortir le côté cuivré de son visage mettait de l'intensité dans son regard de feu. Elle garda le silence quelques secondes, le temps de réfléchir à qui au château pouvait bien se livrer à de telles pratiques. Par déduction, reprit-elle en murmurant les mots, je ne peux pas éliminer mon cousin, au courant de tout ; quant aux autres, je les connais mal. Je pense à Vélasquez et à David Strauss.

— David Strauss... le collaborateur du fils Beck, s'étonna Castillac. Et vous me dites que c'était un habitué du château ?

Elle sourit à moitié, soulevant légèrement sa lèvre inférieure.

— Vous n'avez pas besoin de mes lumières pour en savoir plus sur cet individu que je connais à peine. Je sais seulement qu'on le considère comme l'éminence grise de Philippe Beck et qu'il serait chargé de la communication dans le staff électoral du candidat à la députation.

— Comment est-il, physiquement ? se renseigna Castillac. Il me semble l'avoir croisé une fois.

— Un géant, du moins par rapport à ma taille ; des cheveux noir brillant coiffés en arrière, avec un visage ingrat et des yeux d'un bleu glacial.

Elle avait repoussé sa chaise, offrant une vue plongeante sur ses genoux ronds et bronzés. Leurs regards s'étaient croisés et un peu de rouge avait coloré ses joues.

— Merci pour vos tuyaux. Je reste bien entendu à votre disposition, s'entendit-il dire en mesurant après coup l'inopportunité d'un tel propos.

La jeune femme se leva, rajusta sa jupe en tirant dessus et se dirigea vers la porte, non sans lui avoir souhaité une bonne fin de soirée.

La demoiselle Lindorff n'avait pas sitôt refermé la porte que Balain déboulait dans le bureau.

— Vous avez demandé à me voir ? dit-elle en s'asseyant en face de lui.

— Où en êtes-vous du visionnage de la cassette de surveillance de l'entrée du parking ? J'attends toujours également un rapport concernant l'analyse des portables et de la caméra.

— Il n'y a rien à en tirer, répondit-elle, ajoutant dans la seconde : sauf peut-être un passage de l'enregistrement où l'on aperçoit les silhouettes floues d'un homme debout et d'une femme au volant de sa voiture en train de discuter devant la sortie du parking. Le reste de la bande n'était pas lisible.

— À quoi pensez-vous, nom de Dieu... ! Vous me dites ça maintenant ? Et puis d'abord, quelle heure était affichée sur la bande ? se renseigna le commandant, pas très content du comportement de la lieutenante qui donnait l'impression de traiter l'affaire par-dessus la jambe. J'imagine que vous avez rendu les portables ; en revanche j'aimerais récupérer le film de la caméra de surveillance.

— Il devait être environ 11 h 15 ; dois-je comprendre que vous ne me faites pas confiance ? sembla s'étonner la jeune femme, visiblement déçue.

— Ce n'est pas une question de confiance, mais de prudence. Un deuxième avis est souvent nécessaire pour se faire une opinion. Vous comprendrez, Balain, que cette affaire est suffisamment compliquée sans y ajouter des approximations et des oublis. Ce sera tout... N'oubliez pas de rapporter la cassette.

Castillac se promena longtemps seul sur la plage avant de rejoindre son bureau.

Son entretien téléphonique avec le préfet avait eu pour effet de lui mettre la pression. Le moment était mal choisi, car au lieu de simplifier les choses, ce haut magistrat, zélé et imbu de lui-même, compliquait les rapports justice / police en faisant pression sur le procureur pour qu'il lui retire l'enquête. Il avait décidé de n'effleurer qu'une partie de la discussion, par souci de ne pas inquiéter inutilement Balain, qui devait se foutre royalement des états d'âme du préfet. Pour revenir à son problème, il sentait que trop de choses lui échappaient. Pratiquement tout le monde se taisait, et ceux qui parlaient ne disaient pas la vérité. Il n'avait jamais eu autant de pistes à explorer, et si peu d'indices à examiner.

Pourtant sa pensée était claire. Le problème posé également. Ce qui l'était moins était l'enchaînement aveugle des actes meurtriers. Il avait l'étrange impression que quelqu'un tirait les ficelles dans son dos. Ce qu'il devait obtenir rapidement, c'était la vérité, et ne pas se laisser influencer par ce chassé-croisé de pensées tronquées et de mensonges à moitié avoués. À cet instant où tout pouvait basculer, il se demandait obstinément : « Pourquoi toutes ces contrevérités ? Quel secret inavouable les familles Beck et Lindorff pouvaient-elles bien cacher ? »

En attendant la visite de Balain, le commandant s'était penché sur le rapport de la Scientifique qu'il venait de recevoir. Ce dernier concernait le véhicule incendié de Maeney et ne livrait pas grand-chose, mis à part les restes brûlés d'une perruque retrouvée sous le siège passager. Ce qui renforçait la thèse selon laquelle Christine Lindorff avait bien été enlevée par le psychopathe recherché qui se trouvait dans les parages du château le 27 juillet à l'heure où Maeney avait été assassiné. Qu'y faisait-il ? Et surtout, quel était son rôle dans le meurtre du diplomate, qu'il ne pouvait pas avoir tué ? Le temps de fumer un cigarillo devant la fenêtre ouverte et l'inspectrice, ponctuelle, était assise en face de lui.

— Nous sommes au pied du mur, Balain. Nous n'avons plus le droit à l'erreur.

— Jusqu'ici les circonstances nous étaient défavorables, patron. Mais nous avons matière à réfléchir et à trouver. L'avenir n'est pas si noir.

Il l'admit avec lucidité. Oui, certes, à cet instant pas grand-chose n'avait bougé. Trois crimes et pas un seul suspect. Il y avait de quoi perturber n'importe quel enquêteur. Le procureur n'était pas loin de lui retirer l'enquête. Le préfet le tannait pour la refiler au SRPJ de Rouen et sa hiérarchie faisait la sourde oreille. Il était en perdition, et le seul soutien de Balain ne suffirait pas à le maintenir en selle.

— Je comprends que vous ayez les boules, murmura-t-elle. Mais il s'agit d'un passage à vide.

--- Que faire ? s'énerva Castillac qui n'apercevait pas le bout du tunnel. Vélasquez nous nargue, et la piste Beck s'enlise dans les ornières du copinage et du chantage. Le temps nous manque cruellement. Nous sommes condamnés à trouver rapidement la formule magique qui nous sortira de ce merdier. À ce propos, où en êtes-vous de la demande de renseignements adressée à Interpol ? questionna-t-il, pressé de se faire une idée du vrai visage de l'Argentin.

— J'allais justement vous en parler, commandant, se hâta de répondre la jeune femme en voyant le froncement de sourcil de son chef, ajoutant, pour couper court à toute remarque qui pourrait fâcher :

— Je fais l'impossible, monsieur, pour satisfaire vos exigences, mais je sature !

— Je sais que je vous demande beaucoup, dit-il sur un ton sérieux et reconnaissant. Dites-moi ce que je peux faire pour alléger votre charge de travail.

— Merci, commandant, mais je vais me débrouiller. Je préfère mener à leur terme les dossiers dont j'ai la charge.

— C'est très courageux de votre part, lieutenante Balain. Que ça ne vous empêche pas de faire appel à moi si vous avez besoin d'aide.

— Message enregistré cinq sur cinq, patron, répondit-elle, soulagée malgré tout d'avoir remis les pendules à l'heure. Puis elle ajouta en haussant le ton : j'ai condensé en un feuillet l'essentiel de ce qu'il faut savoir sur le mystérieux Vélasquez, qui n'est pas celui qu'il veut faire croire. Il est bien né en Argentine il y a trente-six ans, d'un père cubain, alcoolique et brutal, et d'une mère argentine, adolescente violée. Confronté tout jeune à la violence de la rue, il a intégré une sorte de colonie fondée par un ancien nazi. Il s'est fait coincer pour une histoire de trafic d'armes, mais comme il était protégé, il s'en est sorti avec un simple avertissement. La suite du rapport devient intéressante. Il mentionne qu'un diplomate américain du nom de Maeney a été cité dans le procès-verbal, sans spécifier son degré d'accréditation. J'ai voulu tirer cette affaire au clair, alors j'ai consulté le dossier que vous avez constitué lors de votre visite au consulat des États-Unis de Rennes. Je n'ai rien trouvé qui fasse référence à un poste que Maeney aurait occupé à Buenos Aires. J'ai donc appelé la secrétaire du consul, une femme charmante et très bien renseignée, qui n'a fait aucune difficulté pour me confirmer que John Maeney avait bien fait un court passage à l'ambassade des États-Unis de Buenos Aires. Mais je vous ai gardé le meilleur pour la fin. L'oncle de Vélasquez, du côté de sa mère, aurait travaillé comme comptable dans la société dirigée par Maximilien Beck. C'est à coup sûr par ce biais qu'il a obtenu de Philippe Beck un contrat pour venir travailler en France. Reste à savoir ce qu'il est réellement venu faire en métropole.

— Probablement pas du tourisme ! s'exclama Castillac en fixant la jeune fille rougissante, intimidée par le regard pénétrant de son chef, qui ajouta :

— Toutes mes félicitations, Balain, pour cette excellente initiative qui ouvre enfin une brèche dans ce mur de silence et cet amalgame de mensonges. Il faut maintenant concrétiser tout ça... Je vous écoute, lieutenante... Que proposez-vous ?

— Nous avons suffisamment de preuves pour mettre Vélasquez en garde à vue. À nous de tirer profit de ces quarante-huit heures pour débusquer le ou les coupables de ces crimes.

L'idée lui plaisait, elle était astucieuse et pouvait marcher, se réjouissait-il, tout sourire.

Castillac repoussa son siège, se leva et marcha jusqu'au tableau. En posant le doigt sur les photos, il enchaîna :

— Nous savons que Vélasquez connaissait Maeney et qu'ils ont traficoté ensemble. Nous savons aussi que son alibi ne tenait que par la seule vidéo qui n'avait pas enregistré sa présence à l'heure du crime, assez curieusement d'ailleurs, comme celle des principaux témoins.

Perplexe, il se gratta le bout du nez, son regard allant du tableau à la jeune inspectrice.

— Sauf omission de ma part, vous ne m'avez pas encore remis la fameuse cassette de surveillance du parking, se renseigna-t-il, et sans attendre la réponse – il avait interprété son balancement de tête comme un signe positif – il ajouta : si c'est oui, merci de la déposer sur mon bureau afin que je puisse la visionner de nouveau.

Il fit les trois pas qui le séparaient de la fenêtre qu'il ouvrit en grand, respirant une bouffée d'air pur venant de la mer. Les cris des enfants qui jouaient dans le parc voisin du commissariat ne perturbèrent en rien l'instant de solitude qu'il venait de s'imposer.

— Alors, commandant… ? La voix encore faible de Balain lui parvenait, le forçant à recoller à la réalité du moment. Quels sont les ordres ?

Castillac referma la fenêtre. De nouveau près du tableau, il désigna Philippe Beck comme étant la cible prioritaire. Je veux, Balain, que vous réunissiez tout ce que vous pourrez trouver sur cette personne. J'ai de bonnes raisons de croire qu'il nous cache beaucoup de choses. C'est pourquoi il faudra orienter l'audition de Vélasquez dans ce sens, en s'arrangeant pour lui faire dire des trucs qui pourront nous servir contre Beck. Il consulta son répertoire, et l'ordre tomba d'aller chercher Vélasquez le lendemain matin sous le motif de faux témoignage et de rétention d'informations. Il se chargeait d'obtenir une commission rogatoire pour fouiller son domicile.

La détermination qui avait envahi le visage du commandant gagna celui de la jeune inspectrice, qui annonça qu'elle se mettait immédiatement au boulot.

Il allait replonger sans enthousiasme dans la chemise des affaires courantes en attente, quand la sonnerie du téléphone repoussa à plus tard leur examen.

— Brigadier Ardouin… Je vous passe le lieutenant Marolles, attaché au Service central des courses et des jeux.

— Bonjour lieutenant… Oui en effet, trois tickets de PMU visés par une suspicion de trucage. Pas de problème, on se retrouve demain dans la matinée au centre administratif du champ de courses de La Touques.

Sixième jour d'enquête.

La journée, très chargée, commençait par l'interrogatoire de Vélasquez que Balain était allée cueillir au saut du lit, Ardouin et un inspecteur venu en renfort se chargeant de perquisitionner son domicile.

Ils avaient mis au point une technique de questionnement où la jeune inspectrice débutait seule, lui-même intervenant en milieu d'audition.

Castillac observait Vélasquez à travers la glace sans tain. Les mains à plat sur la table, il ne bougeait pas d'un pouce, les yeux fixés sur la porte.

En voyant entrer la lieutenante, son visage s'était animé d'une expression difficile à interpréter tant le sourire avait quelque chose d'énigmatique.

— Je m'appelle Valérie Balain, attaqua-t-elle. Je suis inspectrice de police judiciaire, attachée à ce commissariat. Vous êtes placé en garde à vue depuis 8 heures 30 ce matin. Cette audition est enregistrée et filmée. Avez-vous des questions concernant la procédure ?

Il fit non de la tête, sans manifester autre chose que de l'indifférence.

— Vous avez déclaré au cours d'un précédent interrogatoire ne pas connaître John Maeney. Elle planta son regard dans le sien, bien décidée à ne pas le lâcher. Vous maintenez cette déclaration ?

— Je ne connais pas ce nom.

— Réfléchissez… Fouillez dans votre mémoire, insista la jeune inspectrice en martelant une minute plus tard : Buenos Aires, septembre 1999. Et devant l'absence de réaction : que faisiez-vous à cette époque ?

Le lieu et la date, au grand étonnement de Balain, avaient provoqué comme un électrochoc. Elle avait l'impression qu'une fenêtre venait de s'ouvrir.

— J'avais dix-sept ans... et je vivais dans un quartier difficile.

— Mais encore ? Quelle sorte de trafic faisiez-vous ?

— Ce qu'on trouvait sous la main. De la drogue, des armes, des cigarettes.

— Dans quelles circonstances avez-vous rencontré John Maeney, alors conseiller commercial à l'ambassade des États-Unis ?

— Je me suis fait serrer par les flics en possession de drogue. Maeney était présent dans le poste de police. J'ai su plus tard qu'il coopérait avec les autorités pour démanteler un trafic de came. Toujours est-il qu'à la fin de mon interrogatoire, à ma grande surprise j'étais libre, liberté que je devais à l'Américain qui m'attendait à la sortie.

— Maeney faisait dans le trafic de drogue ?

— Non... à ma connaissance il n'y touchait pas. Il se livrait au commerce très lucratif des armes. J'ai travaillé pour lui durant deux ans, jusqu'à ce qu'il disparaisse sans laisser d'adresse.

— Pourquoi n'avoir rien dit au cours du premier entretien ?

— Franchement, sur le coup je n'avais pas reconnu le Maeney que je connaissais. Cependant lui n'avait pas oublié ma tronche. Nous nous sommes rencontrés dans le grand hall du château et nous avons échangé quelques mots, interrompus par lui sous le prétexte qu'il venait de voir passer quelqu'un qu'il devait absolument intercepter.

— Vous ne connaissez pas par hasard l'aspect physique de la personne après qui il courait ?

— Désolé... je lui tournais le dos.

— Quelle heure était-il ?

— J'avais regardé ma montre un quart d'heure avant. Je dirais entre 10 h 45 et 11 h.

— J'ai également relevé dans le rapport d'Interpol qu'un de vos oncles avait travaillé dans l'entreprise de Maximilien Beck.

— Je me suis en effet servi de cette introduction pour demander à Philippe Beck de m'engager.

— Dommage que vous n'ayez pas raconté tout ça lors du premier interrogatoire. Cela aurait peut-être pu éviter de nous lancer sur de fausses pistes.

— Je ne savais pas quoi faire, et surtout je ne voulais pas dire de choses qui puissent nuire à mes employeurs.

— Pourquoi, ils ont des choses à cacher ?

— Tout le monde a des secrets, dit Vélasquez, énigmatique.

Balain décroisa ses coudes posés sur la table, recula sa chaise comme si elle allait se lever, et après un court silence, elle relança :

— Une dernière question : que faisiez-vous le 27 juillet entre midi et 1 h ?

— J'ai dû quitter le château aux environs de 11 h 15 après avoir terminé d'arroser les plantes du hall ; ensuite j'ai réapprovisionné le buffet en boissons et en glaces.

Le silence qui suivit, voulu par la jeune policière pour préparer l'entrée de Castillac, la laissait insatisfaite. Elle aurait voulu trouver la faille, briser la carapace de cet individu retors pour mettre au jour sa véritable personnalité. Elle avait plongé le nez dans ses notes, ignorant perfidement le regard attentif et curieux que Vélasquez posait sur elle. C'était le moment que Castillac avait choisi pour intervenir.

— Commandant Castillac, superviseur de cette enquête.

Il observa quelques secondes le comportement flegmatique de son vis-à-vis, sans parvenir à capter son attention.

— Je voudrais revenir à la dernière question, dit-il en venant s'asseoir à côté de Balain.

Vélasquez montrait quelques signes d'inquiétude et coulait un regard anxieux en direction de Balain, occupée à lire le document que Castillac venait de lui glisser – en fait une note d'information sans importance.

— J'aurais besoin que vous me précisiez le plus exactement possible où vous étiez entre 11 h 45 et 13 h. Réfléchissez bien avant de répondre.

— J'ai déjà répondu à la question, répliqua Vélasquez sur un ton courroucé.

— Il faut croire que votre réponse ne correspond pas aux témoignages dont nous disposons. À commencer par votre alibi. Pour votre gouverne, curieusement la caméra de surveillance du parking n'a plus rien enregistré à partir de 11 h 15. Si je ne m'abuse, vous êtes bien chargé de la maintenance ?

— Seulement en cas de problème, concéda-t-il en fronçant les sourcils et en rentrant les épaules.

— J'ignorais qu'elle était en panne. M. Beck ne m'a rien dit. Mais ça ne veut pas dire que je vous mens pour autant.

— Je ne peux pas m'empêcher d'être un peu surpris par votre naïveté. Vous vous trompez lourdement sur un point… Philippe Beck ne lèvera pas le petit doigt pour vous sortir de ce guêpier.

— Ah, votre embrouille est très instructive, mais vous ne parviendrez pas à me faire débiner mon patron. Je suis innocent, alors dites-moi donc pourquoi vous me traitez comme un coupable en puissance ?

— J'admire votre sens du sacrifice, et je trouve au contraire que la lieutenante a été conciliante envers quelqu'un qui a un lourd casier judiciaire dans son pays natal.

Vélasquez détourna le regard, n'appréciant visiblement pas l'allusion à son passé.

— Eh bien, je remarque malheureusement pour moi que toutes les polices commettent la même erreur de jugement. Un déjà condamné sera toujours coupable.

— Non, vous vous trompez ! Il suffit de dire la vérité pour rester un homme libre.

L'Argentin leva les yeux vers le commandant. Son visage affichait une expression de méfiance mêlée de crainte. Sa bouche s'était légèrement entrouverte et il bougonna :

— Je n'ai pas le choix. Parler, c'est me condamner à retourner en Argentine où je suis sûr d'être exécuté.

— Oh, arrêtez votre numéro, éclata Castillac, excédé. Vous n'êtes que la victime d'une situation que vous avez créée.

Le jardinier le fixa, l'air égaré.

— Je n'ai fait qu'obéir à la demande formelle de Philippe Beck.

Castillac, qui écoutait attentivement, avait dressé l'oreille.

— Et quel était cet ordre ?

— C'était plutôt un service.

— Venez-en au fait... s'impatienta le commandant.

— Je suis terriblement gêné, se lamenta Vélasquez. Je ne veux pas trahir la confiance de mon patron.

Castillac perdait patience. Ce drôle d'oiseau commençait à lui taper sur les nerfs.

— J'enquête sur plusieurs meurtres. Je vous invite à me dire ce que vous savez. Dans le cas contraire, je me verrai obligé de demander une mise en examen pour complicité d'assassinats.

Le jeune homme avait accusé le coup. Il le considéra avec dans le regard l'appréhension de l'inconnu.

— Si je parle, M. Beck n'en saura rien ?

— Cette interrogatoire étant formel, et à moins d'être mêlé aux homicides, vous ne risquez rien.

Le silence s'installa ; le temps pour Vélasquez de faire tourner dans sa tête les options proposées. Au bout de deux minutes d'une intense réflexion, son choix était fait. Il avait décidé de parler.

— La vérité est toute simple. Je n'ai tué ou enlevé personne... Philippe Beck m'a demandé de veiller sur Christine Lindorff. Après avoir fini d'arroser les plantes du hall, je suis monté à l'étage pour voir si tout se passait bien. En m'approchant, la porte était entrebâillée, j'ai remarqué le désordre dans la chambre et découvert la jeune femme en déshabillé vaporeux qui faisait sa valise. Elle était morte de trouille. Elle parlait vite, trop vite pour que je comprenne tout ce qu'elle disait. Toujours est-il que selon ses propres termes, John Maeney avait pété un plomb. Il l'accusait de lui avoir volé des tickets PMU pour s'acheter de la drogue, et elle n'avait qu'une hâte : quitter rapidement le château. J'ai donc décidé de la conduire dans un endroit sûr. Sitôt habillée, la demoiselle devait m'attendre à l'entrée du garage. Après avoir fait un tour de la chambre et de la salle de bains, je m'apprêtais à descendre quant au bout du couloir j'ai aperçu une silhouette entrer dans la chambre où devait se trouver Maeney. Très vite un bruit de dispute a éclaté. J'étais au milieu du couloir au moment où deux coups de feu ont retenti. J'ai aussitôt rebroussé chemin, descendu rapidement l'escalier pour m'apercevoir en bas que Christine Lindorff ne m'avait pas attendu.

— Un sacré roman que vous nous contez là, monsieur Vélasquez.

— Vous ne me croyez pas… ! C'est pourtant la vérité.

— Nous allons vérifier tout ça. Vous aurez toute la nuit pour méditer au calme la suite de votre aventure.

Castillac s'était levé, mettant fin à l'interrogatoire. Il se dirigeait vers la sortie, suivi des yeux par Vélasquez, quand il se retourna brusquement. Le silence qui s'installa avait l'intensité des mots suspendus aux lèvres entrouvertes du commandant, qui glissa en articulant bien sa phrase :

— J'allais oublier ! Vous êtes bien le dernier à vous être servi du pic à glace pour débiter le pain utilisé par le personnel du traiteur pour rafraîchir les bouteilles. Ma dernière question sera donc celle-ci : qu'en avez-vous fait une fois le travail effectué ?

Le jardinier hocha la tête en signe de dénégation.

— Oh là… ! je vous vois venir, s'insurgea-t-il. Vos méthodes n'ont rien à envier aux polices fascistes !

Castillac, que la répartie du voyou faisait sourire, interrompit sèchement le gardé à vue.

— Contentez-vous de répondre à la question.

Le visage de Vélasquez avait blêmi. Un grognement bref et un froncement de sourcils marquèrent sa désapprobation.

— Vous êtes tous les mêmes, les flics. Vous m'accusez sans preuve. C'est terriblement injuste de m'enfoncer comme ça, s'empressa de dire le jeune homme.

Ils échangèrent un regard qui n'avait rien d'amical, rompu par Castillac qui enchaîna :

— Répondez à la question et vous pourrez sortir libre.

Vélasquez, qui commençait à lâcher prise, en avait marre de tout ce cirque ; aussi se décida-t-il à dire la vérité.

— Je me suis bien servi du pic à glace, mais pas pour tuer Maeney. Après avoir débité le pain, je ne me souviens plus très bien où j'ai rangé le pic... dans le tiroir de la cuisine, ou déposé tout simplement sur la paillasse de l'évier.

— Eh bien vous voyez, monsieur Vélasquez, ce n'était pas si difficile de répondre aux questions.

Une fois l'audition de Vélasquez terminée, la question du prolongement de sa garde à vue se posait. Pour Castillac, le choix était fait. Il préférait la lever. La prolonger n'apporterait rien de plus. Balain se contenta de souligner que rien dans sa déclaration n'incriminait Philippe Beck, ce qui était contraire au but recherché. En effet, concéda-t-il. À la seule différence que Vélasquez en liberté pouvait leur en apprendre plus que s'il restait en prison. Il ne faudrait pas le perdre de vue.

— J'ai le sentiment qu'une partie de son histoire est vraie, avança Castillac, et qu'il connaît le nom de l'assassin de Maeney. Il faut de nouveau interroger le personnel de maison présent à la cuisine dans la tranche horaire qui va de 11 h à 13 h 30.

La jeune fille était sur des charbons ardents. Son mystérieux interlocuteur lui avait fixé rendez-vous sur la plage, face au casino. Il aurait d'après lui des renseignements de la plus haute importance à lui communiquer sur les circonstances de la mort de sa sœur.

— Nous allons marcher un peu, dit l'homme qui avait remonté le col de son caban sur ses oreilles. Autant profiter de la fraîcheur du soir pour discuter, au lieu de rester enfermés dans un bistrot qui sent les frites et les moules.

— Dans ce cas, dirigeons-nous vers le port, avait proposé la demoiselle en l'entraînant dans son sillage.

Le couple emprunta la promenade d'un même pas flâneur.

— Que savez-vous de neuf, exactement ? se décida-t-elle à demander, toujours intimidée par la présence dérangeante de l'homme.

— Je vous l'ai dit… ! Vous aidez à punir ceux qui sont à l'origine de la mort présumée de votre sœur.

— Mais encore… ? J'ai rempli ma part du contrat. Je veux connaître les circonstances et obtenir le nom des personnes qui sont à l'origine de la descente aux enfers de ma petite sœur.

— Chaque chose en son temps. Vous ne serez pas déçue de votre balade au clair de lune, répondit l'homme à la tête de Quasimodo.

La jeune femme frissonna sous la brise marine. Elle était plus impressionnée par la grandeur de son interlocuteur que par son visage bosselé de boxeur, plus laid qu'un pou.

Ils avaient marché d'un pas lent une bonne demi-heure en discourant comme deux vieux amis. Ils s'étaient séparés en se serrant la main, visiblement satisfaits de l'intérêt de cette flânerie.

Septième jour d'enquête.

Castillac était accoudé au zinc de la *Brasserie de la mairie*, à siroter un triple expresso sans sucre accompagné de deux croissants, lorsqu'un homme d'une cinquantaine d'années qui venait d'entrer se dirigea vers lui. Il était de taille moyenne, avec des cheveux bruns coupés court, que la cinquantaine agrémentait de fils argentés. Le visage presque trop sérieux cadrait bien avec ses vêtements de loufiat – pantalon noir, chemise blanche et veste noire, sans oublier la cravate de la même couleur.

— Vous êtes bien le policier qui enquête au château ? demanda-t-il.

— Oui, répondit Castillac en terminant d'avaler une bouchée de croissant.

— Je suis le majordome de Maximilien Beck. J'ai déjà été interrogé par l'inspectrice, comme toutes les personnes qui travaillent au château.

— Nous pouvons continuer cet entretien au commissariat, avait proposé Castillac.

— Si vous êtes d'accord, je préférerais rester ici, parvint-il à articuler d'une voix si basse qu'il avait du mal à l'entendre.

— J'ai dix minutes à vous consacrer, avait alors proposé le commandant en pensant à tout ce qu'il lui restait à faire durant cette journée.

— J'ai été le témoin d'une conversation que je n'aurais jamais dû entendre, que j'estime de mon devoir de porter à la connaissance de la police.

Il avait surpris un échange entre le jeune cuisinier et le maraîcher, fournisseur des fruits et légumes, qui proposait de vendre des cassettes pornos tournées soi-disant au château dans une salle spécialement aménagée dans le sous-sol du parking, avec comme acteurs principaux des résidents et des jeunes filles attachées au service de maison. L'homme, visiblement ému, marqua un silence ponctué de toussotements, puis reprit son monologue après une longue inspiration suivie d'une expiration légèrement sifflante. Si j'ai décidé de vous parler, poursuivit-il, c'est aussi pour vous signaler la disparition mystérieuse de deux jeunes filles mineures attachées au service de M. Beck junior, parties du jour au lendemain sans avoir plus donné signe de vie.

Castillac l'écouta avec une attention accrue au fil des minutes, se disant que la chance lui souriait peut-être. Cette déclaration recoupait celle de la lettre anonyme. Le majordome en serait-il l'auteur ?

— J'ai en effet eu connaissance d'un tel fait. L'adolescente en question aurait fait une fugue, et l'enquête a été classée sans suite.

— C'est faux, commissaire. L'affaire est plus sordide.

Onze minutes venaient de s'écouler et Castillac était attendu au commissariat. Il proposa à son interlocuteur de poursuivre cette conversation dans son bureau. En guise de réponse, ce dernier lui conseilla pour en savoir plus d'interroger les parents de la jeune fille sur la grosse somme d'argent qu'ils avaient reçue pour se taire. Le commandant promit de faire le nécessaire pour tirer cette affaire au clair et après une rapide poignée de main, il quitta le café pour se diriger vers le poste de police.

Tout en marchant, il se disait qu'une visite au maraîcher s'imposait sur-le-champ, sans jeu de mots bien entendu. Il chargea Balain, harponnée avant qu'elle parte, d'interroger le cultivateur et de récupérer les cassettes, lui-même devant se rendre à l'hippodrome de La Touques pour y rencontrer un officier de la police des jeux.

Castillac roulait en direction du champ de courses pour y rencontrer le lieutenant de la police des jeux. Au même moment, Balain débarquait chez le maraîcher qu'elle trouva derrière les serres, occupé à ramasser des tomates. En reconnaissant la jeune flic, l'homme leva la tête et, en clignant des yeux, lui demanda ce qu'elle voulait.

— Je cherche à récupérer un lot de cassettes particulières, pièces à conviction dans une affaire criminelle.

Il posa le cageot rempli de belles tomates rouges sur le chariot, puis après un temps de réflexion, il daigna répondre :

— Je ne comprends rien au sens de votre question et encore moins en quoi je serais concerné, répliqua-t-il sèchement en tirant une cigarette de la poche kangourou de son tablier.

— Ces fameuses cassettes se trouvaient dans la camionnette que vous avez prêtée à M. Philippe Beck, balança-t-elle en fixant son interlocuteur droit dans les yeux.

Son regard oblique n'avait rien d'amical. Il essayait visiblement de l'intimider. Il porta la cigarette qu'il tenait dans sa main à la bouche, puis l'alluma en tirant une longue bouffée.

— Je n'ai rien de plus à ajouter, sauf à perdre mon temps ; aussi vais-je retourner à mes occupations.

— Non ! s'exclama Balain. Vous ne partirez pas avant de m'avoir remis les cassettes que vous avez trouvées dans une fourgonnette prêtée aux gens du château pour un déménagement.

L'instant de stupéfaction passé, le visage livide du maraîcher montra des signes de fébrilité que la jeune inspectrice, en usant du vieux stratagème de la diversion, se fit un plaisir d'exploiter.

— Nous savons tout, monsieur Bonillat. Votre ami, le cuistot du château, est passé aux aveux durant sa garde à vue. Elle attendit quelques secondes avant d'asséner le coup de grâce. Vous avez le choix entre une inculpation pour entrave à une enquête de police ou un rappel à l'ordre.

Bonillat, dans tous ses états, s'était affalé sur le chariot et, les coudes sur les genoux, il tenait sa tête entre les mains. Balain jubilait : son plan avait parfaitement fonctionné. Elle le voyait mal refuser son offre. Il avait bien fallu cinq bonnes minutes pour que le maraîcher retrouvât ses esprits.

— Inspectrice... ! avait-il enfin bafouillé. En toute bonne foi, je voulais les restituer, mais j'ai craint de paraître suspect aux yeux de la police. De plus, vu leur caractère pornographique, je me voyais mal les rapporter à M. Beck junior. Mais Bruno... le cuisinier... il avait dû vous dire !

— Me dire quoi ? l'interrompit Balain, qui sentait un froid figer son enthousiasme.

— Que... et puis plus rien. Que des sifflements incompréhensibles. Le visage de Bonillat vira au rouge brique, et des traînées de sueur qui partaient du front descendaient en cascade sur les joues.

— Que quoi ? s'énerva la jeune policière. Expliquez-vous clairement ou je vous embarque.

— Je n'ai plus que deux cassettes, parvint-il à articuler correctement. J'ai laissé les dix autres à Bruno . Il devait se charger de les vendre.

— Je crains que vous soyez dans un sacré merdier, exagéra Balain en mettant la pression au maximum.

— Que dois-je faire pour vous aider à les récupérer ? proposa Bonillat qui restait pétrifié, les bras ballants, le visage tourmenté par la peur.

— Dans l'urgence, me signer un document dans lequel vous demandez à Bruno Dufour de remettre à un officier de police les dix cassettes pornos qu'il détient.

— C'est tout ? Après vous me laisserez tranquille ? se mit à espérer le maraîcher qui demanda à Balain de le suivre jusqu'à son habitation afin de lui donner les deux exemplaires en sa possession.

Sur la route du retour, la jeune inspectrice imaginait déjà le dernier acte de ce feuilleton rocambolesque. Elle devrait en fonction de la réaction du jeune cuisinier pouvoir récupérer les cassettes manquantes sans avoir à employer les grands moyens.

Il était presque 11 h à sa montre quand elle mit les pieds dans la cuisine qui sentait bon la tarte chaude. En la voyant, Bruno Dufour, qui était occupé à goûter une sauce, embraya le plan drague qu'il devait utiliser pour emballer les minettes sitôt la cuillère déposée dans la casserole.

— Je ne m'attendais pas à vous revoir de sitôt, même si vous savez que vous me devez un coup... (suivi d'un court silence, comme pour bien ponctuer les derniers mots), de bière fraîche, déclara-t-il sur un ton égrillard qui laissa Balain de marbre.

— Je viens pour ça, dit-elle, en lui mettant sous le nez le document signé par Bonillat.

— Hum ! Je vois... Le bouseux a la pétoche ! fanfaronna-t-il en affichant un sourire narquois.

— À votre place je réfrènerais mon impétuosité, l'avertit Balain avec dans le regard l'intensité d'un guépard fixant sa proie. J'ai consulté votre casier avant de venir vous voir. Une garde à vue pour suspicion de viol, classée sans suite, et plusieurs bagarres dans les boîtes du coin.

Le jeune cuistot, rougissant jusqu'aux oreilles, pris en défaut de répartie, préféra ne pas répondre directement.

— Freiner quoi... ? L'envie de t'embrasser ? s'exclama-t-il effrontément en faisant trois pas vers elle dans le but évident de mettre son projet à exécution.

— À votre place, je resterais où je suis. On n'a pas élevé les cochons ensemble, alors évitez de me tutoyer.

— Une rebelle... je te kiffe grave ! s'écria le jeune homme. Ses yeux sombres s'illuminèrent, et il fit trois pas en direction de Balain qui l'attendait de pied ferme.

D'une prise rapide et efficace, elle le ceintura en le faisant pivoter, de façon à le forcer à se coucher à moitié sur la table, la tête dans les épluchures de patates. Elle bloquait ses jambes et ses bras, l'empêchant de tenter le moindre mouvement libératoire.

— Vous me faites mal, se plaignit le jeune bellâtre qui montrait un profil droit, blême et furieux.

— J'ai assez perdu de temps, s'impatienta la jeune inspectrice. Ou vous me remettez les cassettes sans discuter, ou je vous arrête pour dissimulation de preuves dans le cadre d'une enquête criminelle et résistance à un officier de police judiciaire. Cette fois-ci vous risquez la prison ferme, ajouta-t-elle sur un ton péremptoire.

— Lâchez-moi ! Vous avez gagné. Je vous les aurais rendues, vos précieuses vidéos porno. Je voulais seulement m'amuser un peu.

— À votre place, je ferais profil bas. Il n'est pas dit que vous ne soyez pas convoqué au poste pour répondre de la vente illicite de DVD pornographiques.

Balain pouvait regagner le commissariat la conscience tranquille. Elle avait récupéré les douze cassettes, preuves irréfutables des activités criminelles de Philippe Beck.


Castillac, qui venait de garer sa voiture, quittait le parking du champ de courses pour rejoindre le lieu de son rendez-vous.

Le bâtiment de style anglo-normand à colombages de l'hippodrome de La Touques avait belle allure sous le soleil rayonnant. Une fois dans le grand hall, il n'avait eu aucun mal à trouver les bureaux réservés au contrôle et à la sécurité. Le lieutenant Marolles, qu'il venait d'appeler, l'attendait à l'accueil. Il avait une trentaine d'années, des yeux très foncés qui durcissaient les traits du visage presque poupin. La poignée de main ferme et le regard intelligent auguraient d'un bon début de journée. Une fois les présentations terminées, Marolles avait proposé à Castillac de le suivre pour discuter au calme dans le bureau réservé à la brigade des jeux.

Le soleil tapait fort sur la vitre, et l'exiguïté de la pièce en faisait une fournaise. La clim' était en rade, mais le frigo fonctionnait. Marolles proposa une bière, acceptée par Castillac qui avait le gosier un peu sec. En guise de préambule, le lieutenant avait rapidement expliqué son rôle au sein du Service central des courses et jeux, division courses. Il avait hérité du dossier par hasard, et il tenait à le mener à son terme. Une action d'envergure était en cours dans le monde entier pour démanteler une association de malfaiteurs installée en Asie qui trafiquait les jeux. Le service des courses auquel il appartenait avait été saisi d'une possible infraction concernant la mort suspecte en course d'un cheval du quinté qui avait gagné à grosse cote.

— Je n'ai eu connaissance que d'un rapport succinct d'Interpol, et d'une photocopie des trois tickets PMU trouvés dans la doublure de la veste de Maeney.

Ils marquèrent une pause pour avaler une longue gorgée de bière.

— Voilà pourquoi, reprit-il, j'ai besoin de certaines de vos informations pour compléter mon dossier. Le fait qu'il soit mort assassiné a son importance. Comme je ne suis pas autorisé à enquêter sur une affaire suivie par la police judiciaire, je m'en remets à vous pour me renseigner, au mieux des intérêts de chacun.

— Je peux vous faire parvenir une photocopie du rapport de l'entretien que j'ai eu avec le consul des États-Unis à Rennes.

— C'est une bonne entrée en matière, sembla se féliciter le lieutenant. Pour ma part, dans le cadre des recherches pour trouver l'origine de l'émission des billets, j'ai interrogé une guichetière qui connaissait bien Maeney. Puis, joignant le geste à la parole, il ouvrit un tiroir dont il sortit une chemise. Après avoir feuilleté quelques, paperasses, il trouva ce qu'il cherchait. La dame s'appelle Véronique Marchal. Vous la trouverez au guichet 27.

— Merci pour le tuyau... il confirme le nom qu'avait donné la secrétaire du consul en parlant des connaissances de Maeney. J'ai une dernière question à vous poser, lieutenant.

— Je vous écoute, répondit Marolles qui s'était levé pour aller chercher deux bières.

— À votre avis, la guichetière pourrait-elle être mêlée à une quelconque tricherie ?

— Justement, commandant, je compte sur vous pour démêler le vrai du faux, répondit Marolles qui n'avait plus rien à ajouter, sinon qu'il aurait besoin des billets originaux, les photocopies envoyées n'étant pas toujours lisibles. S'agissant de pièces à conviction, il désirait hâter la procédure, car il partait en vacances à la fin du mois.

Ils se séparèrent satisfaits de leur entretien, Castillac ayant récupéré un plan détaillé des bâtiments et de l'endroit où se trouvaient les guichets.

Il allait bientôt être midi. Peut-être un peu tard pour envisager d'entamer un entretien. Il chercha quand même le guichet 27 en se disant qu'il pourrait se mettre d'accord avec Véronique Marchal pour fixer un moment qui coïnciderait avec les horaires de travail de la jeune femme.

Quand ce fut son tour et que la jeune femme du guichet vitré lui demanda son pari, il s'annonça en mettant sa carte de police sous son nez. Pas du tout intimidée, elle soutint son regard et d'une voix agréable l'informa qu'elle terminait son service dans une heure, sa façon à elle de lui dire de repasser.

Il n'avait guère d'autre solution que d'aller se restaurer dans une des brasseries du champ de courses. Après avoir englouti un steak tartare de 300 grammes et bu une Leffe pression, il quitta le restaurant panoramique surplombant les pistes pour se rendre un peu en avance au guichet 27. Il n'avait pas attendu cinq minutes que la préposée au guichet sortait du local en activant la fermeture automatique du guichet et de la porte.

La femme était bien balancée. La quarantaine, un visage rond et de beaux yeux verts qui devaient plaire, elle portait un badge au nom de Véronique Marchal. D'emblée, elle proposa d'aller discuter sur la pelouse, face aux pistes, sur laquelle s'activaient trois jeunes qui finissaient de ramasser les tickets perdants jetés par les parieurs malchanceux.

— Commandant Castillac. J'aurais quelques questions à vous poser concernant un parieur.

— J'imagine qu'il s'agit du diplomate américain dont tout le monde parle ici.

— Vous le connaissiez bien ? demanda Castillac qui surveillait sa réaction.

Elle ne broncha pas dans un premier temps, et après avoir pris la mesure du regard de son vis-à-vis, elle répondit que oui.

— Quel type de relation entreteniez-vous avec la victime ?

— J'ai été sa maîtresse durant six mois, mais vous connaissez déjà la réponse.

— Quel genre d'homme était-ce ?

— Mon Dieu… qu'il est difficile de répondre à cette question. Un beau parleur au charisme évident. Je m'efforçais de le comprendre, sans malheureusement être en mesure de toujours le suivre dans ses délires. Et ce jusqu'à son dernier coup.

— De quel coup parlez-vous ?

— Celui de le planquer pour lui éviter des rencontres dangereuses.

— Il avait des problèmes avec ses associés ?

— À cette époque, je n'étais plus au courant de ses magouilles. Il fréquentait du beau monde et aussi des étrangers aux mines patibulaires, déplora-t-elle tristement.

— Cela prouve une chose, répliqua-t-il avec mansuétude : que vous avez fait ce que vous pouviez pour éviter qu'il plonge. Tout était sa faute.

Elle se tut quelques secondes, le temps de remettre en place une mèche de cheveux bruns qui lui barrait l'œil gauche.

— Non… ! C'était la faute de cette femme, cette starlette ratée, seule responsable de sa frénésie à vouloir gagner toujours plus d'argent pour combler ses désirs les plus fous. C'était à cause d'elle s'il s'est autant compromis dans des affaires louches, comme cette histoire de cheval mort juste après avoir gagné la course.

— Très franchement, madame, vu son lourd passé, John Maeney n'avait pas besoin des exigences d'une maîtresse dépensière pour se compromettre avec une bande de trafiquants étrangers.

— Je sais, il faut se rendre à l'évidence, dit-elle, c'est triste à dire, mais je crois qu'il s'était fourré dans de sales draps.

— Surtout, ne prenez pas mal cette question. Avait-il un intérêt particulier à vous fréquenter ?

— Vous n'y allez pas par quatre chemins, fit-elle remarquer, en ébauchant malgré tout un sourire. Votre copain de la brigade des jeux, qui m'a posé la même question, y avait mis des formes. Je suppose que vous faites allusion à de possibles tricheries. Il m'est arrivé d'avoir eu connaissance de tuyaux dont je l'avais fait profiter, mais je n'ai jamais trafiqué de billet.

En disant ces mots, elle avait levé la tête et ses yeux ne mentaient pas.

— Il devait bien magouiller avec quelqu'un ?

— Je ne dis pas le contraire. À votre place j'irais voir du côté des lads, et surtout des jockeys. Je l'ai souvent vu avec Fred, un jockey en retraite anticipée après une vilaine chute.

De nouveau elle le défia du regard, comme si elle n'avait rien à se reprocher.

— Vous savez, commandant, avec John Maeney j'aurais pu gagner beaucoup d'argent. Mais je n'ai jamais franchi la ligne rouge. Pourtant, quand on voit comment la direction traite ses employés, plus d'un aurait pu succomber à l'attrait de l'argent facile.

Véronique Marchal fit deux pas vers la barrière, posa sa main droite dessus et se retourna aux trois quarts. Le soleil jouait dans ses cheveux et ses yeux magnifiquement verts brillaient comme des émeraudes. Il était assez près d'elle pour voir deux grosses larmes perler à la commissure des paupières.

Castillac avait tiré le maximum de ce que pouvait lui dire la guichetière. Il allait devoir maintenant s'intéresser à Fred, le jockey.

Il était sur place ; autant battre le fer tant qu'il était chaud. En consultant le plan fourni par le lieutenant, il repéra sans peine les box qui abritaient les chevaux avant les courses. Un lad qui passait en tenant un pur-sang par les rênes le renseigna sur l'endroit où il pourrait trouver le fameux Fred – un local qui servait de cantine au personnel qui s'occupait des chevaux.

— Je cherche un dénommé Fred, se renseigna Castillac en s'adressant à un individu assis qui ressemblait à la description qu'on lui avait faite. « Police judiciaire », dit-il en lui mettant sa carte de police sous le nez. Puis, après un « oui » à peine audible, il ajouta :

— J'ai quelques questions à vous poser concernant une affaire criminelle.

L'homme, la bonne trentaine passée, avait rentré sa tête dans les épaules, comme s'il s'apprêtait à soulever une lourde charge. Son crâne à moitié déplumé était encadré sur les tempes de favoris grisonnants, et la bouille toute ronde avec un gros nez un peu rouge n'avait rien de clownesque. Les yeux, petits et malicieux, donnaient l'impression de se foutre du monde.

— Je suis le commandant Castillac. Le petit homme leva prudemment son regard sur lui. Et vous, quel est votre nom ?

Ce n'est qu'après quelques secondes de réflexion que l'individu daigna décliner son identité sur un ton sans complaisance.

— Jacobsen... Fred Jacobsen. Que me voulez-vous ?

— Je voulais vous poser une ou deux questions. Castillac marqua un silence tout en sortant quelques photographies de sa poche, qu'il étala sur la table. Connaissez-vous cet homme ? demanda-t-il sans ambages.

L'ancien jockey entama un nouveau silence, parti pour durer si Castillac ne l'avait pas bousculé un peu.

— Je vous réitère ma question une dernière fois, sinon je serai obligé de vous la poser au commissariat.

L'individu fixa d'abord les deux personnes attablées en bout de table, qui se levèrent aussitôt et disparurent en empruntant une porte située au bout du bâtiment. Puis son regard revint vers Castillac, un sourire narquois au bord des lèvres.

— Vous savez, monsieur l'agent, je connais beaucoup de monde, alors celui-là ou un autre, c'est pareil.

— Je suis commandant, et votre numéro de clown ne m'amuse pas. C'est pourquoi je vais vous demander de me suivre au commissariat pour y faire votre déposition.

— Oh là ! Vous êtes bien susceptibles dans la police. Asseyez-vous plutôt et buvons une bière.

— Jamais pendant le service. Alors... reconnaissez-vous quelqu'un ? Vous dit-elle quelque chose ? martela Castillac en pointant son doigt sur une photo.

Son interlocuteur, sans la toucher, comme s'il craignait d'y laisser ses empreintes digitales, approcha ses yeux pour la regarder de très près. Jacobsen hocha la tête en le fixant.

— Un peu floue, votre photographie ; en plus j'ai oublié mes lunettes, dit-il sur un ton amusé qui eut le don de faire sortir le commandant de ses gonds.

— Bon ! fini de jouer, monsieur Jacobsen. Vous répondez à ma question ou je vous embarque au poste, explosa Castillac en jetant sur la table une photo de l'Américain mort sur une table de la morgue.

— Vous n'êtes vraiment pas des rigolos dans la police, répondit le lad en jetant un œil inquiet sur le nouveau cliché.

L'expression de Jacobsen avait changé en voyant la photo de Maeney mort. Il s'était refermé comme une huître, offrant un masque tourmenté et ridé.

— Je sais que vous le connaissez... ! Mentir ne servira à rien, sinon vous enfoncer un peu plus.

— Je n'ai rien à voir avec sa mort, se défendit le jockey en prenant la mesure des embêtements qui lui tombaient dessus.

— Vous êtes, monsieur Jacobsen, que vous le vouliez ou non, mêlé à une affaire criminelle. Quelles étaient vos magouilles avec le « diplomate » ? C'est bien comme ça que vous l'appeliez ?

Cette fois-ci, c'en était fini des embrouilles. Ce flic vicieux venait de le piéger. Ses méninges fonctionnaient à toute berzingue pour trouver une parade qui tienne la route.

Castillac avait remarqué le changement qui venait de s'opérer dans le comportement résolument négatif de Jacobsen. Il espérait maintenant pouvoir récolter les fruits de sa persévérance.

— Votre type... l'Américain qui bouffe les pissenlits par la racine, ce n'était pas un copain... Plutôt un client exigeant qui n'arrêtait pas de me faire chier.

— Et quelle était la nature des choses que vous lui avez vendues ?

— Un service ! Je le faisais profiter des tuyaux que je glanais auprès des entraîneurs et des jockeys.

— Il gagnait ?

Jacobsen eut une moue dubitative.

— Il jouait de grosses sommes, alors parfois si le cheval gagnait à belle cote, il ramassait le pactole. Jacobsen, après avoir sifflé le fond de son verre, s'essuya la bouche avec sa manche et rota comme un bébé.

— Quand l'avez-vous vu pour la dernière fois ? demanda Castillac qui consulta son iPhone pour voir l'heure, car il venait de se souvenir qu'il avait rendez-vous avec le procureur.

Le lad se gratta l'oreille en prenant un air inspiré.

— Vous avez de la chance... commandant. J'ai une excellente mémoire. Nous nous sommes rencontrés à la *Brasserie de la plage* il y aura juste six jours.

— Comment était-il : normal, énervé ou anxieux ?

— Maintenant que vous le dites, c'est vrai que je l'avais trouvé très agité. Il m'avait d'ailleurs fait un cinéma pour me payer ce qu'il me devait.

— Une dernière question, monsieur Jacobsen, et j'en aurai terminé. Où étiez-vous le samedi 27 juillet entre 11 h et 13 h ?

Le jockey suivait du regard une mouche qui cherchait pitance sur la toile cirée de la table. Il tenta de la capturer en effectuant un rapide glissement de sa main gauche sur la table sans parvenir à l'attraper. Jacobsen leva ses petits yeux de fouine alors qu'un drôle de sourire, à l'air chagrin, bordait sa bouche.

— Ma réponse sera directe. Pour moi, tous les samedis se ressemblent. Je prends mon service à partir de 10 h jusqu'à la fin des courses, soit environ 18 h.

— Qui peut confirmer que vous étiez bien présent ce jour-là ?

Il répondit du tac au tac :

— Boiteux... le commissaire aux courses. Il est toujours dans mes pattes. Vous le trouverez dans le bureau réservé au personnel administratif.

— Parfait, monsieur Jacobsen. Nous allons vérifier tout ça.

— En plus d'être susceptible, vous êtes méfiant ; en fait que des qualités pour faire un bon flic, s'esclaffa l'ancien jockey en hoquetant de rire.

— Pensez ce que vous voulez. Pour en terminer, selon la formule consacrée, je vais vous demander de rester à la disposition de la justice.

Castillac attendait dans le hall du tribunal que le réceptionniste parvienne à joindre le procureur. De guerre lasse, au bout de quelques minutes il lui avait fait signe de monter. Arrivé devant la porte, il frappa. Une fois, deux fois, trois fois, puis, ayant entendu un vague murmure d'approbation, il entra. Le procureur, de profil, était assis derrière son bureau, l'air un peu paniqué en le voyant ; et la juge Fischer, debout face à lui, le rouge aux joues, la mèche de cheveux en bataille, tirait sur sa jupe sans remarquer qu'un pan de son chemisier était sorti. Sans se démonter, en prenant l'air distrait du mec qui n'avait rien vu, Castillac s'approcha la main tendue au-dessus du bureau, le regard fixé sur le front du magistrat en prononçant un sobre et franc « bonsoir monsieur le procureur ». Après les salamalecs d'usage et s'être assis à côté de la juge qui avait retrouvé ses esprits, Xavier Mareuil entama l'entretien qu'un intense et fougueux élan sensuel lui avait fait oublier.

— Je vous rassure commandant, ce n'est pas une convocation, plutôt une discussion à bâtons rompus sur les avancées de l'enquête et les freins rencontrés.

Le ton pas franchement tranchant cachait en réalité un autre discours, probablement plus critique, que son entrée intempestive avait dû étouffer.

— Je devais justement vous voir, monsieur le procureur. Il me faut une commission rogatoire pour perquisitionner le domicile de Philippe Beck, que nous allons placer en garde à vue.

— Vous m'inquiétez, s'exclama le magistrat en saisissant ses lunettes, qu'il replaça sur ses oreilles. Serait-il impliqué dans un meurtre ?

— Il est trop tôt pour le dire. Nous devons l'interroger, recouper les faits et accumuler les preuves.

— Vous avez quand même une idée de son degré de culpabilité ?

— Pour l'instant encore vague... monsieur. Il faut attendre !

— Pourquoi, dans ce cas, fouiller son domicile ? Un simple interrogatoire devrait suffire pour vous faire une opinion qui ne soit pas une supposition.

La dame Fischer venait de perdre une bonne occasion de se taire. La séance de tout à l'heure avait dû perturber ses neurones. Mareuil, surpris par cette sortie, inappropriée dans ces circonstances, fronça les sourcils.

— Madame la juge d'instruction, répondit Castillac en la fusillant d'un regard noir, je fais cette demande en connaissance de cause. Nous avons en notre possession plusieurs cassettes à caractère pornographique dans lesquelles apparaissent de très jeunes filles, et surtout Christine Lindorff. Nous avons des raisons de penser que Beck junior est fortement impliqué dans la réalisation de ces vidéos. Je crois ces preuves suffisamment sérieuses pour vous demander ce document. Je tiens ces cassettes à votre disposition.

Brigitte Fischer, rouge comme une pivoine, avait piqué du nez sur ses mains, qu'elle tournait et retournait nerveusement.

— Commandant, je ne mets pas en doute le motif légitime de votre demande. Il faut seulement respecter la procédure en me fournissant un dossier argumenté, dit le procureur en le regardant, l'air navré de lui imposer ce contretemps. Castillac, pas dupe, ne fit aucun commentaire, persuadé que le magistrat ménageait ses arrières. Le ressentiment explicite du préfet à son égard se payait cash, et peut-être aussi que ce qu'il avait vu mettait Mareuil mal à l'aise.

Quand Castillac regagna son bureau, il ne s'attendait pas à voir débouler Élisabeth Lindorff. Tout essoufflée, elle parvint à articuler en expirant d'une voix apeurée :

— Commandant, je suis en danger... vous devez me protéger !

— Asseyez-vous et reprenez votre souffle, temporisa-t-il sur un ton apaisant.

À première vue, son visage un peu rouge ne présentait aucune trace de coup.

— Avez-vous été agressée ? Quelqu'un vous aurait-il menacée ? demanda Castillac, peu enclin à perdre son temps avec ce genre de déclaration qui cachait souvent un autre motif.

— Non... mais j'ai la certitude d'être épiée par Vélasquez, l'homme à tout faire de mon cousin Philippe Beck.

— Madame, nous sommes en effectifs réduits. Nous avons plusieurs affaires criminelles sur les bras. Vous comprendrez qu'elles soient prioritaires.

La dame, l'air penaud, avait ravalé sa salive. Elle le pria de l'excuser pour le dérangement, mais se sentant vraiment menacée, elle désirait déposer plainte contre Vélasquez pour harcèlement, rajoutant d'une petite voix pincée :

— Si vous êtes débordés, je peux m'adresser à un autre commissariat.

— Nous allons enregistrer votre plainte et faire en sorte que cet individu ne vous importune plus.

— Puisque je vous ai sous la main, enchaîna Castillac, j'aurais quelques questions à vous poser. Rassurez-vous, ce ne sera pas long. Pourquoi ne m'avez-vous jamais parlé de David Strauss ? demanda-t-il en capturant le regard de son interlocutrice.

— C'est donc sur ce chemin que vous comptez m'entraîner ? demanda-t-elle en le toisant avec crânerie.

— Pas forcément celui-là. En revanche, je suis prêt à vous suivre sur un autre chemin, celui de la vérité.

— J'avoue ne pas comprendre où vous voulez en venir. Mais justement, parlons-en de vos vérités. Je n'avais aucune raison de vous en parler, car j'ai le souvenir d'avoir dit à votre collègue que je l'avais vu à la sortie du parking, debout devant une voiture américaine, quand je suis rentrée de mon escapade.

— Quelle heure était-il, approximativement ? demanda Castillac, très remonté contre Balain, impliquée dans une omission aux conséquences graves.

— 12h30... ! je crois, répondit la jeune femme avec autorité.

— Merci... Votre témoignage explique beaucoup de choses.

— Tant mieux, surtout si c'est en rapport avec le meurtrier de ma sœur.

— Je ne peux rien démontrer pour le moment, déclara Castillac, mais je pourrai bientôt tout vous expliquer en détail.

— Tout, quoi ?

— La mort de votre jumelle, celle de John Maeney et du policier Martin – beaucoup de victimes qu'on aurait pu éviter.

— Je peux vous assurer que je ne suis mêlée de près ou de loin à aucun de ces crimes.

— Mais reconnaissez quand même que vos silences et parfois vos mensonges ont eu un impact certain sur le bon déroulement de l'enquête.

— Vous me critiquez ouvertement, alors que vous protégez Gabriella qui en réalité cache bien son jeu !

— Que sous-entendez-vous exactement ?

— Que cette drôle de frangine qui ne ressemble ni à ma défunte sœur, ni à moi, n'est pas la jeune ingénue que tout le monde croit.

Toujours assise, elle le fixa un instant en tortillant une boucle de cheveux dans l'attente d'une réponse qui tardait à venir.

— Je vous propose de remettre cette discussion, suggéra Castillac qui ne voulait pas envenimer les choses.

— Non… ! Je crois que le temps est venu de mettre de l'ordre dans la famille, s'insurgea-t-elle en changeant de ton. Gabriella n'est pour moi qu'une demi-sœur. Nous n'avons pas le même père. J'avais dix ans à sa naissance. Je n'ai jamais su qui était mon père biologique. En revanche, Samuel, mon beau-père, était un homme bon et attentionné, disparu trop tôt dans un accident de voiture. Je ne vois d'ailleurs toujours pas pourquoi mon oncle Maximilien persiste à garder le secret sur cet épisode tragique de nos vies.

— J'imagine que votre sœur n'était au courant de rien, avança le commandant, sûr de la réponse.

— Elle ne sait rien, répondit-elle dans un murmure qui en disait long sur son appréhension de l'inévitable explication qu'elle devrait avoir avec la benjamine.

— Je vous tiens au courant des avancées de l'enquête, déclara-t-il en se levant pour la raccompagner.

Réflexion faite, il s'était dit qu'après tout ce n'était pas une mauvaise chose d'avoir un moyen de pression supplémentaire sur Vélasquez.

Le parking du centre-ville était pratiquement désert en cette veille de week-end. De plus, la chaleur qui régnait à l'extérieur explosait les statistiques qui remontaient au début de la météo. L'homme attendait, posté derrière un pilier, que la femme qu'il devait enlever récupère sa voiture. La porte d'accès couina en se refermant. L'individu, qui tenait dans sa main une seringue, jeta un œil pour évaluer la situation. La dame, une grande blonde canon à l'allure séduisante, s'était arrêtée au milieu de l'allée centrale et fouillait dans son sac à la recherche de ses clés de voiture. L'homme restait aux aguets. Il imaginait déjà tout ce qu'il allait pouvoir oser sur ce corps magnifique. Pour l'instant la chance le favorisait : aucun véhicule n'était venu contrecarrer son plan. Alors que la jeune femme venait d'ouvrir la portière d'un coupé Mercedes et que notre agresseur s'approchait d'elle dans l'intention de la ceinturer, le couinement des pneus d'une voiture qui allait déboucher dans l'allée obligea notre homme à regagner rapidement son véhicule pour pouvoir suivre sa proie en espérant trouver un nouveau créneau pour remplir sa mission.

Une fois le calme revenu, Castillac n'avait qu'une seule idée en tête : tirer au clair cette histoire d'oubli ou de manipulation. Il avait déjà la main sur son téléphone pour demander à Balain de le rejoindre quand il se ravisa, l'esprit alerté par une intuition qui lui disait de bien réfléchir avant d'attaquer la jeune policière de front. Comment avait-elle pu passer à côté d'un témoin aussi important ? Il y avait probablement une raison péremptoire, ou du moins un acte intentionnel dont il ignorait le but.

Il était midi trente à sa montre ; quoi de plus naturel que d'inviter à déjeuner une collaboratrice dévouée et efficace ? Valérie Balain, jointe au téléphone, avait accepté de le rejoindre une demi-heure plus tard à la *Brasserie de la mairie*.

Elle était arrivée, pimpante et coquette, vêtue d'une robe courte et légère et d'un corsage qui mettait en valeur sa petite poitrine pigeonnante.

— Bonjour patron, dit-elle d'une voix enjouée en s'asseyant sur la banquette en face à face. Vous avez l'air contrarié, s'empressa-t-elle d'ajouter en découvrant le regard hermétique de son chef.

Castillac leva sur elle des yeux interrogateurs, vite effacés par l'expression chiffonnée de son visage.

— Que préférez-vous ? Commander maintenant ou écouter ce que j'ai à vous dire ?

Le ton, qui n'était pas à la rigolade, inquiéta la jeune fille qui piqua un fard.

— Tant qu'à faire, bafouilla-t-elle, autant déjeuner maintenant. L'engueulade risquerait de me couper l'appétit.

Castillac apprécia la répartie qui ne manquait pas d'esprit d'à-propos, et commanda d'office deux plats du jour. Une fois l'onglet à l'échalote avalé et son demi de Leffe bu, et avant de déguster la tarte aux pommes, il attaqua le sujet principal de cet entretien.

— Je viens d'apprendre de la bouche d'Élisabeth Lindorff que vous avez omis de m'informer qu'elle vous avait signalé la présence de David Strauss, posté à la sortie du parking aux heures qui correspondaient au meurtre de Maeney.

Dans les yeux soucieux de la jeune policière, l'inquiétude se mêla à l'incompréhension.

— Je n'ai pas pu omettre de faire mention de son témoignage, vu qu'elle n'était pas présente à ce moment-là.

Le ton était sec, un tantinet taquin.

— La preuve, avait-elle enchaîné : vous m'avez demandé de vérifier son alibi auprès du greffe du tribunal. Même qu'il était bidon !

Ses yeux magnifiquement verts, et l'air triomphant de son visage achevèrent de décrédibiliser le témoignage de la demoiselle Lindorff.

— Au temps pour moi, collègue, ce n'était qu'une embrouille de plus. Pour ma part l'incident est clos. Nous avons suffisamment d'emmerdes sans ajouter la suspicion à nos rapports.

— C'est déjà oublié, commandant. Et puis j'aurais tort de me plaindre : ce quiproquo m'a permis de me faire payer un excellent repas.

Castillac approuva d'un signe de tête et avala une dernière bouchée de tarte, en se disant que décidément la jeune inspectrice avait la boutade facile.

— Je devais vous inviter, n'importe comment. Cette entrevue particulière m'en a donné l'occasion.

Il avait posé ses coudes sur la table et joint ses mains en bloquant son menton avec les pouces. Elle esquissa un sourire, car ce n'était pas la première fois qu'elle le voyait faire ce genre de geste quand il réfléchissait.

— Puisque nous sommes relativement au calme (le fait est que les tables autour d'eux avaient été débarrassées), nous allons pouvoir faire un point sur les enquêtes en cours. Il marqua une pause, le temps de commander deux cafés. Le meurtrier présumé voudrait nous faire croire qu'il faudrait dissocier l'affaire Maeney des autres crimes. On aurait affaire à un règlement de comptes entre la mafia des jeux et le diplomate. Qu'en pensez-vous ? demanda à brûle-pourpoint Castillac.

Un peu prise au dépourvu, la jeune fille trouva son salut en buvant une gorgée de café.

— J'ai l'intime conviction que le meurtrier de Maeney est un tueur professionnel.

— Admettons, répondit-il, bien que le rapport de la Scientifique écarte la piste du tueur à gages. Il y a eu lutte, et même défense acharnée de la victime qui a fait usage de son arme. Quoi qu'il en soit, la bonne explication serait plutôt que nous avons affaire à deux tueurs différents.

— Pourquoi donc… ? s'étonna la jeune femme.

— Le meurtre de Christine Lindorff et celui de l'inspecteur Martin, violent et sauvage, sont l'œuvre d'un psychopathe rusé et intelligent – le contraire d'un amateur.

— Oui… je comprends, fit Balain en cherchant aussitôt dans son esprit une parade pour compenser son impétuosité qui lui faisait dire n'importe quoi.

— Vous avez raison sur un point. Celui qui a trucidé Maeney était un amateur ou, comme j'aurais tendance à le croire, un tueur pressé d'accomplir son forfait. Réfléchissons si vous le voulez bien, rétorqua-t-il en demandant au serveur de rapporter deux cafés. Celui, car j'élimine le féminin, qui a tué Maeney connaissait la victime et pas forcément Christine Lindorff, victime d'un psychopathe qui connaît le château.

— Elle peut aussi avoir été contrainte par la force de suivre son agresseur, énonça-t-elle en l'interrompant.

— Peut-être, mais cette solution était difficilement envisageable à l'heure où les faits se sont produits. Trop de monde circulait dans le périmètre. Je crois au contraire que Christine Lindorff connaissait celui qui l'attendait à la sortie du parking. Tout ça se tient ! Tout démarre à la sortie du parking souterrain. Quelque chose a dû nous échapper. Nous avons néanmoins une certitude : le meurtrier de Maeney ne peut pas être celui de Christine Lindorff. Il faut visionner de nouveau les cassettes et trouver le visage de celui qui nous échappe depuis plus d'une semaine. Aussitôt rentrés, on se met au boulot : relecture des procès-verbaux d'audition, des rapports de la Scientifique et du médecin légiste.

Le téléphone se mit à sonner dans son bureau alors qu'ils étaient encore dans le couloir. Sans retirer sa veste, tout en se laissant choir dans le fauteuil qui lui tendait les bras, il décrocha le combiné.

— Castillac... j'écoute !

— Bonjour, Marolles... (Un grésillement intempestif dû à un autre appel perturba un instant la communication.) Pouvez-vous répéter, lieutenant... ? Un cadavre dans un box du champ de courses de La Touques. Merci de me prévenir... Je serai là au plus tard dans un bon quart d'heure.

— Vous avez entendu, Balain ? La série continue. Vous tombez bien. Gardez votre blouson, poursuivit Castillac en s'adressant à la jeune femme qui était entrée dans son sillage.

Toutes sirènes hurlantes, la vieille BMW de Castillac avait franchi le portique du parking treize minutes après avoir quitté le commissariat. Il avait retrouvé dans la boîte à gants le plan des lieux. En se frayant un passage au milieu des turfistes agglutinés sur la pelouse dans l'attente du départ de la première course, Castillac, suivi de Balain, retrouva le chemin des box. Il eut tôt fait de repérer la stalle en question, la seule à avoir un gendarme en faction devant l'entrée. Une fois leur identité contrôlée, ils entrèrent dans une fournaise qui sentait le crottin et la paille souillée.

En l'apercevant, Marolles, qui discutait avec l'experte de la Scientifique, lui fit signe de s'approcher. À leurs pieds, le corps d'un homme, taille jockey, gisait à plat ventre sur un lit de paille rougi par le sang. La victime n'était pas belle à voir. La tête semblait avoir été fracassée à coups de marteau. Trois chevalets étaient disposés autour du cadavre. Un pour une vue générale, l'autre pour des photos de la tête, et enfin le dernier pour signaler une seringue à moitié enfouie dans la paille.

— Faites attention où vous mettez les pieds ! prévint le lieutenant qui avait chaussé des bottes. Il salua Balain d'un large sourire. Une sale affaire. J'ai pensé que vous voudriez être le premier sur place avant l'arrivée de la smala.

— Merci, lieutenant, dit Castillac, puis, poursuivant : avez-vous identifié la victime ?

— Pas encore. Elle n'avait aucun papier sur elle. Il faudra attendre le rapport du médecin légiste pour connaître l'heure et les circonstances exactes de la mort.

— Qui a trouvé le corps ? se renseigna Castillac.

— Un lad complètement retourné qui venait chercher le cheval pour un canter. Vous pouvez l'interroger. Il se remet actuellement de ses émotions à la cantine.

Castillac se retourna et s'adressant à Balain qui grimaçait, faute de pouvoir se pincer le nez, il la chargea de se rendre à la cantine pour interroger le lad. Ce qu'elle fit séance tenante, pressée de quitter les lieux.

— Sinon, pas d'autres témoins ?

— Je suis sur place depuis la découverte du corps. On verra tout à l'heure. Rien ne presse, répondit Marolles, décontracté.

Sur ces entrefaites, son ami médecin légiste pointa sa haute silhouette dégingandée.

— Un de tes clients ? se renseigna-t-il en se baissant pour examiner ce qui restait de la tête. Au bout de quelques minutes d'intenses observations et de deux prélèvements effectués, Pierre Hébert se releva et, s'adressant à Marolles, il demanda sur un ton un peu rigolard :

— Où gardez-vous le tueur ?

La stupéfaction s'était peinte sur le visage du lieutenant.

— Mais monsieur... ! Personne...

— Du calme, mon ami, dit Hébert en l'interrompant. Je parlais du cheval qui a laissé deux belles empreintes de fer sur la tête de la victime. Puis, interpellant l'experte de la Scientifique qui venait de mettre la seringue dans un étui spécial, il ajouta :

— Sonia, sais-tu ce qu'ils ont fait du canasson ?

Après une courte hésitation, elle fit signe que oui.

— Mon collègue devait faire les prélèvements sur les sabots de devant, les seuls qui présentaient des traces de matières cérébrales. Je peux appeler Marc sur mon émetteur-récepteur pour confirmation, proposa-t-elle en saisissant l'appareil rangé dans une sacoche en cuir.

— Salut Marc... oui, j'ai bientôt fini. Dis-moi, les échantillons sur les sabots du cheval ont-ils été prélevés ?

Le silence s'installa pendant plus d'une minute.

— Merci, à tout à l'heure. Hein... ! seulement un renseignement pour la police judiciaire.

— Tout sera analysé dans les plus brefs délais. Le cheval était drogué. L'examen de la seringue confirmera le nom du produit – probablement un anesthésiant pour animaux.

Le débit rapide des mots, mais aussi le ton, inhabituellement discordant, refroidissaient encore un peu plus l'ambiance.

— Alex, passe donc me voir demain en fin de matinée, lui lança son copain en se débarrassant de la combinaison plus tout à fait blanche. Je pourrai te communiquer les premiers résultats de l'autopsie. Tchao tout le monde, envoya-t-il à la ronde en empoignant sa précieuse mallette.

En sortant, Castillac tomba sur Balain, qui avait retrouvé des couleurs.

— Des choses intéressantes à savoir ? se renseigna le commandant.

La jeune fille soupira, se redressa et avec beaucoup de maîtrise entama le récit de l'interrogatoire du lad, sans sortir son carnet de sa poche.

— Il est venu chercher Red-Boy à 7 h précises pour le brider et le seller en vue de faire un canter d'échauffement. Tout de suite en pénétrant dans le box, il a eu un mauvais pressentiment. Le cheval, d'habitude affectueux, est resté bloqué le long du mur, sans réaction. C'est en s'avançant qu'il a découvert le corps de la victime. Red-Boy, depuis qu'il le connaît – plus de deux ans – n'a jamais manifesté la moindre violence envers les gens. Il a fallu sérieusement l'énerver pour qu'il se cabre plusieurs fois. Et d'ajouter qu'il ne l'a vu qu'une fois se dresser de peur sur ses jambes de derrière.

En retournant vers le parking, l'idée que le mort pourrait bien être Jacobsen effleura son esprit. Il traversait le hall ; pourquoi ne ferait-il pas un détour par le bureau du commissaire aux courses ? Qui mieux que Boiteux, éternel surveillant de l'activité de Jacobsen, pouvait lui ôter cette idée de la tête ? Il ne restait que quelques mètres à franchir quand la sonnerie de son portable le stoppa net.

— Bonjour commandant. Bussy, capitaine de gendarmerie. J'ai trouvé votre numéro de portable dans la boîte à gants d'un véhicule accidenté et vide, abandonné dans un fossé à l'entrée de la forêt de Talmont. On vient de me communiquer l'identité de la propriétaire : Mᵐᵉ Élisabeth Lindorff.

La sensation glaciale qui courait le long de sa colonne vertébrale le fit frissonner. Il imaginait le tueur psychopathe qu'il traquait sans relâche en train de reproduire le même scénario que pour les premiers meurtres. Un individu lié à Maeney et à une demoiselle Lindorff.

Il devait, sous peine de sombrer, faire face à ce nouveau coup du sort. L'opiniâtreté et l'instinct volontaire de l'enquêteur étaient plus que jamais nécessaires.

— Je vous prie d'excuser mon silence, capitaine. Je réfléchissais à l'urgence de la situation. Je me trouve actuellement sur le champ de courses de La Touques. Pouvez-vous me dire combien de temps il faut pour vous rejoindre ?

— Vingt bonnes minutes, répondit-il immédiatement, en ajoutant sur un ton plus léger : sans respecter les limitations de vitesse.

— Une dernière question avant de prendre la route. Avez-vous découvert des traces de sang ?

— Quelques traînées sur l'airbag. La voiture a visiblement été poussée par un autre véhicule. Nous avons relevé des traces de pneus sur la terre du remblai. Par acquit de conscience, j'ai demandé à la gendarme qui m'accompagnait de ratisser le périmètre autour du lieu de l'accident, au cas où la conductrice serait partie à la recherche de secours.

— Excellente initiative, capitaine. Je prends la route immédiatement.

Vingt-trois minutes plus tard, Castillac et Balain arrivaient sur le lieu de l'accident. Le coupé-cabriolet Mercedes de l'aînée des sœurs Lindorff était renversé sur le côté droit dans le fossé peu profond. Les premières constatations du capitaine étaient pertinentes. Le véhicule avait bien été poussé dans le fossé, mais en douceur. Les traces sur le pare-chocs pouvaient être celles de la voiture tamponneuse, et vu la hauteur, probablement un 4x4. Castillac s'apprêtait à ouvrir la boîte à gants quand le véhicule de la Scientifique s'était garé derrière le sien. Le mieux était de laisser faire les spécialistes. La gendarme était revenue bredouille. Ce qui voulait dire que la thèse de l'enlèvement se confirmait, renforcée par l'information que le capitaine venait de lui transmettre. Les hôpitaux les plus proches, contactés, n'avaient enregistré aucune admission aux urgences par suite d'un accident de la route.

Sans y attacher plus d'importance, il avait remarqué que Balain s'était tenue à l'écart de toute discussion, s'isolant même un peu plus loin, le nez dans son portable. Peut-être le contrecoup de sa difficile visite de la matinée !

Avant de repartir, il avait insisté vivement pour maintenir le contact avec le capitaine Bussy, un homme d'environ quarante-cinq ans, grand, au regard franc, avec un visage sympathique.

# 6.

Castillac cligna plusieurs fois des yeux, réveillé par des rais de lumière qui se frayaient un chemin entre les lames du store pas assez baissé. Il avait mal dormi, l'esprit sans cesse agressé par l'image d'Élisabeth Lindorff aux mains d'un tueur psychopathe qui le narguait en reproduisant à une semaine d'intervalle le même scénario catastrophe. Ce nouveau crime et cet enlèvement semaient la pagaille dans les enquêtes en cours ; pire encore, ils remettaient en cause l'hypothèse de deux tueurs différents.

Juste avant de quitter son domicile, un coup de fil rapide du commissaire Laurent l'avait informé de l'arrivée dans la matinée d'un capitaine envoyé par le SRPJ. Il s'était directement rendu au commissariat en s'arrêtant au *Bar de la mairie* pour avaler sur le coude un expresso et deux croissants. Le neuvième jour d'enquête l'attendait avec son lot de problèmes et d'urgences, sans espoir, au contraire, de voir poindre la moindre éclaircie.

Il profita des quelques minutes de tranquillité qu'il avait devant lui pour appeler Boiteux, le commissaire aux courses, afin qu'il confirme l'alibi de Jacobsen, et peut-être en profiter pour demander ce qu'il pensait de la mort violente du jockey. L'homme, probablement réveillé par la sonnerie du téléphone, mit un certain temps avant d'émerger. Il savait pour Jacobsen ! Un accident malheureusement prévisible selon lui, vu l'addiction de l'ex-jockey à l'alcool. Quant à la question concernant l'alibi, il avait dû réfléchir une longue minute avant d'expliquer que ce jour-là, vers 11 h, il avait été appelé en urgence au chevet de sa mère hospitalisée. Jacobsen pouvait donc avoir menti, mais sa présence au château, le jour du meurtre de Maeney, restait à confirmer.

Ils s'étaient retrouvés à trois une demi-heure plus tard dans son bureau pour participer à une réunion de crise provoquée par le meurtre de Jacobsen et l'enlèvement d'Élisabeth Lindorff. Castillac, assis derrière le bureau, faisait face à Balain, installée à sa place habituelle et à un nouveau venu, le capitaine Didier Bidard, envoyé en renfort par le SRPJ de Rouen. L'homme, aux traits fins sculptés dans un bloc d'ébène, était noir. Tout était long chez Bidard, son visage en lame de couteau, son nez droit, les bras et les jambes. Longiligne et chauve, deux fines rides sur le front et de petites poches sous les yeux lui donnaient une bonne cinquantaine d'années. Il portait une veste en toile couleur sable et un pantalon beige. Il avait salué Castillac et Balain en arborant un sourire sympathique, accompagné d'une poignée de main franche.

Ils finissaient de boire un café corsé servi par Balain, qui restait debout devant le tableau à la demande du capitaine.

— Si vous le permettez, je vais intervenir le premier. La voix était claire et portait haut.

Le nouvel arrivant imposait dès le départ un style aisé et détendu.

— Je suis ici pour vous aider à découvrir la véritable identité du tueur en série qui empoisonne vos vies.

— Et comment vous comptez-vous vous y prendre ? avança Balain, toujours la première à dégainer.

— C'est justement ce que vous allez m'apprendre, rétorqua-t-il malicieusement. Nous allons passer en revue les différents moments forts de cette enquête en commençant par le premier crime. Mademoiselle Balain se trouvant au tableau, je vais lui demander d'afficher les photos de... (il jeta un coup d'œil sur sa fiche) John Maeney et Christine Lindorff. Puis, se tournant vers Castillac, il lui demanda de bien vouloir résumer les différents rapports de la Scientifique et du légiste, ainsi que les témoignages retenus et les noms des suspects.

— Je souhaite la bienvenue au capitaine Bidard, et je trouve l'approche intéressante pour entreprendre une synthèse générale des différents éléments et indices mis au jour au fil de l'enquête. Commençons donc par John Maeney, diplomate américain, trafiquant d'armes en Argentine et truqueur de paris en France. Amant de Christine Lindorff, il connaissait Vélasquez, un Argentin réfugié en France, et Fred Jacobsen, un ex-jockey magouilleur. Le 27 juillet, assassinat de Maeney entre

12 h 45 et 13 h 30 au cours d'une fête organisée dans le parc du château. La Scientifique a relevé des traces de bagarre dans une chambre du 1er étage ainsi que deux impacts de balles tirées par l'arme de service de Maeney, non retrouvée. Pour Christine Lindorff, starlette en mal de notoriété, maîtresse de Maeney, ruinée, droguée et alcoolique, elle touchait le fond quand elle a disparu le 27 juillet. Sa mort remonte à la nuit du 30 au 31 juillet entre 1 h 45 et 2 h du matin. Elle a été sauvagement tabassée et a subi des violences sexuelles d'une rare cruauté avant de mourir noyée dans sa prison. Concernant ces deux homicides, la seule empreinte exploitable prête à sourire. C'est celle de Christine Lindorff, retrouvée sur la doublure recousue de la veste de Maeney. Aucun indice probant n'a été trouvé – seulement deux balles de revolver M 17 appartenant à Maeney et un bouton de chemise en nacre. Les témoins interrogés se trouvaient tous rassemblés au bout du parc. Personne n'a rien vu ni entendu, mis à part Vélasquez qui disait avoir remarqué vers 1 h la présence d'un homme de grande taille discutant avec une blonde au volant d'une voiture stationnant à la sortie du parking souterrain. Témoignage difficilement vérifiable étant donné que curieusement la caméra de surveillance placée à la sortie du parking était en panne.

Bidard se leva et rejoignit Balain au tableau en deux longues enjambées.

— Nous avons déjà là matière à réflexion. Deux choses me paraissaient importantes à déterminer. Commandant, vous venez de répondre à la première question.

L'homme avait un regard fixe, sombre et attirant auquel on pouvait difficilement échapper.

— Le même tueur a-t-il pu accomplir dans le même laps de temps, c'est-à-dire trois quarts d'heure, une lutte contre la victime, acharnée selon les traces relevées, et se trouver trente-cinq minutes plus tard à discuter avec une blonde ? Nous pouvons vérifier la durée de l'action en chronométrant les principales phases : la bagarre, l'assassinat et la fuite. Je ne pense pas me tromper en disant que le temps n'y sera pas. Trop court pour accomplir tous ces gestes. Conclusion : l'assassin de l'Américain ne peut pas être celui de la demoiselle Lindorff, à moins de se dédoubler comme un héros de fiction.

— Belle démonstration, s'exclama la lieutenante, qui compléta sa phrase en signalant que le rapport du commandant se terminait par la même conclusion.

— Puis-je savoir ce que vous en avez déduit ? demanda Bidard.

— Que Vélasquez mentait, comme tout le monde, sur cette enquête !

Ignorant la vanne balancée par Balain, le capitaine enchaîna :

— Pendant que vous parliez, j'ai sorti le rapport établi par le commandant et vous. Il confirme mot pour mot la démonstration qui vient d'être faite. Donc le seul suspect qui s'impose s'appelle Vélasquez. Revoyons ensemble les indices contre. Un alibi passoire qui ne prouve rien, sauf une chose : non seulement il était sur place au moment du meurtre, mais en plus il était au courant de son déroulement. Fait aggravant, il a eu l'arme du crime en main.

— Capitaine, j'interviens une minute pour vous dire qu'un nouvel élément incriminant Vélasquez dans l'enlèvement d'Élisabeth Lindorff nous autorise à le placer en garde à vue. Nous pouvons dès maintenant programmer son interpellation pour demain matin.

Castillac marqua un silence, le temps de déplacer son regard de Bidard à Balain, et peut-être aussi de réfléchir à ce qu'il allait ajouter.

— Capitaine, vous mènerez l'interrogatoire, assisté de Balain.

— C'est parfait ! approuva-t-il. Nous aurons, je l'espère, suffisamment de preuves pour déférer l'accusé à la justice.

— Nous en avons, je crois, terminé avec ce premier crime, et Balain peut inscrire le nom de Vélasquez dans la colonne du suspect numéro un. Nous pouvons passer aux homicides suivants, récapitula Castillac. La deuxième victime, Christine Lindorff, a été tabassée et violée. Elle est morte noyée dans sa prison, une grotte du calvaire des Demoiselles. Le corps présentait de nombreuses meurtrissures et une jambe cassée, ce qui laisse penser qu'elle a enduré d'horribles souffrances avant de succomber. Le meurtre de l'inspecteur Martin ressemble au précédent. Les faits se sont produits dans le périmètre du calvaire des Demoiselles, avec une violence inouïe et une sauvagerie d'un autre âge. Le dernier en date, celui de Jacobsen, diffère des autres crimes, non par sa férocité, mais par le lieu, inhabituel pour notre tueur.

— Lieutenante, l'interpella Bidard, à votre avis pourquoi ce changement ?

— Difficile à dire sans avoir le compte rendu d'autopsie et les observations de la Scientifique. On ne peut envisager que des suppositions... par exemple qu'un fait inopiné ait obligé notre assassin à changer ses plans, ou au contraire que l'endroit ait été choisi pour l'exemple.

— Bonne analyse, Balain, reconnut Castillac, qui tenait à préciser que les caches du psychopathe ayant été découvertes, il se trouvait privé de lieux de sacrifice. Mais il avait plutôt tendance à croire à un crime commandité par la mafia pour éliminer un témoin devenu gênant.

Castillac, les coudes posés sur le bureau et les mains en position de prière, promenait son regard de Bidard à Balain qui attendait debout à côté du tableau, aussi sérieuse qu'un professeur.

— Nous pouvons, je crois, déclara Castillac en guise de conclusion, à partir des indices, témoignages et interrogatoires, retenir deux noms de suspects, plus un auquel on ne pensait pas. Balain, à vous d'ouvrir le bal.

— Vélasquez et Philippe Beck sans hésiter, et peut-être Gabriella Lindorff en joker.

— Capitaine, je ne vous propose pas de participer, votre connaissance des dossiers n'étant pas suffisante pour choisir.

— Permettez-moi de vous interrompre, commandant. Pour ma part, se lança Bidard, le doute s'est insinué en relisant les rapports. L'assassin de Maeney était gaucher, au contraire de Vélasquez, et plus petit. Selon la Scientifique, le premier coup porté n'était pas mortel. Blessé, Maeney s'est défendu, allant même jusqu'à sortir son arme et tirer. Mais son agresseur était agile, faute d'être fort. Pour moi, Fred Jacobsen est plus qu'un suspect, il a tué John Maeney.

— Pour quel mobile ? s'empressa de demander Balain, bluffée par le culot du capitaine.

— Le mobile ? Une querelle de truands, un règlement de comptes au sein du business mafieux. Maeney était aux abois. La chambre retournée de fond en comble prouve qu'il cherchait quelque chose. Certainement les trois tickets PMU égarés dont le versement était bloqué par une enquête de la police des jeux. Reprenons les choses au moment où Vélasquez s'apprêtait à rejoindre Christine Lindorff. Tout ce qu'il a avoué était vrai. Il n'a menti que sur une chose. Il connaissait l'identité du tueur pour l'avoir vu entrer dans la chambre. Maeney et Jacobsen se connaissaient suffisamment pour imaginer qu'ils faisaient des affaires ensemble. Il se peut qu'un contentieux les ait opposés, et que très vite l'entretien ait dégénéré en bagarre. Notre jockey est passé par la cuisine comme il le fait toujours en passant au château pour récupérer les paris du personnel. Il y a également trouvé l'arme du crime, le pic à glace posé par Vélasquez sur la paillasse de l'évier. Preuve supplémentaire, le bouton de nacre retrouvé sur les lieux du crime appartenait bien à une tunique de course de Jacobsen.

— Dites-moi capitaine, votre connaissance des dossiers me laisse penser que vous les avez consultés avant ce matin. Il n'empêche, c'est bien la preuve qu'un œil neuf peut faire évoluer une enquête en créant de nouvelles pistes. Je rejoins votre point de vue sur une possible culpabilité de Jacobsen dans le meurtre de Maeney. J'ai en effet eu la confirmation de la non-validité de son alibi ; reste à savoir si sa présence au château le jour du crime peut être prouvée.

— Le commissaire Laurent m'a en effet fait parvenir il y a maintenant trois jours tous les documents. J'ai interrogé mon premier témoin ce matin. Une femme de ménage noire qui travaille au château, source intarissable d'informations.

— Quant à moi, votre démonstration ébranle mon choix, et si Jacobsen était coupable du meurtre de Maeney, sa mort mettrait un terme à l'enquête. En revanche pour les autres crimes, mon joker sera David Strauss, trop absent de tout pour être honnête.

En parcourant le long couloir, toujours aussi mal éclairé, qui conduisait à la morgue et au bureau de Pierre Hébert, Castillac, encore branché sur la réunion du matin, se reprochait son manque de sagacité ; et si Bidard avait raison, comme il le croyait, il allait devoir remettre de l'ordre dans sa méthode de travail. S'il y avait quelque chose d'immuable, c'était bien les visites à son pote Pierrot. Ils se retrouvaient dans le cagibi qui lui servait de bureau, à discuter de conquêtes féminines quand ce n'était pas de gastronomie.

— Comment va la benjamine des Lindorff ? Gabriella, je crois ? Un beau brin de fille à consoler !

— Tu crois que j'ai du temps à perdre pour de telles vétilles ?

Son ami, parti pour le titiller, ajouta, pince-sans-rire :

— Tu dois être sacrément occupé pour refuser de t'intéresser à un aussi joli lot. La fille est belle et attirante, tu ne peux pas prétendre le contraire. N'avez-vous pas fait plus que sympathiser ?

— Si, mais pas comme tu crois !

— Oh, même pas un petit peu de sexe ? insista Pierre Hébert.

— Parlons plutôt boulot, suggéra Castillac. Tu as terminé l'autopsie de Jacobsen ?

— Depuis une bonne heure. Tu as raison mon ami, revenons à la préoccupation du jour : les circonstances de la mort de Fred le jockey. Il n'y a rien d'intéressant à dire, sinon que le cheval est innocent. (Toujours pince-sans-rire... Pierrot ne changerait pas.) Il n'a fait que piétiner un corps déjà froid. Ton client a été exécuté sur place d'une balle en plein milieu du front, tirée avec un revolver muni d'un silencieux, alors qu'il était à genoux. Je situe la mort entre 1 h et 2 h du matin. Une procédure expéditive rondement menée qui fait penser aux méthodes de la mafia.

Quelqu'un... une voix masquée que Gabriella Lindorff était incapable de distinguer l'avait appelée tôt ce matin. La pendule posée sur la table de nuit indiquait six heures. Pas tout à fait réveillée, elle avait demandé d'une voix empâtée :

— Oui... j'écoute !

— Vous êtes bien une des sœurs Lindorff ?

Elle connaissait cette pointe d'accent, mais ce n'était pas la voix de Vélasquez.

— Je vous connais ? Qui êtes-vous ? avait-elle répondu machinalement en se demandant qui pouvait l'appeler à cette heure matinale. En tout cas ce n'était pas l'hôpital : son biper était resté muet.

— Mon nom ne vous dirait rien ; sachez seulement que je veux vous aider.

— M'aider, mais à quoi faire ? C'est une blague ! avait-elle aussitôt réagi en montant d'un ton. Le canular d'un interne de garde qui s'emmerdait, sans nul doute.

— Non, mademoiselle, ce n'est pas un jeu. Réfléchissez à ce que je vous ai dit. Vous n'êtes pas celle que vous croyez être.

— Qu'est-ce que vous racontez ? interrogea-t-elle. Tout ça est grotesque et ne rime à rien.

— Détrompez-vous ! Pendant quelques secondes, de la friture parasita la conversation. J'ai déposé dans votre boîte aux lettres des documents authentifiés qui prouveront... Et puis plus rien, comme si son interlocuteur avait raccroché.

Une fois sa douche prise, Gabriella avait avalé un rapide petit déjeuner, pressée de relever sa boîte aux lettres pour voir si elle n'avait pas été victime d'une farce. Une enveloppe kraft se trouvait bien dans la boîte. Intriguée, elle avait commencé à la décacheter dans l'escalier. Une fois confortablement installée dans le canapé, la jeune fille avait retiré de l'enveloppe quatre documents, dont deux certificats de naissance. Le premier était au nom de Bernstein, prénom Samuel, de sexe masculin. Né à Buenos Aires le 9 janvier 1956. Père : inconnu, mère Judith Bernstein, employée de maison chez Karl Beck, industriel. Suivaient le numéro d'inscription et la date de délivrance : 11 janvier 1956. Le second était établi au nom de Lindorff, prénom Gabriella, de sexe féminin. Née à Buenos Aires le 25 août 1988. Père : Samuel Bernstein. Mère : Ingrid Lindorff. Date de délivrance : 27 août 1988. Elle prit également connaissance d'un avis de décès concernant ses parents, Samuel Bernstein et Ingrid Lindorff, morts le 15 septembre 1989 dans un accident de voiture. Le dernier document la sidéra. C'était une photocopie extraite des archives déclassées en provenance de Russie. Le document à en-tête du secrétariat de Himmler, ministre de l'Intérieur du Reich, attribuait à Hans Beck et Friedrich Lindorff, pour services rendus, des biens (tableaux, bijoux) appartenant à des juifs déportés dans les camps de concentration. Le document était certifié conforme par le Tribunal international de La Haye.

Quand elle arriva au terme de sa lecture, une question surgit, nécessitant une prompte réaction. Les informations dont elle venait de prendre connaissance étaient de nature à bouleverser sa vie. L'autre urgence était de mettre un nom sur son mystérieux correspondant. Une grande partie de leur entretien avait été occultée par son idée fixe d'avoir affaire à un canular des internes de l'hôpital. Elle se trouvait pour l'heure à la merci du bon vouloir de cette personne, qui seule pouvait décider de la joindre. Qui pouvait bien se cacher derrière cet individu ? Elle ne pouvait échafauder que quelques hypothèses. Entre autres celle d'une cabale politique utilisée par le député sortant pour affaiblir et terrasser son adversaire. Théorie qu'elle abandonna rapidement, car il n'avait pas besoin d'elle pour mettre le feu ! De plus elle était une Lindorff, donc directement concernée par les accusations de l'énigmatique messager. Elle avait treize mois quand ses parents avaient été tués dans un accident de voiture ; quant à ses grands-parents, ils étaient morts à sa naissance. Et puis, il y avait ce nom : Bernstein, celui de sa grand-mère maternelle et de son père. Un nom à consonance juive. Ce nouvel élément relativement parlant soulevait le voile de sa filiation, jamais vraiment dévoilée.

Gabriella ne fut qu'à moitié étonnée de recevoir un appel le lendemain soir à 22 h.

— Si vous voulez me demander des explications, je suis prêt à répondre à vos questions.

La voix, toujours masquée, résonnait pourtant différemment. Son écho était plus masculin que féminin. .

— Oui... certainement, mais ne serait-il pas possible de se rencontrer dans un lieu discret ?

— Je préférerais garder l'anonymat pour l'instant, éluda rapidement son interlocuteur.

— Comme vous voulez ! Que dois-je faire de ces documents ?

— Vous en servir pour rétablir la vérité. Utiliser les médias et les réseaux sociaux pour dénoncer des criminels qui se sont enrichis sur un monceau de cadavres.

— Je suis une Lindorff... Elle hésita, pas très sûre de la pertinence des paroles qu'elle allait prononcer.

— Votre grand-mère et votre père étaient juifs.

— Précisément, monsieur, s'exclama-t-elle. Je suis partagée entre la famille de ma mère, une Lindorff, et celle, juive, de ma grand-mère et de mon père.

— Nous parlons de la famille Beck, du général Erwin Beck, fidèle serviteur du nazisme qui avait le sang de plusieurs milliers de juifs sur les mains.

— Je suis effarée d'apprendre toutes ces atrocités. J'imagine mal mon oncle et mon cousin adhérer à cette idéologie.

— Eux peut-être pas, mais il n'empêche qu'ils doivent une grande partie de leur fortune aux biens spoliés aux juifs.

La voix se tut brusquement, à tel point qu'elle pensa un instant qu'il avait raccroché.

— Je vous sens hésitante. C'est pourquoi, si vous êtes d'accord et pour vous éviter d'apparaître comme celle qui a déclenché la tempête, je m'occuperai de transmettre aux médias à des fins de diffusion un communiqué de presse, synthèse des documents en votre possession.

Le choix était cornélien. Elle ne se sentait pas capable de décider à chaud de provoquer un scandale aux conséquences imprévisibles.

— Ne serait-il pas possible d'attendre un jour ou deux ? Je crains que mon oncle malade du cœur ne supporte pas la honte et le déshonneur.

— Le but n'est pas de ménager votre oncle, mais de dénoncer les agissements criminels d'une bande d'assassins et de voleurs.

La voix, plus haute sur l'échelle du son, résonnait comme un écho aux accents implacables. Alors qu'un nouveau silence s'installait, il ajouta :

— Je vous rappellerai demain soir pour faire le point... Puis silence radio.

Maintenant qu'elle savait tout ce qu'elle avait ardemment voulu savoir sur ses origines, un pan entier de sa jeune vie s'écroulait dans un terrible fracas. Elle allait devoir tout sacrifier pour racheter des fautes qu'elle n'avait pas commises.

David Strauss ne s'était jamais senti à sa place dans ce monde égoïste et intolérant. À force de supporter les humiliations, que ce soit pour moquer son visage « qui fait peur aux enfants » ou sa démarche « de gorille », il s'était réfugié dans un monde de silence et de méditation. Il avait cru pouvoir s'arranger de sa laideur en égalisant périodiquement ses sourcils broussailleux, ce qui dégageait selon certains ses yeux d'un bleu particulièrement intense, ou en faisant faire ses costumes sur mesure. Peine perdue : les vannes et les moqueries n'avaient pas tardé à tourner en ridicule son besoin de paraître. Il était laid et plus rien ne pouvait le changer. Il en était au point de détester les femmes qui le moquaient, jusqu'au jour où Gabriella Lindorff avait croisé son chemin dans le parc du château. Il l'avait ensuite aperçue à maintes reprises, et il serait vain de nier qu'elle lui plaisait. Sa vilaine laideur freinait néanmoins son ardeur. Pouvait-il seulement jouer de son regard pour l'amadouer en attirant ne serait-ce qu'un sourire de la belle ? Il avait cherché et trouvé le moyen d'attirer l'attention de la demoiselle. Il avait travaillé durant deux ans au sein d'une association juive qui enquêtait sur les hauts gradés de l'armée allemande qui avaient trouvé refuge en Amérique du Sud. Le président était un ami. Une semaine après, il avait reçu un dossier détaillé des activités du général Erwin Beck au sein des services chargés de la solution finale. En intégrant l'entourage du prince, en l'occurrence Philippe Beck, il s'était fixé un but : faire payer le prix fort aux nantis pour leur arrogance et leurs certitudes à deux balles.

Castillac retrouvait toujours avec plaisir l'ambiance bon enfant de la *Brasserie de la mairie*, un vieux commerce de plus d'un siècle qui avait

gardé le charme désuet du passé, encore présent dans le décor style colombages et vieilles poutres auquel s'ajoutaient quelques tables bistro.
Le patron, un ancien marin, était derrière le bar en train de préparer
le triple expresso qui accompagnait les deux croissants de son petit déjeuner. La serveuse, une jeune fille plantureuse de vingt-cinq ans, finissait de déposer sur la table les cafés-calvas de trois vieux habitués qui
attendaient le quatrième pour jouer à la belote. Deux tables plus loin,
Manu, un ex- joueur de football professionnel, mal rasé et portant une
chemise au col élimé, la tête baissée sur le turf, étudiait consciencieu-
sement le tiercé du jour. Le commandant venait d'entamer sa première
viennoiserie quand Lily, qui venait d'arriver, l'interpella.

— Alex... ! Tu as vu l'article dans le canard ? (Elle le tutoyait depuis
qu'il l'avait défendue en s'interposant entre elle et un ivrogne trop en-
treprenant.) Elle avait la cinquantaine, petite et ronde, infirmière de
profession ; son caractère bien trempé et son franc-parler étaient légen-
daires au sein de la petite communauté qui fréquentait le bar.

L'article en question, qu'il avait sous les yeux, signé Didier Marceau,
annonçait pour demain des nouvelles explosives concernant le passé
nazi du père de Maximilien Beck et l'origine douteuse de sa fortune.

Quand Castillac mit les pieds dans son bureau une demi-heure plus
tard, la pièce était une véritable fournaise où l'humidité dans l'air avait
franchi la barre des moins 30 %. Il entamait le IIe jour de l'enquête
sans être parvenu à mettre un nom sur le psychopathe qui terrorisait
les familles Beck et Lindorff. Il était seul, assis derrière son bureau, à
regarder sur le tableau les noms des suspects. Qui, de Vélasquez ou de
Philippe Beck, avait le bon profil ? À son avis, aucun. Restait Strauss,
qui pouvait remplir au moins deux cases. Celle de n'avoir aucun alibi
et celle de se trouver dans le camp des méchants. Contrarié par cette
absence de flair, il enrageait de ne pas trouver la faille. Tous étaient coupables de quelque chose, mais aucun ne répondait aux critères du tueur
sadique. Il devait, sous peine de ressasser des idées largement rebattues,
penser à autre chose et ne plus s'encombrer l'esprit de cachotteries et
de mensonges.

Porté par ce nouvel élan, il rejoignit la fenêtre et découvrit le ciel plombé par un orage qui tournait en rond, perturbé par un vent violent qui sifflait en secouant les volets.

Ce qui était certain, en tout cas, c'était que maintenant il allait devoir innover et faire le bon choix. Pour se persuader qu'il était sur la bonne voie, il s'appliqua à chercher un indice ou un fait qu'il n'aurait pas assez étudié. À force de persévérer, il tomba sur une omission ou un oubli concernant le comportement parfois étrange de Gabriella Lindorff. C'était elle qui l'avait branché sur le lieu secret où se tournaient les vidéos pornographiques, et c'était encore elle qui avait fait échouer la perquisition en dévoilant l'intervention imminente de la police. Il n'avait plus d'autre choix que de s'intéresser de plus près aux agissements de la demoiselle, jusqu'à présent épargnée. Il devait en parler avec le capitaine et Balain afin de trouver le moyen de la surveiller sans attirer son attention. Restait à savoir quoi chercher...

Les nuages gonflés comme des outres énormes avaient fini par éclater, déversant une pluie diluvienne qui frappait les carreaux. Balain, trempée jusqu'aux os, débarqua dans le bureau, les cheveux plaqués sur le visage, faisant la grimace. Son tee-shirt, bon à tordre lui collait à la peau en dessinant la forme de deux petits seins.

— Vous avez pris une sacrée douche, constata Castillac en évitant de plaisanter sur la silhouette figée au pied de laquelle se formait une petite flaque d'eau.

— J'ai ce qu'il faut dans mon placard pour me changer, répondit la jeune femme en amorçant un sourire de circonstance qui faisait ressortir quelques taches de rousseur concentrées sous les paupières. Je viens de chez Vélasquez. Il semblerait que l'oiseau se soit envolé. Ce que la logeuse a confirmé en disant qu'il était parti en emportant sur l'épaule un grand sac de voyage.

Balain venait de sortir quand l'agent de permanence se pointa en apportant les cassettes analysées par la Scientifique. Le rapport, aussitôt consulté, était décevant. Les empreintes avaient été effacées, et celles apparentes pas suffisamment marquées pour être exploitables.

Il venait juste de commencer à visionner les cassettes quand Balain, séchée et changée, l'avait rejoint. Les trois premières bandes mettaient en scène des personnages masqués qui pouvaient ressembler à tout le monde. La quatrième attira tout de suite leur attention. Elle filmait un viol. Maeney, de profil, tentait d'abuser d'une jeune fille coincée entre une armoire et le mur. Il était parvenu à dévoiler sa poitrine et il s'attaquait aux boutons de son blue-jean. Avec l'énergie du désespoir, d'un coup de rein puissant, Gabriella Lindorff, car il s'agissait bien d'elle, était parvenue à échapper à son agresseur. Cette découverte expliquait beaucoup de choses, et plaçait la jeune femme en bonne position sur la liste des suspects. Un nouvel interrogatoire s'imposait, sans qu'elle puisse cette fois cacher la vérité.

En apprenant la disparition de Vélasquez, Bidard, contrarié, se plongea une heure durant dans la lecture de son dossier. Puis, prenant son arme et ses lunettes, il informa Castillac qu'il partait à la recherche du fugitif.

Castillac n'était pas loin du château. Il était 14 h 30 à sa montre. La bonne heure pour aller cueillir Gabriella Lindorff, réfractaire aux convocations. Coup de chance, la jeune fille fermait la porte de sa chambre.

— Je vais vous demander de me suivre au commissariat, dit-il en prenant le bras de la demoiselle.

— Vous m'arrêtez ? demanda-t-elle en le fixant d'un air moqueur.

— Une simple vérification ; ça ne prendra pas plus d'une heure.

— Pour mon emploi du temps, c'est une heure perdue. De plus, je dois assurer une garde à l'hôpital. Elle releva la tête et ses beaux yeux le toisèrent effrontément. Ne pourriez-vous pas m'interroger chez moi ? insista-t-elle en faisant mine de reprendre ses clés pour ouvrir la porte.

— C'est impossible... j'ai une vidéo à vous montrer.

— Qui représente qui ou quoi ? demanda-t-elle.

Pour toute réponse, le commandant se borna à hocher la tête.

— Vous ne voulez rien me dire ?

— Plus vite vous me suivrez, plus vite vous obtiendrez une réponse à vos questions.

Puis brusquement elle dévala l'escalier qui menait au parking, comme si elle tentait de s'enfuir. Par prudence il la colla, méfiant malgré tout et prêt à parer un vilain coup. Il la rattrapa alors qu'elle venait de déverrouiller la portière de sa voiture. Gabriella Lindorff ne riait plus quand sa main enserra son poignet.

— Il faut bien que je prenne ma voiture, bougonna-t-elle froidement.

— Je vous ramènerai, répondit Castillac en l'entraînant doucement à l'extérieur.

Une fois installés dans une des salles réservées aux interrogatoires, il avait demandé à Gabriella Lindorff si elle voulait un café. Par esprit de contradiction, elle choisit de prendre un thé avec un nuage de lait.

— Nous allons visionner une vidéo, faisant partie d'un lot saisit dans le cadre de l'enquête. Certaines images risquent de vous choquer par leur caractère violent et bestial. N'y voyez aucune provocation de notre part, seulement la volonté de servir la vérité.

La première vue montrait le profil de Maeney qui tentait d'abuser d'une jeune fille brune dont la physionomie correspondait à celle de Gabriella Lindorff. La deuxième était plus parlante. La jeune victime, coincée entre le mur et l'armoire, se débattait comme une diablesse. Son agresseur était parvenu à soulever son tee-shirt, dévoilant deux petits seins et il s'attaquait aux boutons de son blue-jean, quand brusquement, avec l'énergie du désespoir, elle avait réussi d'un coup de reins puissant à écarter son agresseur et à s'enfuir en bousculant au passage la personne qui filmait. La dernière image était celle du visage de Gabriella Lindorff, blême et effrayée, qui fuyait le pire cauchemar de sa jeune vie.

— Arrêtez ça tout de suite ! hurla presque la jeune femme. Et moi qui croyais bêtement que cet épisode brutal et dérangeant de ma vie était à jamais oublié, le voilà qui ressurgit comme une blessure mal cicatrisée.

— Je suis sincèrement désolé de vous avoir fait revivre ces terribles moments, mais dans le cadre de l'enquête, cette vidéo constitue une preuve importante concernant le comportement pervers de John Maeney.

Encore bouleversée par ce qu'elle venait de revivre, la demoiselle demeura silencieuse un long moment, ruminant sa rancœur et son courroux pour ne pas éclater en sanglots. Elle avait un peu de rouge aux joues et répondit rapidement sans le regarder.

— Je n'ai jamais soufflé mot à quiconque de l'attitude odieuse de Maeney et du viol auquel j'ai échappé de justesse.

— Vous en êtes bien sûre ? Pas même à une de vos sœurs ?

— Sûre et certaine. Je n'avais aucune envie que ça se sache. J'avais trop honte de m'être laissée entraîner dans cette galère.

— Il n'empêche, quelqu'un était au courant. Vous n'avez rien remarqué de particulier ? insista Castillac. Il me semble reconnaître la chambre que votre sœur Élisabeth occupait au château.

— Elles se ressemblaient toutes, et qu'importe le passé. Je n'ai qu'un souhait : tourner définitivement cette page sombre de ma vie.

Gabriella, mis à part l'irritation de voir étaler sa vie privée aux yeux de tous, cherchait à comprendre qui avait bien pu tourner cette vidéo. En fait, elle avait bien une idée, que son esprit se refusait à admettre. Elle avait cru reconnaître la silhouette de sa sœur Christine, sans oser pousser plus loin la recherche d'une image plus nette.

Une fois la jeune fille sortie, Castillac réfléchit au moyen de tirer parti de cet entretien. Il se dit qu'il avait peut-être la possibilité de l'inciter à se livrer davantage. Dans le cas contraire, il pourrait toujours l'impressionner en estimant que l'agression ratée de Maeney sur sa personne constituait une preuve qui la plaçait au même niveau que les autres suspects.

Le commandant était sur le départ, bien décidé à rentrer chez lui le plus tôt possible, à prendre une douche et à se coucher. Mais voilà, les circonstances, une fois de plus, en avaient décidé autrement. Il avait la main sur la poignée de la porte quand le téléphone sonna. Le premier réflexe fut de décrocher le combiné, mais l'envie de ne pas répondre plus forte que la sonnerie. Une fois le calme revenu, il mit un pied dans le couloir, trahi cette fois par l'arrivée d'un message sur son portable.

— Bonsoir commandant, capitaine Bussy... Je tenais à vous informer rapidement qu'un témoin de l'accident s'est manifesté. Il confirme qu'un homme de grande taille, rouquin et baraqué, installait une femme blonde à l'arrière de son véhicule, un 4x4 gris clair Toyota. Les plaques d'immatriculation étaient illisibles, salies par la boue. Il ne l'a vu que de profil. L'homme portait des lunettes noires, et peut-être un collier de barbe ou une moustache. Il a dit avec un léger accent et d'une voix grave qu'il emmenait la blessée à l'hôpital le plus proche. Je vous fais envoyer un mail sitôt la déposition saisie.

19 h passées. Castillac assis derrière son bureau, Balain debout devant la fenêtre, qui regardait dehors une mouette criarde jouer au funambule sur un réverbère, attendaient l'arrivée de Bidard pour commencer une réunion improvisée à la dernière minute.

Le témoin de la ligne intérieure clignota en émettant une sonnerie chevrotante.

— Ardouin, commandant... le préfet, très remonté, vient d'emprunter l'escalier. Il ne devrait pas tarder à débouler.

Juste le temps de raccrocher et le haut fonctionnaire, sans frapper à la porte, faisait irruption dans le bureau.

— Vous avez lu le journal ? s'écria-t-il en brandissant le canard au-dessus de sa tête.

Castillac s'était levé. Il n'aimait pas rester assis face à un énergumène vociférant. Il se contenta d'un simple signe de tête affirmatif.

— Non seulement je viens d'apprendre que Mme Élisabeth Lindorff a été enlevée, et maintenant ce torchon qui salit l'un de nos plus respectables citoyens !

Le temps de reprendre sa respiration, et il repartait de plus belle en tenant des propos agressifs.

— Qu'est-ce que vous foutez, commandant ? Je ne comprends pas le procureur qui continue à vous faire confiance, alors que vous n'obtenez aucun résultat. C'est quoi ce bordel ?! explosa-t-il en gesticulant comme une marionnette.

Castillac faisait le dos rond. Il avait décidé de laisser la colère se dégonfler d'elle-même en évitant de polémiquer pour ne rien dire.

— Vous allez vous bouger le cul et interroger ce scribouillard pour connaître sa source, et surtout, de grâce, éviter de m'opposer l'argument du respect de la liberté d'expression pour ne rien faire !

Le préfet avait vidé son sac. Sans saluer personne, après un demi-tour, il s'apprêtait à sortir quand Bidard, pressé, poussa la porte brutalement manquant de peu d'écraser le nez du haut magistrat qui quitta les lieux en bougonnant.

— Très drôle, votre entrée en scène, capitaine. Vous avez failli vous payer la face du préfet, s'esclaffa Castillac.

Le sourire spontané de Bidard réchauffa l'ambiance, plombée par l'intervention de son prédécesseur. Il s'excusa en justifiant son retard par le temps passé à surveiller Vélasquez, qu'il était parvenu à localiser. Le capitaine, impatient de raconter ce qu'il savait, s'éclaircit la gorge en ravalant sa salive.

— J'ai besoin d'un mandat de perquisition. Notre suspect se planquait 52 rue Boileau, au septième étage dans une chambre de bonne, partie commune d'un appartement, propriété de Philippe Beck.

— Si ce que vous dites s'avérait exact, nous aurions peut-être le moyen de coincer le fils Beck. Balain... ! Que pensez-vous de cette histoire ?

Elle hésita, comme souvent, à répondre tout de suite.

— Il faudrait vérifier tout ça avant de se lancer dans la bagarre.

— J'ai passé une matinée entière à planquer. Mes observations sont vraies, répliqua sèchement le capitaine en fronçant les sourcils. Remettre le couvert serait une perte de temps.

— Loin de moi l'idée de mettre en doute vos compétences, capitaine. Je voudrais seulement attirer votre attention sur le risque de se planter. Après la visite du préfet, nous avons intérêt à nous tenir à carreau. Toute action malheureuse contre la famille Beck sera sanctionnée avec sévérité. J'aurais cependant une question importante à vous poser. Avez-vous remarqué la présence du fils Beck durant votre surveillance ?

La question, anodine, sembla plonger Bidard dans la plus profonde perplexité.

— Non... ! Mais quelle importance ?

— Vous n'êtes pas sans savoir que Vélasquez, employé par les Beck, peut très bien disposer d'un logement de fonction, en l'occurrence une chambre de bonne.

— Cela ne change rien au fait que Vélasquez, suspecté d'enlèvement, est recherché par la police, contre-attaqua le capitaine, un peu irrité par les piques que lui lançait la lieutenante.

Douzième jour d'enquête.

Élisabeth Lindorff émergea peu à peu de l'état nauséeux dans lequel elle se trouvait. Elle soulevait ses paupières avec peine, refermant aussitôt les yeux quand elle insistait pour distinguer son proche environnement. Elle avait réussi, après de nombreux clignements de paupières, à garder les yeux ouverts. Tout était sombre autour d'elle. Une petite fenêtre qui se trouvait à deux mètres du sol dans un coin de la pièce, éclairait à peine un couloir large de quatre-vingts centimètres. Elle tenta de replier son bras droit ankylosé pour s'asseoir quand elle s'aperçut, brusquement effrayée, que sa main se trouvait menottée à un montant du lit sur lequel elle était allongée. Elle avait la tête lourde et la gorge sèche. La jeune femme avait perdu la notion du temps. Nuit et jour se confondaient dans son esprit perturbé. Reprenant conscience après un nouveau plongeon dans l'inconscient, elle distingua une ombre qui la fixait. Les yeux, elle ne voyait que les yeux, bleu glacial, qui envahissaient la moitié du visage. Le reste la paralysa, l'empêchant même de hurler. Le lit en fer forgé et les menottes ; les images s'imposaient comme autant de raisons de craindre que le pire était en train d'arriver. Elle n'essaya même pas de se débattre quand il se mit à califourchon sur elle et qu'il commença méthodiquement à lacérer au cutter son chemisier et sa jupe. Elle pensa que tout allait s'arrêter là, qu'elle ne verrait plus ceux qu'elle aimait, et tout chavira.

La nuit était tombée depuis belle lurette lorsque Castillac, qui sortait du restaurant où il venait de dîner avec son ami Pierrot, décida de regagner à pied le petit appartement qu'il occupait en bord de mer. Il aimait la nuit, mystérieuse et envoûtante. Ces heures souvent silencieuses où tout semblait plus grand et plus petit à la fois. Au bout de dix minutes d'une marche tranquille, il s'apprêtait à monter les quatre marches qui le sépa-raient du hall d'entrée. Bien qu'il fût fatigué, il conservait intact l'instinct qui l'alertait d'un possible danger, représenté pour le moment par une forme non identifiable tapie dans le recoin d'un pilier porteur du bâti-ment. Il avait empoigné la crosse de son revolver dans son holster et gravi en deux enjambées la distance qui le séparait de la silhouette suspecte, vite reconnaissable comme étant celle de Gabriella Lindorff. La jeune fille ne semblait pas être dans son état normal. Ses cheveux ébouriffés, le visage dévasté où le mascara avait coulé en formant deux beaux coquards autour des yeux rougis, pouvaient signifier n'importe quoi. Il l'aida en la soutenant par la taille à monter l'escalier jusqu'au palier du troisième où se trouvait son appartement. La pauvre jeune fille tenait à peine debout. Elle était ivre morte ou droguée, ce dernier diagnostic paraissant le plus crédible tant ses yeux étaient dilatés. Une fois parvenus dans la pièce principale, il la força à s'allonger sur le canapé le temps d'aller chercher un verre d'eau à la cuisine. Après avoir bu, elle donna l'impression d'émerger, pour replonger aussitôt dans l'hébétude qui effaçait toute vivacité de ses grands yeux verts. Il la regardait, jugeant de l'état de ses vêtements, sans observer de déchirures apparentes. Il avait mis un coussin sous sa tête et démaquillé son visage soudain blême.

— Alexandre ? murmura-t-elle le souffle coupé, en agrippant sa main.

C'était la première et certainement la dernière fois qu'elle l'appelait par son prénom, confirmant ainsi qu'elle n'était pas dans son état nor-mal.

— Oui... ! C'est moi, le commandant Castillac, lui assura-t-il en lui prenant la main. Que vous est-il arrivé ? ajouta-t-il sur un ton affectueux.

Sa tête avait glissé sur le côté ; en la redressant, il s'aperçut que son front était chaud bouillant. Castillac connaissait trop ces signes alar-mants. La benjamine Lindorff était sous l'emprise d'une drogue. Prise de tremblements, elle suffoquait. Son état empirant, il prit la décision d'appeler son ami Pierrot.

Il la souleva et, la tenant dans ses bras, il marcha jusqu'à sa chambre. Il rabattit le drap, allongea Gabriella sur le lit, lui ôta ses chaussures, son blue-jean et son blouson, glissa un oreiller sous sa tête et remonta la couverture.

Pierre Hébert, arrivé un quart d'heure plus tard ausculta la malade aussitôt.

Jeune fille, c'est Pierre Hébert un ami du commandant. Tu m'as rencontré dans le parc du château. Parle-moi ! Insista-t-il sans obtenir la moindre réaction.

Qu'est-ce qu'elle a ? Est-ce qu'il ne serait pas préférable de la conduire à l'hôpital, suggéra Castillac, inquiet.

Pour toute réponse, Hébert se pencha sur Gabriella. Soutenant sa tête avec douceur, il examina ses yeux et pris le pouls.

Elle n'a rien de grave, sauf qu'elle est juste secouée par la prise d'un cocktail de drogues, dit-il en ouvrant sa mallette. Il est inutile d'essayer de la réveiller. Je vais lui administrer un calmant. Une bonne nuit suffira à la remettre d'aplomb.

Puis en se tournant vers son ami, il ajouta :

— C'est bon... j'ai terminé. Je peux retourner me coucher.

— D'accord, merci pour ton aide. Et il partit sans toucher au verre de whisky qu'il lui avait servi.

7 heures, samedi 4 août

Par la fenêtre ouverte de la cuisine, Castillac, perdu dans ses pensées, regardait se lever le soleil. Sur la plage encore déserte, un homme jouait avec son chien, et sur la promenade une joggeuse passait, à l'allure souple et modérée. Il avait fait un café très fort et sortit du placard un paquet de gâteaux. Gabriella ne devrait pas tarder à faire son apparition. Il avait entendu bouger dans la chambre et couler l'eau de la douche dans la salle de bains.

Elle souriait, montrant un peu de gaucherie en venant vers lui. Sans maquillage, mis à part le teint hâlé de son visage qui n'effaçait pas entièrement sa pâleur, elle apparut séduisante, avec ce côté mystérieux qui augmentait l'envie de mieux la connaître. Elle portait une de ses chemises, trouvée dans la chambre, qui mettait en valeur ses longues et belles jambes. Un rouge carminé affleurait aux lèvres et ses cheveux noirs encore mouillés flamboyaient, bombardés par les premiers rayons de soleil.

— Un grand merci pour tout ce que vous avez fait, prononça-t-elle d'une voix très douce, différente de celle, fougueuse et tranchante, qu'il connaissait. Et il n'était pas au bout de ses surprises, puisqu'en s'approchant au plus près de son visage et en se dressant sur la pointe des pieds, elle déposa sur sa joue un baiser appuyé.

— Tout reste encore flou dans ma tête, dit-elle en se servant une tasse de café.

— Restez calme. La situation réclame un minimum de réflexion.

— Je ne me souviens de rien, commandant… ! Je le jure.

— Voilà qui ne m'aide pas beaucoup, constata Castillac. Sans vouloir vous bousculer, nous allons commencer par le début. Quelle est la chose dont vous vous souvenez en dernier ?

Gabriella fournissait des efforts. La gorge nouée, elle prit une lampée de café, reposa la tasse et, l'air déterminé, elle fouilla dans sa mémoire.

— Après avoir vu la vidéo, j'étais anéantie. La brutalité des images a réveillé les démons que je croyais disparus.

Elle retrouvait quelques couleurs, mais sa petite mine, témoin de l'épreuve qu'elle avait traversée, laissait des traces sur son visage aux traits tirés.

— Qu'avez-vous fait ensuite ? insista Castillac. Pensez à une image, à un son, à une voix. Il faut m'aider, jeune fille… !

Elle se racla la gorge, but à nouveau du café et rougit légèrement.

— Mon Dieu, que c'est difficile de devoir se souvenir de choses que l'on voudrait effacer à jamais de sa mémoire… ! J'étais rentrée au château… oui, c'est ça ; dans le hall j'ai croisé Philippe, mon cousin, qui en voyant mon air désespéré m'a invitée à dîner, et ensuite entraînée dans une boîte. J'ai bu du champagne, une seule coupe. Des amis l'ont rejoint à sa table. La chef de cabinet du préfet, et un homme que je connaissais de vue. Après, tout devient nébuleux. Je ne me sentais pas très bien. J'ai peut-être vomi, les bruits qui venaient de la piste de danse résonnaient dans ma tête. Je me suis retrouvée dehors en n'ayant qu'une seule idée, rentrer chez moi. La suite, vous la connaissez. Sans savoir comment, je me suis retrouvée devant la résidence des flots bleus.

— Je crois savoir pourquoi. Au cours de notre première rencontre, j'ai dû faire allusion à l'appartement que je venais de louer dans la résidence des flots bleus. La boîte de nuit se trouve tout droit à deux kilomètres. J'ai une dernière question à vous poser : vous êtes certaine de ne pas avoir accepté de prendre un stimulant pour oublier ?

— Non... ! Je vous le jure.

— Alors vous avez été droguée par quelqu'un présent dans la boîte de nuit.

— La moralité de cette histoire, c'est que vous vous en sortez bien. Je n'ose pas imaginer la suite si celui qui vous avait droguée était parvenu à ses fins.

— J'ai peut-être été imprudente. Je sais vous avoir causé beaucoup d'ennuis. Mais aujourd'hui je crains trop pour ne pas vous dire la vérité.

Elle parlait avec une douceur qu'il ne lui connaissait pas.

— Vous êtes à ce point menacée ?

— Bien plus que ce que vous pouvez imaginer.

— Dans ce cas, n'hésitez pas à vous confier. La vérité sera toujours la meilleure thérapie.

— Depuis cet article paru dans la presse accusant presque mon oncle Maximilien Beck d'être un ancien nazi, je me sens vulnérable et responsable.

— Responsable à quel titre ?

— Coupable d'avoir soufflé le vent de la tempête, sans savoir que j'étais manipulée par un individu rusé et perfide.

Gabriella détestait étaler sa faiblesse au grand jour, mais les choses étaient allées trop loin. Le commandant, malgré son air bourru et ses coups de gueule, était le seul à pouvoir la comprendre et l'aider. Comment avait-elle pu en arriver là ? Elle se trouvait embarquée dans un complot qui n'avait qu'un but : précipiter la ruine de la famille Beck, le pire étant l'intérêt malsain que lui vouait son mystérieux correspondant.

— Expliquez-moi tout calmement depuis le début, l'encouragea Castillac, seulement intrigué par le côté machiavélique de son tourmenteur.

— Tout a commencé il y a trois jours. Une voix au téléphone, homme ou femme, difficile à déterminer parce que masquée, proposait de m'aider à découvrir quelle était l'origine de ma vraie famille. Sur le coup j'ai cru à une blague de potache, démentie le jour même quand j'ai trouvé dans ma boîte aux lettres une liasse de documents, dont un au moins était un bâton de dynamite. Un courrier extrait d'archives déclassées de l'ex-URSS qui accusait le général Beck, haut dignitaire nazi et l'ingénieur Lindorff d'avoir participé au génocide des juifs de 1938 à 1944, véritable origine de leur fortune.

— Si la véracité de ce document était prouvée, ce serait en effet une pièce explosive, répliqua le commandant. Il y a une question que je dois vous poser : êtes-vous toujours en rapport avec cet individu ?

Elle le regarda, l'air étonné.

— Bien sûr que non !

— Il était le seul à vous appeler ?

— Oui, répondit-elle sur une hésitation qui la fit rougir.

— Vous m'avez juré de dire toute la vérité, appuya-t-il, pour rappeler sa promesse à la demoiselle.

— Vous avez raison, murmura-t-elle. Il m'a laissé un numéro de portable pour les urgences.

— Vous l'avez toujours ?

— Oui, mais il n'est plus actif.

— Quand avez-vous essayé de le joindre pour la dernière fois ?

— Juste avant de venir vous voir.

— Pour quelle raison ? Que vouliez-vous lui dire ?

— Je ne sais pas, marmonna-t-elle, proche de la crise de larmes. Rien, sur l'instant !

— Vous pouvez me donner le numéro ? Nos services spécialisés pourront peut-être en tirer quelque chose, mais j'en doute. Au cas où il vous rappellerait, proposez-lui de le rencontrer.

— C'est déjà fait... tout au début. Il a refusé en invoquant je ne sais quel motif. Que dois-je faire, commandant ?

— Rien, pour l'instant. Vous reposez et oubliez. Vous pouvez rester ici. Je repasserai en fin de matinée avec de quoi manger. Ne répondez pas au téléphone et n'ouvrez à personne.

Elle acquiesça en posant sur lui un regard triste, mais confiant. Gabriella écoutait la radio distraitement, quand son attention fut attirée par une information. Son mystérieux correspondant s'était passé de son accord. Peut-être avait-il interprété ses tergiversations comme une excuse pour ne pas prendre de décision.

En vingt-quatre heures, les choses s'étaient précipitées. L'intervention concertée des médias avait eu pour effet de mettre la région en émoi. Les grands titres suffisaient à créer le malaise. « Le clan Beck dans la tourmente », « La fortune de Maximilien Beck acquise sur des biens spoliés aux juifs ». Suivaient les informations concernant des documents russes récemment déclassés et le témoignage de deux personnes qui avaient échappé aux camps d'extermination nazis. Contacté, Beck junior était promptement intervenu pour condamner cette odieuse campagne de dénigrement et dissiper les doutes sur l'origine de la fortune familiale.

7 h 30. La veille au soir, la décision avait été prise de procéder à l'arrestation de Vélasquez, afin de l'entendre dans le cadre de l'enquête concernant l'enlèvement de la dame Lindorff. Castillac consulta sa montre une dernière fois avant de quitter son bureau. Balain était en retard et il n'arrivait pas à le joindre sur son portable. Il était entendu qu'ils rejoindraient le capitaine Bidard directement sur les lieux de l'intervention.

Bidard attendait l'arrivée de ses deux collègues, assis au volant de son véhicule. Il stationnait à quelques mètres du 25 rue Boileau avec une vue dégagée sur la porte cochère de l'immeuble. Il était garé à proximité d'une boulangerie, et l'odeur alléchante du pain chaud lui chatouillait ses narines. Sur le point de sortir pour aller acheter des croissants, il aperçut le suspect qui remontait le trottoir dans sa direction. En une fraction de seconde, il se demanda ce qu'il devait faire, baisser la tête en faisant semblant de chercher quelque chose dans la boîte à gants ou garder une attitude naturelle et décontractée. Ce qu'il fit en avisant l'individu entrer dans la boutique. En le voyant sortir, sa baguette sous le bras, il pensa que quelque chose clochait dans cette séquence. Il y avait un truc qui ne collait pas. Comment expliquer qu'un type en fuite, soupçonné d'enlèvement, sorte tranquillement faire ses courses comme n'importe quel quidam ?

Il devait agir vite. La rue était déserte et le truand n'était armé que d'une baguette de pain. Il n'avait pas le temps de prévenir le commandant pour l'informer qu'il avait repéré le suspect et qu'il allait l'appréhender. Sans trop réfléchir, seulement motivé par le sentiment de faire son boulot, il passa à l'action.

L'arrestation de Vélasquez ne fut qu'une formalité. Il n'avait opposé aucune résistance, se montrant même étrangement docile, comme s'il savait qu'on allait l'arrêter. Sur ces entrefaites, Castillac était arrivé en retard et en colère pour constater qu'il n'y avait plus rien à faire.

De retour au commissariat, Bidard avait tout organisé pour commencer l'interrogatoire de Vélasquez dans les plus brefs délais. Un accident sans gravité, un peu de tôle froissée, était à l'origine du faux bond de Balain. Le temps de tout régler, elle ne pensait pas être libre avant le début de l'après-midi.

La salle d'interrogatoire avait conservé un peu de fraîcheur accumulée la nuit. Bidard, assis face à celui qu'il venait d'arrêter, s'apprêtait à lancer la partie des questions-réponses.

— Monsieur Vélasquez, je viens de consulter votre dossier. Vous devenez un habitué des lieux, dit-il au jardinier, qui se contenta d'un timide sourire en guise de réponse. À qui dois-je m'adresser, au jardinier ou à l'homme de main de Philippe Beck ?

L'homme lui joua le numéro de celui qui n'avait rien compris en s'exprimant par des gestes et une mimique du visage ma foi assez convaincants.

— Restons simples et concis, le mieux étant d'aller droit au but. Cela fait quarante-huit heures que M^{me} Élisabeth Lindorff a déposé une main courante dans laquelle elle vous accuse de harcèlement.

— Je n'ai rien fait de mal, à part prendre quelques photos. C'est une belle femme, ajouta-t-il sans véritablement convaincre de ses bonnes intentions.

— Normalement vous écoperiez d'un simple rappel à cesser de l'importuner, mais à l'heure où je vous parle, son véhicule vient d'être retrouvé accidenté et sa conductrice est introuvable. Ma question sera donc simple et courte : que faisiez-vous hier entre 18 h et 20 h ?

Donner son emploi du temps paraissait tout à coup suicidaire. Il pouvait difficilement dire qu'il la suivait quand elle avait eu son accident. Il filochait la dame depuis vingt bonnes minutes en maintenant une distance respectable, lorsque juste après cinq cents mètres de traversée de forêt, il repéra un 4x4 stationnant sur le bas-côté à proximité d'un véhicule qui avait versé dans le fossé. À cet instant, il pensait à toute vitesse en faisant défiler les options qui s'offraient à lui. Aussi, après une minute d'intense cogitation, il dut se rendre à l'évidence : il était bel et bien piégé. La police allait forcément trianguler son portable et s'apercevoir qu'il se trouvait dans le coin au moment de l'accident. Il n'avait pas le choix. Il devait dire la vérité en espérant échapper à une sanction lourde de conséquences.

— Votre silence serait-il un aveu ? s'exclama le capitaine, qui sentait de l'indécision dans l'attitude attentiste de son interlocuteur. Je vais vous dire ce qui s'est passé, reprit-il sur un ton percutant. Il y a un long virage juste avant l'entrée en forêt. De peur de perdre le véhicule de vue, vous avez forcé la vitesse en arrivant trop vite sur la voiture que vous filiez.

— Rien de tout ça... les choses se sont passées différemment.

— Vous reconnaissez implicitement que vous filiez le véhicule d'Élisabeth Lindorff ?

— Oui... ! mais j'ai assisté à la scène en tant que témoin.

— Et peut-on savoir ce que vous avez observé ?

— Un véhicule gris clair, type 4x4 Toyota, était arrêté à hauteur de la voiture accidentée. J'ai aperçu un individu de grande taille qui revenait sur la route en soutenant une femme qu'il portait à bout de bras. Une fourgonnette qui venait dans l'autre sens a stoppé au niveau de l'homme qui installait la blessée dans son 4x4. Ils ont échangé quelques mots, puis chacun est parti de son côté.

— Admettons que vous disiez la vérité. Qui vous avait demandé de surveiller Élisabeth Lindorff ?

— Ne faites pas semblant de ne pas savoir, répondit le jeune homme sur un ton qui laissait filtrer de l'amertume.

— J'imagine que Beck junior ne vous a pas dit pourquoi. En revanche, quel a été le résultat de vos observations et éventuelles filatures ?

L'individu tardait à se mettre à table. Qu'avait-il découvert de si important pour qu'il hésite encore à parler ?

— Elle fréquentait le député en place, concurrent direct de mon patron. Ils se voyaient parfois le week-end.

— Où les rendez-vous avaient-t-il lieu ? Quelles gens rencontraient-ils ? Vous avez des photos ?

L'avalanche de questions paraissait perturber son interlocuteur. Au ton de Bidard, il avait pâli, son visage exprimant un certain désarroi.

— Au *Normandy*… finit-il par articuler du bout des lèvres. Ils fréquentaient peu de monde. Les seules personnes qu'ils côtoyaient se trouvaient sur le champ de courses de La Touques durant les week-ends.

— D'après ce que vous dites, ils retrouvaient certaines connaissances. En connaissez-vous… ? Ou sinon avez-vous des photos ? poursuivit-il.

— Je n'ai rien conservé. M. Beck a exigé que toutes les photos soient effacées de mon smartphone devant lui.

Sans grande conviction, le capitaine demanda si son patron avait manifesté une émotion quelconque à la vue des photos.

La tête baissée, il regardait ses mains posées à plat sur la table.

— Je vous ai posé une question, monsieur Vélasquez… Répondez, et ensuite vous pourrez passer à autre chose.

Lorsqu'il prit la décision de s'expliquer, il le fit en murmurant les mots, comme s'il craignait d'être entendu.

— Je crois qu'il avait reconnu l'Américain assassiné ; mais ce qui l'intriguait le plus, c'était la grande silhouette masculine vue de dos qui discutait avec le député.

Castillac allait devoir faire avec ce qu'il avait. Il était sûr que Vélasquez mentait en disant qu'il avait supprimé toutes les photos. Il restait à espérer que la perquisition de son domicile soit positive. En résumé, si ce qu'il disait était vrai, et il n'y avait aucune raison d'en douter, prolonger la garde à vue ne s'imposait pas.

À 13 h 15, Castillac franchit la porte à double battant de la *Brasserie de la mairie*, et rejoignit le fond de la salle où l'attendait sa table réservée, la seule encore libre à cette heure d'affluence. En passant devant le patron, il commanda un plat du jour, burger steak bleu fait maison, salade du jardin et œuf en gelée comme entrée. La télévision placée à mi-hauteur, juste en face de lui, diffusait le témoignage du journaliste à l'origine du communiqué de la veille accusant Philippe Beck, candidat à la députation, d'être l'héritier d'une fortune acquise par son grand-père, général SS, responsable du massacre de plusieurs milliers de juifs au cours de la seconde guerre mondiale. Le présentateur affirmait être en possession d'un document récemment déclassifié par la Russie, certifié authentique par le Tribunal de La Haye, à l'en-tête du ministère de l'Intérieur, signé Heinrich Himmler Reichsfürer, félicitant et récompensant le général SS Erwin Beck et l'industriel Lindorff pour services rendus au Reich. Suivait l'extrait d'une interview de Philippe Beck qui disait en substance : « J'ai toutes les raisons de croire que je fais l'objet d'une campagne de presse dirigée contre ma candidature à la députation. Cette comparaison ignoble avec les criminels nazis est un procédé indigne d'une démocratie. »

Alors que le patron venait de lui porter un expresso, Castillac vit s'avancer le majordome de Maximilien Beck, égal à lui-même, rigidité dans l'attitude, chemise blanche et cravate noire.

— Commandant… Je savais vous trouver ici à cette heure.

Il vit, à sa façon d'hésiter entre lui tendre la main ou se contenter d'un simple bonjour, que l'homme était mal à l'aise. Il lançait fréquemment un fébrile regard en direction de l'entrée, comme s'il craignait une apparition hostile.

— Je suis chargé par Maximilien Beck de vous transmettre oralement le message suivant.

Et puis il s'interrompit brusquement en voyant les épaules hautes et carrées d'un individu s'encadrer dans l'embrasure de la porte. Il resta figé quelques secondes, le temps que le coup d'œil apparemment détaché de David Strauss s'attarde un instant sur le pauvre majordome qui regardait ses chaussures, avant de s'écarter et de disparaître pour laisser entrer un client. Timidement et à voix basse, il reprit son message à l'endroit où il l'avait laissé.

— Il désire vous rencontrer le plus rapidement possible. Un rendez-vous cet après-midi à 15 h vous conviendrait-il ? Si c'est O.K., je vous attendrai en bas du perron.

Le tout avait été débité rapidement, comme si chaque seconde passée augmentait un peu la peur sur son visage. Le pauvre homme faisait pitié. Castillac donna son accord, libérant son interlocuteur qui n'attendait que ça pour quitter le restaurant d'un pas rapide.

Castillac, ponctuel, avait retrouvé le majordome sur le perron du château. Il n'avait négligé aucune piste, mais il voulait revenir de façon plus détaillée sur le passé nébuleux du vieux châtelain, et surtout sur celui de son père et de son grand-père. Durant les vingt-quatre heures qui avaient précédé cet entretien, il avait avec force et obstination obtenu du procureur carte blanche pour boucler au plus vite cette enquête qui tournait au scandale politique. Il prenait un gros risque, c'est vrai mais échouer serait pire encore pour sa carrière.

— Vous avez, monsieur, probablement pris connaissance du gros titre des journaux.

Ils se regardèrent un instant, cherchant chacun de leur côté à prendre l'ascendant sur l'autre.

— Plus de soixante ans de ma vie traînée dans la boue ! Je n'avais pas besoin de ça pour finir mes jours. Il s'était enfoncé un peu plus au fond de son fauteuil roulant, planté au milieu du gazon fraîchement tondu.

— Je sens que vous piaffez d'impatience de me poser des questions. Eh bien… ! que voulez-vous savoir, au juste ?

— Étiez-vous au courant du passé nazi de votre grand-père ?

Il hésita une seconde avant de répondre.

— Je vais donner suite à votre question, mais avant je voudrais ouvrir une parenthèse, car je ne vois pas le rapport entre l'enquête que vous menez et une affaire qui concerne le seul honneur de notre famille. Cette parenthèse fermée, revenons à votre question. Très franchement non, du moins pas au sens littéral du terme. Ce que je veux dire, c'est que ma famille faisait partie de la branche maternelle, moins concernée par les affaires politiques. De plus, aussi loin que je me souvienne, mon père n'a jamais évoqué ces années, qu'il considérait comme sombres et néfastes.

Castillac insista. Il sentait fléchir l'assurance du vieillard, qui n'était plus très sûr de maîtriser le cours de son histoire.

— Cherchez bien… Auriez-vous quelques autres souvenirs concernant votre grand-père ? Je ne sais pas… Une image, une voix, un événement marquant ? Je crois avoir lu qu'il était général en retraite.

— Encore une fois, au risque de radoter, je ne vois pas en quoi le passé de mon grand-père peut avoir une incidence sur votre enquête.

— Détrompez-vous, monsieur ! Vous n'êtes pas sans savoir que nous sommes toujours sans nouvelles de votre nièce Élisabeth Lindorff, probablement enlevée.

— Donc si j'ai bien compris, il y aurait un lien entre cette campagne de dénigrement et l'enlèvement de ma nièce ?

— C'est plus que probable. Ce qui met également en danger la vie de sa sœur, Gabriella.

— Je suis atterré par ce que vous m'apprenez, et d'autant plus désolé de ne pas pouvoir vous aider. Je l'ai peu connu. J'ai beau fouiller au fond de ma mémoire, je sais seulement qu'il a participé activement à la prise du pouvoir par Hitler.

— Que faisait votre père à cette époque ?

Son interlocuteur fixa un instant de ses yeux le ciel tout bleu, comme pour y chercher une réponse, avant de revenir planter son regard dans le sien.

— Il était ingénieur, chef de service dans une grande société.

— Chimique… ?

— Non… répondit-il, automobile. Dites-moi, commandant… j'ai l'impression d'être assis sur le banc des accusés du tribunal de Nuremberg. Je crois que mon père s'est comporté comme beaucoup d'Allemands à cette époque, obéissant et silencieux. Croyez-le si vous voulez, mais il avait honte de parler du nazisme. Notre famille était très riche. Notre fortune ne doit rien aux biens soi-disant spoliés aux juifs.

— Vous aviez quinze ans en 1944 lors de votre arrivée en Argentine. Ce voyage a dû laisser des traces dans votre mémoire d'adolescent ?

— En réalité, très peu. J'ai dormi jusqu'en Suisse. Je me souviens seulement du bateau que nous avons pris dans un port d'Italie dont j'ai oublié le nom.

— Gênes… ? suggéra Castillac.

— Non… plutôt Trieste, sembla se souvenir Maximilien Beck.

— Quand avez-vous appris que vous aviez emprunté une filière mise en place par un haut gradé SS pour organiser clandestinement la fuite de criminels nazis vers les pays d'Amérique du Sud, entre autres ?

— Il y a vingt-quatre heures en lisant le journal !

Le vieux Beck se redressa sur son fauteuil et s'adressant à Castillac, il dit :

— Auriez-vous l'amabilité de pousser mon fauteuil jusqu'au cèdre ? J'ai besoin de me ressourcer.

Le commandant s'exécuta, pas mécontent de profiter du soleil et de l'agréable odeur de l'air ambiant, rafraîchi par les brumisateurs automatiques des pelouses.

— La vie, commandant… ! La vie vous joue parfois de vilains tours. Je suis rassuré de pouvoir parler avec vous. Nous nous comprenons, même si parfois je vous ai taquiné sans vouloir vous blesser. J'arrive au bout du chemin, et pour mon plus grand désespoir ce n'est pas celui dont j'avais rêvé. Tout ce qui se passe était prévisible. Car n'oubliez pas inspecte…, excusez-moi commandant, rectifia le vieil homme sur un ton malicieux, que tout arrive, mais cela passe inaperçu. Je me souviens, là à cet instant précis du jour de mes quarante ans. Alors que j'étais au sommet de ma réussite, j'ai eu subitement l'appréhension de ma chute. À la mort de mon père, en mettant de l'ordre dans les papiers, je suis tombé sur des documents frappés de la croix gammée. Ils étaient rédigés en allemand – des textes du *Faust* de Goethe, probablement codés. À partir de cette découverte, j'ai imaginé mon père faisant partie d'un complot dont le but était d'assassiner Hitler.

— Les avez-vous fait traduire en langage clair ? demanda Castillac.

— Non… Cette liasse de papiers me brûlait les mains. J'avais l'angoissante intuition de manipuler une bombe. Les bûches crépitaient dans la cheminée ; il suffisait d'un geste pour faire disparaître l'objet de mon tourment. Je serais incapable de dire ce que j'en ai fait. Probablement oubliés dans une malle qui se trouvait au grenier. Mais assez parlé de tout ça. Je commence à fatiguer. Je sais que votre intervention se limite aux menaces et aux agressions.

— Auriez-vous été menacé ?

— Non… ! pas jusqu'à présent. Mon fils a pris les devants ; une société spécialisée assure la sécurité du château. J'ai souhaité vous voir pour vous demander un service.

Maximilien Beck s'était retranché dans un silence de réflexion que le commandant respecta.

— Ma vie en tant que telle n'a plus tellement d'importance. En revanche, celle de ma nièce Gabriella me préoccupe beaucoup plus.

— Que voulez-vous que je fasse ?

— Rien qui puisse interférer dans votre activité habituelle. Seulement veiller à ce qu'elle ne connaisse pas le sort tragique de sa sœur, ni les tourments que doit endurer sa sœur enlevée.

— Nous prenons ces menaces au sérieux. Les mesures nécessaires pour assurer sa sécurité devraient être opérationnelles au plus tard dans vingt-quatre heures.

— Adieu commandant, articula avec force le vieil homme, ajoutant plus en souplesse : dites en repartant à mon majordome de venir me chercher.

Mme Rose, une Noire robuste et solidement charpentée d'une cinquantaine d'années, l'attendait dans le hall du commissariat. Le visage tout en arrondis, au teint très foncé avec des reflets cuivrés sur les joues et de grands yeux bruns assombris par des sourcils droits et drus, inspirait volonté et gentillesse. La dame s'était levée en voyant s'approcher l'homme qu'elle attendait, d'un pas si véloce que trois suffirent pour la rejoindre. Elle portait une robe claire, longue et ample qui tombait jusqu'aux mollets.

— Madame Rose... Veuillez excuser mon retard, dit Castillac de cette voix grave, douce et puissante qui plaisait aux femmes.

— Je peux vous consacrer un peu de mon temps. J'ai terminé mon service.

Elle parlait vite, mais clairement, comme les gens qui avaient beaucoup de choses à dire.

— Je vous invite à me suivre. Mon bureau se trouve au premier étage.

Une fois assise en face de lui, elle avait croisé ses deux mains sur le sac qu'elle tenait posé sur ses genoux.

— Le capitaine Bidard m'avait fait part de votre désir de me rencontrer. Vous auriez des renseignements concernant une jeune adolescente, employée de maison au château, qui aurait mystérieusement disparu du jour au lendemain.

— Sans vouloir vous contredire, monsieur le policier, c'est mon cousin Didier qui m'a plutôt incitée à venir vous voir. Je l'aimais bien, la petite Sylvie. Elle était belle et gracieuse. Tous les hommes lui tournaient autour, en particulier l'Argentin, le chauffeur de Philippe Beck. Mais le plus amoureux, celui qui la couvrait de fleurs et de cadeaux, c'était Fred, l'ancien jockey, l'ami de John l'Américain.

— Vous connaissiez John Maeney et Fred Jacobsen ? s'écria enthousiaste, le commandant, qui bénissait les circonstances de lui avoir permis de rencontrer Mme Rose.

— Ils étaient souvent fourrés à la cuisine. Fred avait parfois des tuyaux dont il faisait profiter le personnel de maison, qui jouait au moins une fois le tiercé du dimanche.

— Jacobsen bookmaker. C'était lui qui prenait les paris interrogea Castillac, ajoutant aussitôt.

— Vous avez souvent gagné ?

— Pas plus qu'au loto. On s'était habitués à leurs tronches. Ils faisaient partie de notre quotidien. Nous avons connu quelques jours somptueux où les gains permettaient des folies, jusqu'au jour où Philippe Beck a débarqué à l'improviste dans la cuisine.

— Qu'a-t-il fait ? Interdire la cuisine aux deux comparses ?

— Oh, pas du tout... ! Il s'était au contraire invité aux réunions du samedi. J'ai vite remarqué qu'il tournait autour de la belle et fraîche Sylvie, pas insensible à l'attention que lui portait le fils du patron. Elle a commencé à s'absenter un jour par semaine, puis deux, puis trois, jusqu'à ce qu'elle ne vienne plus du tout.

— Vous l'avez revue ? Tout ça remonte à combien de temps ?

— Deux fois... la dernière remonte à quatre mois. Elle avait changé. Maquillée et bien sapée, elle faisait poule de luxe. Son beau sourire d'ange avait disparu de ses lèvres. Elle était devenue triste et distante.

— Une dernière chose. Comment s'appelait-elle ? Avait-elle de la famille ? Et si vous aviez une photo d'elle, ce serait parfait.

— Ménard... le nom homonyme d'une amie de ma mère. Je me souviens... Sylvie Ménard. Pour la photo, quand vous passerez au château, faites un saut par la cuisine. Vous trouverez ce que vous cherchez sur le grand frigo-congélateur.

— Il me vient tout à coup à l'esprit une question importante. Vous souvenez-vous des gens qui étaient présents dans les cuisines du château le 27 juillet, jour de l'assassinat de Maeney et de l'enlèvement de Christine Lindorff ?

La brave femme avait plongé dans sa mémoire pour remonter à la surface les souvenirs liés à cette journée particulièrement tragique.

— J'avais ce jour-là pris mon service un peu plus tôt pour aider à préparer le buffet. Vélasquez a dû passer en coup de vent vers 11 h pour casser le pain de glace. Maeney et Jacobsen sont arrivés une demi-heure plus tard. Le diplomate avait l'air énervé, il n'arrêtait pas de houspiller Fred le jockey. Ils sont repartis cinq minutes plus tard après avoir récupéré les paris.

— Un grand merci madame Rose, dit Castillac en se levant pour marquer la fin de l'entretien ; nous allons pouvoir nous intéresser de plus près à cette disparition.

Elle allait franchir le seuil de la porte, quand elle se ravisa.

— J'allais partir en oubliant de vous dire une chose qui peut avoir son importance. Il y aura maintenant plus d'un mois, j'ai reçu un coup de fil d'une inconnue qui disait être la sœur de Sylvie et qui cherchait désespérément des renseignements sur la période qu'elle avait vécue au château.

La porte ne s'était pas refermée que le téléphone sonnait.

— Castillac... j'écoute ! Balain... Vous avez un problème ? Je comprends, vous avez besoin de récupérer... Ne vous inquiétez pas, on s'en sortira. Votre santé avant tout. Reposez-vous jusqu'à la fin de la semaine. Nous ferons le point lundi prochain.


L'absence momentanée de Balain perturbait quand même un peu l'emploi du temps au sein du commissariat. Première chose à faire : se recentrer sur les actions en cours et discuter de l'ordre des priorités avec Bidard.

Il avait rejoint le capitaine qui occupait le troisième et dernier bureau à l'étage. Castillac, sobrement et sans s'étaler, informa le capitaine de la défection provisoire de Balain pour ces prochains jours. Une fraction de seconde, en interprétant un léger mouvement des lèvres et un geste de la main vite retombé, Castillac crut comprendre que Bidard voulait ajouter un commentaire. Il n'en fut rien.

Pour avancer dans la bonne direction, Castillac proposa de déblayer le terrain. Première des choses, régler le cas Vélasquez. Son témoignage tenait la route. La perquisition de la chambre de bonne qu'il occupait n'avait rien donné. D'un commun accord, ils avaient décidé de lever la garde à vue, sans relâcher sa surveillance et en le mettant sur écoute. La priorité restait bien entendu les recherches concernant l'enlèvement d'Élisabeth Lindorff. Ils arrivaient au point critique, soit trois jours après la disparition de la victime, où le psychopathe se manifestait. Les vingt-quatre prochaines heures s'annonçaient comme étant celles de tous les dangers.

— Ne m'avez-vous pas dit que les gendarmes quadrillaient le secteur où les crimes avaient eu lieu ?

— Exact, capitaine. Mais je commence à percer à jour le mode opératoire du tueur. Il agit toujours après une observation minutieuse de l'environnement. Il est intelligent et rusé. Sa parfaite connaissance de la région lui permet de se faufiler dans un trou de souris.

— Au fait, capitaine, pour parler d'autre chose... J'ai rencontré Mme Rose, une femme charmante et très bien renseignée. La piste Sylvie Ménard me paraît intéressante à suivre. Il faudrait en savoir plus sur cette jeune fille, et surtout retrouver sa sœur.

— C'est du travail de routine, commandant. Vous venez de le dire vous-même. Les heures qui viennent risquent d'être longues et difficiles. Mais je pense à une chose : Balain pourrait, depuis son domicile, se charger de prendre les contacts nécessaires.

— Vous n'avez pas tort, reconnut Castillac. Je vais l'appeler avant de partir. Bonne fin de soirée, capitaine. On se revoit demain.

Le portable de Balain sonna plusieurs fois avant qu'elle réponde.

— Bonsoir commandant... !

La voix était petite, ou encore endormie.

— Bonsoir, Balain. J'aurais un service à vous demander. Vous serait-il possible de vous renseigner sur une adolescente dénommée Sylvie Ménard ?

— Qui ça... ? Il s'ensuivit un long silence, où seule lui parvenait la respiration heurtée de l'inspectrice.

— Vous allez bien ? s'enquit le commandant, inquiet de l'étrange réaction de la jeune femme.

— Excusez-moi, commandant. Pouvez-vous répéter votre question ? La voix avait repris de l'assurance.

— Vous serait-il possible de retrouver une jeune fille répondant au nom de Sylvie Ménard ? articula-t-il en séparant bien les mots, ajoutant qu'elle avait travaillé au château en tant que soubrette. Les faits remonteraient à environ neuf mois.

Une alarme avait retenti dans son cerveau, l'invitant à passer sous silence son entrevue avec Mme Rose.

— Je m'en occupe, commandant. Après tout, cette mission va me changer les idées. Je vous tiens au courant de l'avancée des choses.

En consultant sa montre – 17 h 30 – il se rappela tout à coup qu'il avait dit à Gabriella Lindorff qu'il repasserait en fin de matinée. Il allait devoir abréger cet entretien et penser à faire un détour par le traiteur.

— Merci, Balain. Soignez-vous bien.

Il s'était arrêté chez l'Italien pour acheter des antipasti, du jambon sec et deux parts de tiramisu, le tout accompagné d'une bonne bouteille de vin rouge.

Serait-elle encore là quand il franchirait le seuil de la porte ? Il aurait la réponse dans moins de cinq minutes. Pourquoi se posait-il la question ? Qu'elle soit partie ou non ne changeait rien, sinon la perspective d'avoir d'un bon dîner.

Le temps avait brusquement changé. Le ciel assombri se zébrait de brefs éclairs lumineux, suivis toutes les dix secondes environ de coups de tonnerre retentissants. Il venait juste de se garer sur le parking de la résidence et de voir de la lumière dans son appartement, qu'une pluie diluvienne tambourinait sur le toit des voitures.

Il eut tout juste le temps de se mettre à l'abri pour éviter la douche. Gabriella Lindorff l'attendait, sagement assise sur le canapé.

— Je suis désolé pour le retard. Pour me faire pardonner, j'ai apporté de quoi dîner à l'italienne.

— Vous êtes excusé. Je me suis reposée, et même assoupie. Ce qui fait que je n'ai pas vu passer les heures.

— Que diriez-vous de boire un coup ? Je dois avoir quelques apéritifs dans le placard.

— Je ne sais pas, dit-elle. Je ne veux pas vous déranger plus longtemps.

— Psitt, psitt... vous ne me gênez pas. Vous devez avoir faim. Je m'occupe de tout ; vous n'avez plus qu'à mettre les pieds sous la table.

Une fois les poivrons marinés, les olives, les Saint-Jacques aux herbes et le jambon sec avalés, accompagnés d'un bon vin rouge des Pouilles, ils avaient dégusté le tiramisu avec un petit verre de grappa.

Gabriella était sous le charme. Jamais elle n'aurait imaginé qu'un tel tête-à-tête puisse avoir lieu. Ils avaient discuté de tout, sans jamais aborder la préoccupante actualité.

Après le café, alors qu'un long et beau silence s'était installé, Castillac le rompit en proposant :

— Pourquoi ne resteriez-vous pas ici cette nuit ? lui demanda-t-il, ajoutant, persuasif : Vous entendez, l'orage tourne en rond. Il ne vous laissera pas sortir.

Elle sourit, et d'un mouvement de tête gracieux de sa tête sur le côté, fit signe que peut-être.

— Si je reste, je prends le canapé. C'est sans appel. Vous avez besoin de dormir.

En regardant dans l'armoire, elle avait trouvé de quoi faire son lit : une paire de draps et un plaid écossais.

L'atmosphère, chaude et pesante, tardait à s'ouvrir aux orages qui tournaient en rond en tonnant. Il n'avait gardé que son slip, et l'oreiller était déjà mouillé par la sueur. La fenêtre était grande ouverte et laissait filtrer un rai de lumière lunaire. Lui qui d'ordinaire s'endormait rapidement n'arrivait pas à trouver le sommeil. Alors que pour la énième fois il allait se retourner, il entendit la porte s'ouvrir lentement. Gabriella entièrement nue entra dans la chambre, et avec la rapidité d'un félin elle s'avança à quatre pattes sur le lit en faisant grincer le sommier. La vision de ce corps beau et souple le subjuguait. Il ne pouvait plus détacher ses yeux du spectacle de ses seins ronds et fermes, et des jambes en mouvement qui faisaient ondoyer le ventre plat. Il sentait à présent sur son visage le souffle brûlant de Gabriella, qui excitait son sexe en pratiquant des frôlements suggestifs. Ils firent l'amour une partie de la nuit dans un déchaînement de caresses et d'étreintes ponctuées par de petits cris de jouissance.

Cette nuit d'ébats voluptueux lui avait au moins appris une chose : la belle Gabriella était experte en jeux sexuels, loin de l'image de la demoiselle bon chic bon genre que les gens se faisaient d'elle. Il avait conscience d'avoir commis une faute, et il trouvait la mariée trop belle. Que pouvait bien cacher cette nuit torride ? Il gardait toujours dans ses affaires un détecteur de caméra miniaturisée, cadeau d'un ancien des RG aujourd'hui à la retraite. La belle dormait à poings fermés, et les endroits où l'on pouvait cacher ce type de matériel n'étaient pas nombreux. Il explora en premier la climatisation et ensuite le haut de l'armoire sans rien détecter.

Lundi 6 août

Castillac venait de prendre une douche. Il terminait de boutonner sa chemise quand la musique de son portable mit un terme aux pensées qui accaparaient son esprit.

C'était le capitaine Bussy. Il était tout juste 6 h 30.

— Allô... oui ; bonjour capitaine... Non, vous me l'apprenez. Un long frisson parcourut sa colonne vertébrale, et les muscles de sa bouche se contractèrent.

Le son de la voix, inhabituel et froid, avait quelque chose de lugubre.

— Le corps d'Élisabeth Lindorff vient d'être identifié. J'ai pris les premières mesures de sécurité pour préserver la scène de crime. La Scientifique est en route, comme le médecin légiste. Je vous attends sur le parking du calvaire des Demoiselles pour engager les investigations.

Le capitaine Bidard, prévenu aussitôt, avait eu une réaction bizarre, comme s'il était déjà au courant. Il avait été convenu qu'il le prendrait en passant devant son domicile.

Avant de partir, il avait fait un saut dans la chambre. Gabriella, allongée en chien de fusil, offrait aux rayons naissants du soleil un corps épanoui de nymphette, beau et si fragile quand on pensait à ce que pouvait lui faire subir le sadique qu'il traquait sans relâche. Après un dernier regard sur le corps alangui, il avait remonté le drap sur la lolita.

Silencieux et horrifiés, les deux policiers restaient interdits devant le cadavre nu et torturé de la jeune femme. Le corps, lacéré par de multiples estafilades, avait les bras en croix et les mains liées à une des statues en granit des Demoiselles. Quatre experts de la Scientifique s'affairaient autour du cadavre, montant une tente de protection. Pierre Hébert, son ami, s'activait, penché sur l'opulente chevelure blonde de la victime, maculée de sang séché qui recouvrait la totalité du visage.

Castillac était remué. Il s'attendait à ce scénario catastrophe, sans avoir pu l'éviter. Le fait de connaître la victime ajoutait encore à son malaise. Certes ils se chamaillaient souvent, mais un certain respect les unissait dans un même combat pour faire triompher la vérité. Il ne pouvait pas empêcher les souvenirs de ressurgir comme autant d'images du caractère roublard de la jeune femme. Il lui revenait en mémoire ce jour d'interrogatoire où elle lui avait joué la scène culte de *Basic Instinct* en croisant et décroisant, toujours plus haut, ses belles et longues jambes, jusqu'à faire remonter sa jupe à mi-cuisse.

Quelque chose qu'il n'aimait pas du tout cheminait lentement dans sa tête. Le doute n'était plus permis. Le psychopathe qu'il traquait savait ! Il l'épiait, au courant de ses faits et gestes.

Bidard, le visage impassible, observait la scène, attentif au moindre détail qui n'aurait pas sa place dans le décor.

Bussy se tenait en retrait, occupé à discuter avec un homme âgé qu'il reconnut comme étant le témoin principal du premier crime. Son labrador marron glacé était sagement couché à ses pieds. En le voyant, le capitaine lui avait fait signe de s'approcher.

— Commandant, je vous présente Albert Drault et son chien Brown. Le seul…

— Capitaine, l'interrompit Castillac, je connais ce monsieur et son chien, déjà témoins principaux lors de la découverte du corps de Christine Lindorff.

— Bonjour, monsieur Drault. Désolé de vous retrouver dans des circonstances aussi dramatiques. Comment va Brown ? dit-il en se baissant pour le caresser.

— Aussi bien que moi, répondit le vieil homme à l'épaisse chevelure blanche.

— Alors, vous êtes une fois encore le premier témoin de ce nouveau meurtre ?

— En effet, j'ai l'impression de revivre un peu la même scène, sauf qu'elle se joue à l'extérieur.

— Et si nous en venions maintenant à ce que vous avez vu ?

— Pas grand-chose, mais c'est suffisamment précis pour vous aider à trouver le monstre capable de telles atrocités.

— Nous vous écoutons, monsieur !

— Comme tous les matins aux environ de 6 h 30 je me promenais avec Brown en terminant par le calvaire des Demoiselles. La première chose que j'ai remarquée, c'est l'absence de l'estafette de la gendarmerie, toujours garée depuis plusieurs jours au bout du parking. Ensuite les faits se sont succédé à toute vitesse. Brown, sans raison apparente tirait sur sa laisse en aboyant en direction du calvaire. En m'approchant, j'ai vu le capot d'un 4x4 avancer, l'arrière étant caché par le monument des Demoiselles, et une grande silhouette se précipiter à l'intérieur. Le véhicule a démarré en trombe et pris à gauche la route de Berville. La plaque arrière était illisible ; en revanche une femme conduisait.

— Vous êtes sûr, monsieur Drault, que c'était une femme ?

— Vous savez jeune homme, à quatre-vingt-un ans je sais encore différencier un homme d'une femme. J'ai été commandant dans la marine marchande durant plus de cinquante ans.

Le ton restait bon enfant, malgré une légère pointe de contrariété.

— Je vous prie, monsieur, d'excuser ma précipitation. Mais cette information est tellement inattendue qu'elle brouille tous les repères.

Entre-temps Bussy s'était éclipsé, appelé par le préfet qui venait d'arriver.

— Vous avez affaire à un sacré tueur, commandant. Pensez-vous que ces crimes pourraient avoir un rapport avec la légende « des trois demoiselles » ?

Castillac tombait des nues.

— Non, répondit-il, personne ne m'a parlé de légende.

— L'histoire tient en peu de mots, reprit le vieil homme sur le ton du conteur. Tout remonte à quelques siècles. Trois sœurs belles et heureuses qui habitaient dans la région allaient se marier, quand le baron du fief tomba sous le charme des demoiselles qui se promenaient sur la falaise. Il voulait les avoir à son service, et aussi dans son lit. Les trois sœurs, qui avaient du caractère, désiraient rester maîtresses de leur destin ; aussi repoussèrent-elles les avances du seigneur. Furieux, ce dernier profita d'une promenade sur la falaise pour poursuivre les infortunées jeunes filles qui, apeurées, se réfugièrent dans une petite grotte envahie en partie par la mer à marée haute. Le jour même, le baron, fou de rage d'avoir été éconduit, fit murer les trois sorties. Trois jours et trois nuits plus tard, malgré les recherches effectuées par les villageois, les malheureuses jeunes filles étaient mortes. L'épilogue se trouve sous vos yeux. Les trois blocs de granit grossièrement taillés par un sculpteur du coin représentent le calvaire des Trois Demoiselles.

— Votre histoire m'interpelle sérieusement, déclara Castillac qui ne pouvait pas s'empêcher de faire le rapprochement avec les sœurs Lindorff.

— Pourquoi donc ? demanda son interlocuteur, étonné de l'intérêt que le policier portait à sa narration.

— Les deux victimes actuelles étaient jumelles, et la troisième devient la prochaine cible du psychopathe. Il connaît forcément la légende, et aussi la région. Un grand merci pour votre coopération. Nous aurons certainement l'occasion de nous revoir.

Ils se saluèrent chaleureusement, Castillac n'oubliant pas de caresser le labrador, impatient de continuer sa promenade.

Il devait maintenant retrouver Bussy pour lui demander des explications concernant la défection des gendarmes chargés de surveiller les abords immédiats du calvaire. Bidard, récupéré en passant, avait selon ses dires glané à droite et à gauche quelques renseignements intéressants.

Castillac désespérait de rencontrer le capitaine quand il l'aperçut, debout devant la camionnette bleue de la gendarmerie.

— Commandant, je vais tout vous expliquer. Je comprends votre colère, mais nous avons été manipulés par le psychopathe qui nous a envoyés sur une mauvaise piste à plusieurs kilomètres d'ici. Le message à l'origine de ce traquenard a été transmis sur la fréquence que vous utilisez. La Scientifique effectue des recherches pour trouver l'origine de l'enregistrement. Une fois le résultat connu, je vous en ferai parvenir une copie.

Le ton clair et posé relatait les faits méthodiquement, sans les nuancer de sous-entendus.

— Dans cette morosité ambiante, j'ai heureusement une nouvelle qui remonte le moral, avait-il repris en amorçant un sourire encourageant. En revenant de cette intervention ratée, nous avons croisé à deux kilomètres de Berville, un 4x4 gris clair qui roulait assez vite. Un des gendarmes était formel. Le véhicule en question appartiendrait à Bonillat, le maraîcher installé à cinq bornes de l'endroit où nous sommes. J'ai bien entendu fait le rapprochement avec la présence d'un 4x4 gris clair sur la scène de crime, confirmée une demi-heure plus tard par le témoignage du retraité à la chevelure blanche.

— C'est en effet une piste à creuser. Pouvez-vous également valider la présence de deux personnes à l'avant du véhicule ?

— Personnellement, non, répondit le capitaine, mais en partant demandez son avis au gendarme de faction à l'entrée du parking.

Le planton, interrogé en quittant la scène de crime, confirmait la présence de deux personnes à l'avant, sans affirmer que le conducteur était une femme.

— Nous allons faire un détour pour nous rendre à l'exploitation de M. Bonillat, le possible propriétaire du 4x4 repéré sur les lieux du crime. C'est la troisième fois qu'il se trouve impliqué dans une affaire. La première remonte à plus d'une semaine. Il avait prêté selon lui sa camionnette à Philippe Beck pour déménager des meubles du château. En réalité, il s'agissait du matériel utilisé pour tourner des films pornographiques dans un endroit secret aménagé sous le parking.

— J'ai lu les rapports, commandant, répliqua Bidard laconiquement. La mort de l'inspecteur Martin, les cassettes pornos oubliées dans le véhicule, et aujourd'hui cette histoire de 4x4. M. Bonillat va devoir s'expliquer.

Ils trouvèrent le maraîcher en train de cueillir des fraises sous un tunnel.

— Commandant Castillac, police judiciaire, accompagné du capitaine Bidard, dit-il en montrant sa carte de police.

L'individu tarda à lever le nez du cageot de fruits rouges qu'il terminait de remplir.

— J'ai déjà dit tout ce que je savais à votre collègue. Une jeune femme impitoyable et cruelle...

— Nous venons pour autre chose, déclara-t-il en ignorant l'allusion critique à l'égard de l'intervention de Balain.

— Où se trouve votre 4x4 Toyota ? avait repris Bidard d'un ton grave et tranchant.

Bonillat ne s'attendait pas à être interrogé sur ce véhicule, qu'il n'avait plus. Il allait devoir se forger rapidement une histoire qui tienne debout. Les deux flics qui lui faisaient face ne l'inspiraient pas ; surtout le grand Noir qui le toisait.

— Je l'ai vendu, parvint-il à articuler en bafouillant.

— Quand et à qui ?

Le Noir était le méchant. Ses yeux fouineurs et froids l'intimidaient. Il essayait d'endiguer la peur qui le paralysait en se disant qu'il devait garder la maîtrise de ses réponses.

— Je ne peux pas vous le dire précisément.

— À votre place, je fournirais un gros effort de mémoire. Vous êtes plus près de la garde à vue que de la sortie.

— La vente remonte à environ trois mois. L'acheteur était de passage. J'avais laissé plusieurs annonces dans les principaux commerces de Berville.

— La transaction se montait à combien ?

— cinq cents euros… C'était pour récupérer les pièces. J'ai barré la carte grise en portant la mention « vendu ».

— Et bien entendu, vous n'avez gardé aucune trace de cette transaction.

— Aucune, en effet. À quoi bon conserver des papiers qui ne serviront à rien ?

— En l'occurrence, ils vous auraient permis de vous dédouaner. J'imagine que vous avez oublié à quoi ressemblait votre acheteur ?

— Je rencontre beaucoup de monde. Il était grand et rouquin.

Castillac avait aussitôt réagi en entendant la brève description de l'acquéreur du véhicule.

— Vous n'avez rien remarqué de particulier ? Une cicatrice sur le visage, un accent étranger… ? Avec quoi vous a-t-il payé ?

— Désolé, je ne me souviens de rien d'autre. Quant au règlement, en liquide.

— Ben voyons donc… ! Nous avons fini de jouer au chat et à la souris. Ma patience ayant des limites, avait prononcé Bidard d'une voix sans réplique, je vais vous poser une dernière question, qui conditionnera votre liberté : où étiez-vous hier soir de 22 h à 6 h 30 ce matin ?

— Dans mon lit… J'avais autre chose à faire de plus excitant que regarder la télévision !

— Le nom de la dame ? Et où peut-on la joindre ?

— Sophie Moret… M$^{elle}$ Sophie Moret, employée de maison au château Beck.

— Nous allons vérifier tout ça. En attendant, tenez-vous à la disposition de la justice.

Bonillat se fendit d'un « bien monsieur l'agent ! » railleur, qui eut le don d'énerver encore plus le capitaine.

Après avoir déposé Bidard, le commandant avait fait un saut jusqu'à son appartement pour constater que Gabriella n'y était plus. Il aurait voulu la tenir au courant des circonstances de la mort de sa demi-sœur avant qu'elle ne l'apprenne par les médias.

Castillac n'avait pas sitôt mis les pieds sous son bureau que le téléphone sonnait.

— Bonjour, monsieur le procureur... Je viens de rentrer à l'instant... Des suspects, on en a plus qu'il n'en faut. En revanche pour le coupable ou la coupable, il faudra attendre encore un peu.

Les doigts crispés sur le combiné, il se retenait de ne pas raccrocher.

— J'ai subi autre chose ce matin que l'intolérable pression du préfet. Vous aurez toujours la possibilité de faire la comparaison avec le rapport du capitaine Bidard...

Il s'ensuivit un long silence auquel succédèrent les explications du magistrat.

— Je vous crois, monsieur... En effet, il se peut qu'il renseigne le magistrat directement... C'est entendu, je passerai vous voir dans la journée.

Les dénégations visiblement sincères du procureur l'avaient convaincu de sa bonne foi. Castillac se doutait bien que la venue de Bidard n'était pas le fruit du hasard. Cependant, il ignorait s'il était les yeux et les oreilles du magistrat. Que faire ? Mettre les pieds dans le plat ou faire en sorte de le court-circuiter ? Cette solution ne pouvait dans le temps que créer des freins préjudiciables à l'enquête. Autant de questions qui risquaient d'empoisonner leur relation. Après réflexion, il déciderait en fonction des circonstances, faisant comme toujours confiance à son intuition.

Balain avait succédé au procureur. Elle s'était renseignée sur Sylvie Ménard, une jeune soubrette écervelée qui avait tourné dans des films pornographiques avant de sombrer dans la drogue et finir par se suicider. En ce qui concernait une sœur éventuelle, elle n'avait rien trouvé pour l'instant. Le rapport de l'inspectrice, plutôt lapidaire, le laissait sur sa faim. D'autant plus qu'elle avait demandé l'autorisation de prendre quatre jours de congés supplémentaires. Cette nouvelle défection, qui s'ajoutait au rôle ambigu de Bidard, risquait de sonner le glas de son rôle à la tête de l'enquête.

Il avait grand besoin de réconfort. Un bon cent mètres le séparait de la *Brasserie de la mairie*. Mis à part les quatre retraités qui tapaient la belote, les autres habitués étaient au travail. En le voyant arriver, le patron avait lancé son triple expresso et sorti de derrière le comptoir trois gros croissants.

— Pour vous, commandant, un peu de lecture, dit-il en lui tendant une enveloppe blanche. Puis, devançant sa question, le bistrotier ajouta : l'homme en noir, le majordome du vieux Beck, avait bien stipulé de vous la remettre en main propre.

Il terminait son dernier croissant quand le flash spécial d'une chaîne d'information TV fit part de la découverte, tôt ce matin, du corps d'une femme nue et torturée, crucifiée sur l'une des statues du « calvaire des Demoiselles ». L'enquête, confiée à la police judiciaire en collaboration avec la gendarmerie, serait déjà sur la piste d'un mystérieux véhicule remarqué sur la scène de crime. Pour certains éditorialistes, ce forfait particulièrement horrifiant serait peut-être une des conséquences du scandale provoqué par la diffusion de preuves incriminant la famille Beck, l'une des plus en vue dans la région.

L'atmosphère du café, bien moins stressante que celle du commissariat, permettait d'échapper un temps à la pression sans cesse croissante des magistrats et des médias. Il avait décacheté l'enveloppe, pressé de prendre connaissance de la missive.

Le billet était bien signé par Maximilien Beck. L'écriture, petite mais parfaitement lisible, penchait légèrement sur la gauche.

« Commandant, je vous demande comme une ultime faveur de me rendre visite au château, demain en début d'après-midi. Disons que 14 h 30 serait une bonne heure. Je sens la vie m'échapper et j'ai peur de ne pas avoir le temps de vous confesser certaines choses. »

Il aurait bien traîné encore un peu, à discuter de tout et de rien avec le patron, mais les vacanciers rentraient de la plage et venaient se désaltérer ou manger une glace.

L'élément principal de son après-midi tenait dans la préparation de la visite qu'il devait rendre le lendemain à Maximilien Beck. Il attendait beaucoup de cet entretien, car il restait persuadé que le vieil homme lui avait caché l'essentiel. Pour le reste, il verrait. Son intuition démêlerait le vrai du faux.

Il faisait chaud dans la pièce, très chaud. Le ventilateur ne brassait plus assez d'air pour rafraîchir l'atmosphère. Il s'apprêtait à sortir, quand il croisa Bidard.

— Je vous cherchais, commandant. Le ton était professionnel, mais le regard exprimait autre chose de plus personnel, comme s'il voulait aborder un sujet que son esprit rejetait encore. J'ai rencontré un des inspecteurs chargés de surveiller les écoutes de Vélasquez, ajouta-t-il, un pied sur le palier et l'autre sur la dernière marche de l'escalier. Il serait d'avis que nous passions le voir pour faire le point.

La camionnette était garée à cent mètres du 25 rue Boileau, juste devant un chantier de rénovation d'immeuble. Deux policiers cohabitaient dans l'habitacle. Le plus âgé, un casque sur les oreilles, assis devant un écran, écoutait une conversation téléphonique. Le plus jeune, grand et blond, était vêtu d'une salopette bleue.

— Vous tombez à pic, commandant. Je viens d'intercepter une conversation qui devrait vous intéresser, dit-il en se tournant vers lui.

Une fois installé à la place de l'opérateur, Castillac écouta le message.

« RV demain. Boileau. Tiret point tiret point. 11 heures précises. » La voix était maquillée et l'origine de l'appel inconnue.

L'inspecteur qui s'était attelé à déchiffrer la communication livra le décodage en clair. « Rendez-vous ce jour rue Boileau. La lettre C en morse, à 11 h précises. » Le seul point à élucider consistait à trouver à quoi pouvait correspondre la lettre C.

En retrouvant le macadam, Castillac se disait qu'il n'était pas venu pour rien. Ils allaient devoir discuter de la stratégie à mettre en place en ne comptant que sur eux-mêmes. L'idée de demander l'intervention du GIGN lui avait un instant effleuré l'esprit, vite abandonnée au profit d'une étude minutieuse du piège qu'il s'apprêtait à tendre à celui qu'il pensait être le psychopathe.

En regardant sa montre, Castillac constata qu'il était 13 h 30 passées.

— Nous allons devoir plancher sur un plan d'action sans faille, déclara-t-il en regagnant sa voiture. Que diriez-vous de nous faire livrer une formule sandwich ? proposa Castillac. Que préférez-vous ? Viande, thon ou crudités ? ajouta-t-il en s'adressant au capitaine.

— Crudités avec de l'eau gazeuse, répondit Bidard... Je dois faire attention à ma ligne.

Le soleil avait tourné, rendant l'atmosphère plus respirable.

Ils avaient étalé leurs serviettes dépliées sur le bureau. Castillac, sans plus attendre, s'attaqua avec gourmandise à son sandwich. Quel plaisir de mordre dans la pâte croustillante en appréciant la tendreté des tranches de rosbif posées sur un lit de cornichons émincés, le tout relevé par une moutarde, spécialité du chef !

Une fois restaurés et après avoir ramassé les miettes, les deux compères profitèrent d'un instant de silence en sirotant leur café.

— Commandant, j'ai cru comprendre, lança Bidard en brisant le silence, juste au moment où retentissait la sonnerie du téléphone...

— Oui, Ardouin... Je suis occupé... Dites-lui de patienter. Je viendrai la chercher, répondit Castillac. Puis, fixant le capitaine, il reprit : Désolé pour ce contretemps. Que vouliez-vous me dire quand nous avons été interrompus ?

— Je sens me concernant une réticence à m'accorder votre confiance. Auriez-vous dans mon comportement des actes ou des paroles à me reprocher ?

— À quel propos ? demanda Castillac, satisfait de voir que Bidard prenait conscience du malaise qui s'installait.

— De certains bruits, de griefs que vous auriez contre moi concernant des renseignements que j'aurais transmis au préfet.

— J'imagine, capitaine, que vous faites référence à une conversation téléphonique avec le procureur au cours de laquelle le courroux du préfet a été évoqué, car il faisait allusion à des faits et des mots que seuls les enquêteurs de ce commissariat connaissent.

— J'entends bien, dit Bidard sur un ton grave en respirant profondément. Je comprends votre réaction, mais je peux vous assurer n'avoir jamais transgressé les règles de la discrétion et être entièrement impliqué dans mon travail. De plus, le préfet ne fait pas partie de mes amis.

— Votre franchise me rassure, capitaine. Je n'avais d'ailleurs jamais véritablement douté de votre fidélité. Oublions tout ça et repartons du bon pied. Nous avons un flag à préparer, d'une importance capitale pour la résolution de l'enquête.

Ils ne devaient pas passer trop de temps à organiser les différentes actions. Tous deux connaissaient la topographie des lieux. Il suffisait de distribuer les rôles. Après discussion, il fut décidé que Bidard, avec Ardouin en soutien, appréhenderait Vélasquez à son domicile, quinze minutes avant l'heure prévue du rendez-vous. Castillac assurerait la sécurité du hall, planqué dans un recoin où se trouvait la porte desservant les caves.

Ils avaient fait le tour de la question et par précaution, il était entendu qu'ils se retrouveraient au commissariat le lendemain à dix heures. Une fois Bidard parti, alors qu'il s'apprêtait à se replonger dans la paperasse, il se souvint tout à coup de Gabriella Lindorff qui devait l'attendre dans le hall. Ardouin lui confirma que la demoiselle avait brusquement quitté les lieux après avoir entendu un flash radio parlant de l'assassinat de sa sœur, sans laisser de message.

Mardi 7 août

L'immeuble résonnait de mille bruits domestiques qui allaient d'une porte qui claquait à l'ascenseur qui se mettait en marche, ou encore à un pas lourd qui descendait l'escalier. Il ne restait qu'une minute avant que Bidard ne frappât à la porte de Vélasquez pour lui signifier sa garde à vue. Comme prévu, Castillac surveillait le hall afin d'empêcher l'accès aux étages le temps d'appréhender l'Argentin. Quelques minutes s'étaient écoulées et rien n'avait bougé. Ce silence devenait inquiétant. Il restait tout au plus cinq minutes avant que le mystérieux inconnu ne franchisse la porte de l'immeuble.

Quelque chose lui échappait. Ils avaient convenu que le C représentait un code pour se faire reconnaître ; et si la lettre C signifiait autre chose qu'un signe de reconnaissance ? Enfin, après un léger grésillement dans ses oreilles, Bidard l'informa que puisque personne ne répondait aux injonctions, il proposait d'attendre 11 h pour voir venir. Il n'avait pas remis son portable dans sa poche qu'une personne franchissait le seuil du bâtiment. C'était une fausse alerte ; en se penchant un peu, il aperçut une dame âgée qui relevait son courrier. C'est alors qu'il entendit distinctement une détonation qui ne venait pas des étages, mais de la cave. Sans réfléchir plus longtemps, il emprunta l'escalier, faiblement éclairé par une veilleuse qui conduisait aux caves, quand un deuxième coup de feu retentit. Il avait dégainé et armé son revolver en débouchant dans un large couloir où se trouvaient alignées de chaque côté des portes en bois. Il distingua dans la pénombre une forme allongée sur le sol. Ensuite, tout se précipita. Alors qu'il s'approchait de la victime qui gémissait doucement, il remarqua à l'autre bout du couloir une silhouette sombre qui pointait une arme dans sa direction. La troisième détonation l'avait fait plonger par terre sans avoir pu faire usage de son arme. À nouveau dans une demi-obscurité et une fois debout, alors qu'il cherchait le commutateur, un puissant faisceau lumineux l'avait ébloui.

— Vous êtes blessé, commandant... Le ton alarmiste de Bidard réveilla une brusque douleur au niveau de l'épaule droite. La veste de tweed qu'il aimait bien était foutue. L'épaulette droite, entièrement déchiquetée, s'imbibait lentement de sang.

— Les secours ne devraient pas tarder, commandant. Je vais vous aider à remonter.

— Du sang, capitaine, rien que du sang. La balle n'a fait qu'effleurer le derme. Je vais me débrouiller tout seul... Occupez-vous plutôt de porter secours à la seconde victime, demanda-t-il, inquiet de ne plus l'entendre gémir.

— Vélasquez est mort, déclara laconiquement le capitaine en revenant vers lui après avoir constaté le décès de la victime.

Allongé dans l'ambulance qui filait sirènes hurlantes en direction de l'hôpital, le commandant s'en voulait d'avoir laissé le psychopathe s'échapper. Le plus frustrant était qu'il n'avait même pas le plus petit indice pour le reconnaître, mis à part la taille – plus petite que grande, ce qui ne manqua pas de créer une mini-tornade dans son esprit, car jusqu'à présent tous les témoins avaient décrit le tueur comme un géant roux.

Castillac, assis sur une table de soins dans une salle des urgences, attendait qu'un médecin vienne se pencher sur son cas. Quelle ne fut pas sa surprise de voir arriver Gabriella ! Le blanc lui allait très bien, il faisait ressortir le léger hâle de son visage, anxieux et crispé.

— En l'espace de quelques heures, j'ai subi deux gros chocs émotionnels. J'ai eu très peur en apprenant que vous étiez aux urgences, s'exclama-t-elle, attentionnée.

Un examen attentif de la plaie ne révélait qu'une importante déchirure du derme au niveau de l'épaule, que la balle n'avait fait qu'effleurer. Elle arrêta l'hémorragie, sutura les bords de la plaie et fit un pansement à changer deux fois par jour en expliquant qu'il serait préférable, pour une bonne cicatrisation, qu'il reste au repos au minimum quarante-huit heures. Sans lui demander son avis, elle imposa sa présence en disant qu'elle passerait ce soir chez lui pour apporter tout ce dont il avait besoin pour se soigner. J'en profiterai pour vous faire un vaccin antitétanique, avait-elle ajouté, maternelle. La main sur la poignée de la porte, elle s'apprêtait à sortir quand elle se tourna vers lui.

— Je termine mon service dans une demi-heure. Si vous voulez, je peux vous ramener à votre domicile.

C'est en levant les yeux sur l'horloge accrochée au-dessus de la porte qu'il se rappela son rendez-vous avec Maximilien Beck. 13 h 30 Il avait le temps de se rendre au château.

— C'est très gentil de votre part, mais j'ai un rendez-vous extrêmement important dans moins d'une heure.

— À votre place, je m'abstiendrais de tout déplacement. Vous ne pouvez pas conduire, et les antalgiques que vous avez pris risquent de brouiller votre esprit.

— Ce rendez-vous est d'une importance capitale pour la suite de l'enquête. Je ne peux pas le reporter. C'est sympathique de vous faire du souci pour moi, mais je me sens bien.

— Je vous aurai prévenu, dit la jeune interne. La blessure risque de se rouvrir, ajouta-t-elle sur un ton alarmiste.

— Pour tout vous dire, je dois absolument voir Maximilien Beck, son état de santé se dégradant chaque jour un peu plus.

— Vous avez de la suite dans les idées ; obstiné et persévérant jusqu'au bout. Si ma demande est indiscrète, ne me répondez pas. Gabriella leva les yeux vers lui en le regardant d'un air fixe et inquiet. Je sais par son majordome que vous devez rendre visite à mon oncle Maximilien, très affecté moralement et physiquement par le scandale qui le touche personnellement. Je suis libre dans moins d'une demi-heure. Reposez-vous en attendant. Je vous conduirai au château. J'ai certaines choses à y faire, et une fois l'entretien terminé, je vous ramènerai chez vous.

— Me ramener... ce serait abuser. Je peux prendre un taxi.

— Je vous dois bien ça. Et puis cessez de discuter, je dois changer votre pansement.

— Vous avez un foutu caractère, mademoiselle... Vous êtes aussi têtue que moi !

Castillac était fatigué. Il n'avait qu'une hâte : écouter Maximilien Beck, regagner son domicile et se coucher. Aussi accepta-t-il l'aimable proposition de Gabriella.

Une demi-heure plus tard, cette dernière s'arrêtait devant les marches du perron.

Le majordome, discret et empressé, l'avait conduit dans un petit salon en lui demandant de patienter. L'état du malade s'étant aggravé depuis vingt-quatre heures, le médecin se trouvait à son chevet.

Le docteur, un homme athlétique, habillé sportivement comme s'il s'apprêtait à disputer un match de tennis sortit de la pièce, visiblement pressé, et sans saluer personne fila jusqu'à la sortie.

Quand enfin Castillac franchit le seuil de la chambre occupée par le vieux Beck, après une heure d'attente due à la brutale dégradation de son état de santé, il se présenta en ayant à l'esprit les principaux points qu'il allait aborder. Il avait le sentiment qu'il abattait sa dernière carte et que le vieillard détenait la clé du mystère. La pièce, plongée dans l'ombre, sentait la mort. Dans cette obscurité, une petite veilleuse installée sur la table de chevet éclairait faiblement le visage émacié de Maximilien Beck. Après avoir salué le moribond qui fixait le plafond, il mesura la difficulté de la tâche qui l'attendait.

Castillac s'était un peu penché en avant pour écouter ce que Maximilien Beck avait à lui dire.

— Que voulez-vous savoir ? murmura le vieil homme à son oreille.

— Tout ce que vous m'avez caché, répondit-il en modulant sa voix sur une fréquence basse.

— C'est beaucoup trop me demander. Il marqua un court silence, le temps de reprendre sa respiration. Je serais mort avant d'avoir fini, ajouta-t-il avec une absence totale d'inquiétude dans le ton.

— Eh bien, disons, ce que vous estimez nécessaire d'être dit, ou si vous préférez, l'élément principal qui éclairera ma lanterne.

— Pouvez-vous remonter mon oreiller et m'aider à m'asseoir ? Faute d'être debout, je trépasserai assis.

M. Beck se tut un instant, le temps de fixer son interlocuteur droit dans les yeux, puis il reprit :

— Je vous dois bien cet aveu, inspecteur ! J'ai porté ce fardeau durant tant d'années, qu'avoir la possibilité de m'en libérer avant de mourir me rendrait presque joyeux.

Le commandant se tenait penché au plus près de la bouche du vieil homme, afin de bien comprendre les mots, altérés par des raclements de gorge.

— Gabriella Lindorff sera toujours pour moi plus que ma nièce.

— Qui est-elle, alors ?

— La petite-fille d'une femme juive, recueillie par les Lindorff pour servir de nurse à leurs enfants, et avec laquelle j'ai eu une aventure. Un garçon est né de cette brève union : le père de Gabriella, ma seule et unique petite-fille.

Castillac encaissa le coup en se disant que malgré certaines interrogations, il n'avait jamais imaginé une telle situation.

— Vous n'avez jamais essayé de le lui dire ?

— A maintes reprises. J'ai toujours été incapable au dernier moment de briser le sceau du secret. M. Beck s'affaiblissait à vue d'œil ; sa tête était retombée sur l'oreiller et ses yeux n'exprimaient plus que le vide.

— Je l'aimais, cette petite... comme un grand-père aime sa seule petite-fille, sans pouvoir le partager avec elle. Je serai mort demain. Vous aurez alors la lourde responsabilité de lui dire la vérité.

Les mots avaient du mal à se lier entre eux, comme s'ils voulaient retarder la terrible sentence. La fin de la phrase se perdit dans un borborygme confus. Il avait agrippé son bras comme s'il empoignait l'accoudoir de son fauteuil roulant, et son regard presque enfantin, sans se laisser détourner par les formes terrifiantes qui se penchaient sur son lit, trouva malgré tout le chemin de lumière qui le conduisait jusqu'au cèdre bleu. La dernière image qui troubla Castillac au point de l'émouvoir, furent les grosses larmes étincelantes comme des perles qui roulaient lentement de la commissure des yeux en suivant le sillon du nez avant de tomber en éclaboussant le drap.

Mercredi 8 août

Il avait eu une nuit agitée, pour ne pas dire cauchemardesque. Sa blessure le faisait souffrir et son crâne était proche de l'implosion. Sa montre marquait 8 h 10 et il n'entendait aucun bruit dans l'appartement. Gabriella s'activait en silence dans la cuisine. Elle l'accueillit en exprimant un tonifiant : « Comment ça va ? »

— J'ai connu des jours meilleurs, répondit-il en traînant les mots.

— Voilà de quoi vous requinquer, dit-elle en lui servant un café bien corsé, accompagné de croissants tout juste sortis du fournil.

Les rayons encore doux du soleil embellissaient son visage hâlé et doré et mettaient en valeur ses beaux yeux verts.

— Merci de prendre soin de ma santé, débita-t-il platement, en panne d'inspiration.

— Je ne fais que mon métier, répondit simplement la jeune femme.

Il avait des tas de choses à lui dire, et il bloquait bêtement sur les mots sans trouver les bons pour amorcer la conversation. Ce qui le perturbait et le rendait nerveux, c'était la promesse qu'il avait faite à Maximilien Beck d'annoncer à Gabriella qu'elle était sa petite-fille. À la réflexion, le mieux serait d'attendre le décès du vieil homme. La jeune fille, plus dynamique, prenant les devants, lui tira une belle épine du pied. Elle dit :

— Je voulais vous voir hier pour tout autre chose que la mort d'Élisabeth, apprise au commissariat alors que j'attendais que vous veniez me chercher. Je ne pouvais plus rester. J'étais trop tendue, bouleversée par ce que je venais d'apprendre.

— Nous étions en train de mettre au point une opération pour coincer le psychopathe assassin de vos demi-sœurs. Je n'ai pas vu le temps passer.

— Et alors, vous l'avez arrêté ? demanda-t-elle, l'air vivement intéressé.

— Un fiasco complet. Le suspect, qui connaissait les lieux, s'est échappé après avoir abattu Vélasquez et tiré sur un officier de police, moi en l'occurrence. Mais parlons plutôt de votre problème.

— Commandant. Que dois-je faire ? Ma chambre a été fouillée, et bien en évidence, posé sur le lit, il y avait ça, dit-elle en tendant un bout de papier kraft sur lequel était écrit en grosses lettres découpées et collées : « la benjamine Lindorff sera la dernière à trépasser. »

Dans les circonstances actuelles, la menace était à prendre au sérieux. Il n'y avait pas eu d'effraction ; donc le corbeau savait où trouver la clé.

— Y aurait-il quelqu'un au château qui vous en voudrait au point de vous menacer de mort ?

Debout devant la fenêtre ouverte de la cuisine, elle semblait réfléchir, les yeux fixés sur l'horizon d'un bleu sans nuages. Après un long silence et d'une toute petite voix, elle amorça ce qui ressemblait à un aveu.

— Que pourrait-il m'arriver si je taisais les preuves de la possible culpabilité d'un suspect ?

— Tout dépend de la gravité des faits. Pour un crime non dénoncé, on pourrait vous accuser de complicité.

— Si là... à l'instant, j'apportais ces preuves, que se passerait-il ?

— Je pourrais toujours les entendre et agir en conséquence, en taisant mes sources.

— J'ai la quasi-certitude que David Strauss n'est pas aussi blanc qu'il veut bien le faire croire. Je le crois capable d'avoir balancé aux médias les informations concernant le passé nazi de la famille Beck.

— Et qu'est-ce qui vous fait dire ça ?

— La curieuse impression que j'ai eue en le surprenant en train de sortir de la chambre qu'occupait encore Élisabeth, une chemise verte en main. Il s'est justifié en disant qu'il était venu récupérer un dossier que Philippe Beck lui avait confié. Une intuition me disait qu'il cachait quelque chose. Aussi, lui avais-je emboîté le pas en le suivant à distance. Une femme l'attendait dans le parking.

— Et à quoi ressemblait-elle ?

— Taille moyenne, sportive, et des cheveux bruns. Je la voyais de dos. Elle avait monopolisé la conversation pendant quelques minutes en faisant parfois un geste d'agacement, jusqu'à ce qu'il lui tende la chemise verte.

— À moins d'avoir des preuves recevables, je crains que les faits relatés ne puissent constituer des éléments suffisants pour ouvrir une enquête. Il n'empêche, dit-il, ces renseignements seront utiles pour mieux cerner la personnalité de Strauss, car il faut bien reconnaître que nous ne savons pas grand-chose sur le bonhomme. Pour l'instant, vous gardez tout ça pour vous. Il sera toujours temps d'officialiser l'affaire dans un rapport d'audition.

Durant des années, du moins le croyait-elle, Gabriella avait vécu sa vie, insouciante et heureuse. Mais désormais elle comprenait que tout cela était superficiel, et ce qu'elle ressentait à présent la mettait mal à l'aise. Cela lui était apparu encore plus nettement après la nuit torride passée dans les bras du commandant. Elle n'avait rien à espérer de cette aventure et elle se disait qu'il serait préférable qu'elle prenne la décision de rompre pour éviter au commandant d'avoir à le faire.

— Vous savez, je n'ai jamais cru qu'entre nous ça pouvait durer... même après la folle nuit orageuse d'il y a quelques jours. Je ne voulais pas vous mentir en disant que je vous aimais. Pourtant je sentais du bonheur en moi, quelque chose d'indéfinissable qui me faisait voir la vie autrement. Ce n'était pas un cadeau, comme une façon indirecte de vous remercier pour votre protection. Ce soir-là, j'étais libre et sans peur, heureuse de vivre un présent plein de surprises. Alors, ne dites rien qui pourrait gâcher la fête, continuons de nous vouvoyer, et laissez-moi en bouquet cet instant magnifique où je me suis sentie femme.

— C'est vrai, charmante demoiselle, reconnut Castillac. Pour notre bien à tous les deux, il est préférable de garder nos distances. Cette chaude nuit d'été restera une parenthèse agréable, mais elle ne doit en rien nous obliger à un quelconque attachement autre qu'une relation amicale.

Alors qu'elle s'apprêtait à partir pour l'hôpital, son smartphone joua les premières notes de sa mélodie préférée. C'est en voyant son visage se décomposer et le brusque affaissement de ses épaules, qu'il comprit qu'elle venait d'apprendre la mort de son oncle. Quand elle leva les yeux sur lui, ils étaient brouillés de larmes.

— Mon oncle est décédé ce matin à 6 h. Vous êtes l'une des dernières personnes à l'avoir vu vivant.

La voix, empreinte d'émotion, portait sobrement les mots.

— Justement, à ce propos, j'ai un message à vous transmettre de sa part.

— Pourquoi n'a-t-il pas demandé à me voir ? Il savait que j'étais présente au château ce jour-là.

— Il était très affaibli, pour ne pas dire mourant. De plus, je crois qu'il appréhendait, par peur de votre réaction, de vous dire la vérité.

— Est-elle si terrible que ça ?

— Jugez-en par vous-même... Maximilien Beck était votre grand-père, et son fils votre père.

Gabriella accusa le coup. Le bras tendu, elle posa sa main à plat sur la table pour y prendre appui. Son visage excessivement pâle reflétait un complet désarroi.

— Tout ce silence depuis si longtemps. Je savais qu'il m'aimait bien, mais jamais, au grand jamais, je n'aurais imaginé qu'il pouvait être mon grand-père.

Elle parlait lentement, sur le ton qu'elle prenait quand elle se baissait pour lui parler à l'oreille. Ses yeux larmoyants se fixèrent sur les siens, y cherchant un appui, une réponse aux questions qui tourmentaient son cœur et son esprit. En ce jour de deuil, elle éprouvait des sentiments confus où se mêlaient chagrin et détermination. Elle ne regrettait pas de n'avoir rien fait pour empêcher la diffusion des terribles révélations sur le passé nazi et la fortune volée des Beck. Durant ces dernières nuits troublées par des insomnies, ce qu'elle avait craint, c'était d'avoir à se justifier auprès de son grand-père. Philippe Beck ne l'impressionnait plus ; au contraire, le sentir à proximité augmentait son envie d'aller au bout du grand nettoyage.

Pour l'heure, Gabriella se sentait un peu perdue. Elle ne pouvait se raccrocher qu'à ce flic qu'elle aimait malgré tout.

— Je ne sais pas quoi faire !

Elle le dévisagea, plongée dans des pensées contradictoires.

— Peut-être vous rendre au château. Le voir une dernière fois et lui dire adieu.

— Vous avez raison. C'est bien ce que je pensais faire.

Elle avait retrouvé des couleurs et son regard exprimait une reprise en main.

Jeudi 9 août

Balain avait été absente du commissariat durant trois jours. Soixante-douze heures au cours desquelles elle était restée silencieuse, mis à part sa brève intervention pour se renseigner sur la jeune disparue du château. Elle avait réintégré le bureau vingt-quatre heures plus tôt, au motif que suite à la blessure du commandant, l'effectif se trouvait réduit.

Bidard assurait provisoirement l'intérim en réglant les affaires courantes. La jeune inspectrice avait accueilli cette nouvelle avec indifférence, bien décidée à ne rien faire de plus que continuer ce qu'elle avait laissé en plan en partant.

— Sur quoi travaillez-vous actuellement ? demanda le capitaine sans forcer le ton.

— Rien de précis, des investigations à peaufiner, avait-elle répondu un peu vite.

— Par manque de temps, je n'ai pas cherché à comprendre le pourquoi, mais le psychopathe présumé, assassin de Vélasquez et tueur de flic, s'est évaporé sans passer par le chemin habituel. Ardouin n'ayant rien trouvé, je compte sur vous pour chercher une explication à cette mystérieuse disparition. Existerait-il une autre issue que celle du 25 rue Boileau ? À vous d'éclaircir l'énigme.

Balain avait espéré une autre ambiance pour sa reprise de fonction, mais l'accident du commandant la privait d'un soutien. Elle n'aimait pas Bidard. Sa façon de présenter les choses l'irritait. C'était un ordre, et elle était tenue de l'exécuter ; mais il exposait le truc comme une corvée à laquelle il voulait échapper.

Tout en se rendant à l'adresse indiquée, la jeune femme, pas spécialement motivée par une visite des caves, se disait qu'après tout si Ardouin n'avait rien découvert, elle ne voyait pas pourquoi elle ferait mieux que lui ? Poussée malgré tout par un soupçon de conscience professionnelle, elle se décida à entamer la visite des caves. La porte était fermée à clé ; décidément il était dit que sa première intuition était la bonne. Elle allait repartir quand le gardien l'intercepta en lui demandant ce qu'elle voulait faire en forçant la porte des caves.

L'homme devait avoir la bonne soixantaine, des cheveux blancs en vrac, une barbe de plusieurs jours et était fagoté comme l'as de pique. Elle sortit sa carte de police et la mit sous le nez du malotru.

— Vous n'avez que ça à faire dans la flicaille, emmerder les travailleurs ! Il faudrait synchroniser vos actions ! Un grand flic noir est déjà passé hier pour visiter les caves et savoir s'il existait une autre sortie. Je lui ai donné la clé du 36 Rue-la-Fontaine. Un quart d'heure plus tard il revenait, visiblement satisfait. Il m'a également demandé si Philippe Beck avait accès à la porte du 36. Je lui ai répondu oui, comme M. Marchelli, également propriétaire d'un appartement au 36 Rue-la-Fontaine. Vous savez tout... J'ai du travail qui m'attend, avait-il bougonné en tournant les talons.

Balain avait quitté la rue Boileau, embarrassée par cette idée qui lui trottait dans la tête. Pourquoi Bidard l'avait-il envoyée sur une enquête déjà bouclée ? Elle allait devoir redoubler de prudence et se méfier des coups fourrés du capitaine.

Gabriella était décidée à rompre avec tout son passé, qui ne lui appartenait plus. Elle n'avait plus qu'une envie : partir loin de toutes les horreurs qu'elle venait de vivre. Cette idée, d'abord déconcertante, avait fait son chemin et pris de l'ampleur après le décès de Maximilien Beck. Elle voulait vivre sa vie jusqu'au bout de l'instant, remplir le présent d'inédit, oublier le passé et ne pas trop penser au futur ; telle était la philosophie qu'elle avait choisi d'appliquer. De plus, la tension était montée à propos de la place que Philippe Beck voulait prendre dans sa vie. Elle venait d'hériter d'un sacré pactole dont une grosse partie léguée par son grand-père, mais il était hors de question d'envisager un seul instant d'épouser son cousin.

Vendredi 10 août

Castillac avait très mal dormi, la faute de son épaule et aux noctambules qui prolongeaient la fiesta sur la plage. Un rapide coup d'œil à l'heure affichée sur son iPhone – 6 h 15 – le sortit de son lit avec un mal de crâne carabiné et la bouche pâteuse. Il fit durer le plaisir en restant un bon quart d'heure sous la douche. Un expresso vite avalé et quelques amandes grignotées, et le voilà en route pour rejoindre le commissariat après quarante-huit heures d'absence.

Le ciel bleu azur, au contraire de sa tête embrumée, était limpide, et par chance la circulation fluide à cette heure matinale. Avant de rencontrer le procureur, Castillac désirait discuter avec Balain. Il avait besoin de tirer au clair certaines initiatives prises par l'inspectrice sans le consulter au préalable. Il ne comprenait pas le dérapage constaté de la jeune fille depuis sa reprise de fonction. Quelque chose la perturbait au point de lui faire commettre des erreurs. Que voulait-elle prouver en menaçant le fils Beck ? Quelles preuves avait-elle trouvées de son implication dans les meurtres commis par le psychopathe ? Autant de secrets qu'elle allait devoir dévoiler, sous peine d'être obligée de se justifier.

Il n'était pas tout à fait 7 h et il venait juste de se garer devant le commissariat quand il vit arriver l'inspectrice.

— Asseyez-vous, Balain ! J'ai des questions personnelles à vous poser, dit Castillac en ouvrant la portière côté passager. Puis, voyant son air surpris et boudeur, il ajouta : si vous préférez, nous pouvons en discuter dans mon bureau.

— Non, pas la peine... répondit-elle sèchement. J'imagine que nous n'en avons pas pour longtemps.

— Pourquoi cette agression contre Beck junior, et dans la foulée les attaques visant Gabriella Lindorff ? Que cherchez-vous à démontrer ?

— Prouver leur culpabilité en leur faisant avouer leurs crimes !

— Comme vous y allez, mademoiselle ! Sans preuves solides, vous aurez du mal à affirmer votre crédibilité. N'oubliez pas que vous vous attaquez aux deux rescapés des familles Beck / Lindorff.

L'inspectrice lui fit observer qu'elle ne demandait pas mieux que de laisser les innocents en paix, sauf que concernant ces deux personnes, la justice était aveugle.

— Je vous demande de faire profil bas et de procéder aux investigations en respectant la légalité des procédures. Le préfet ne pardonnera pas une seconde incartade.

— Je ferai de mon mieux, mais il est absolument impossible de me résigner à ne pas punir les criminels.

— Je ne comprends pas votre acharnement envers ces personnes, sauf si vous avez de sérieux griefs contre eux. De plus, ce n'est ni le moment ni le lieu de discuter de ces problèmes.

— C'est vous qui m'incitez à en parler. Il faudrait savoir ce que vous voulez !

— Déjà, je vais vous demander de me parler sur un autre ton. Ensuite, si vous parvenez à maîtriser vos nerfs, nous pourrons peut-être échanger des propos qui fassent avancer les choses.

Balain promit de fournir des efforts. Elle cligna des yeux et dit, un sourire énigmatique retroussant à peine ses lèvres :

— Nous sommes dans le dernier acte de cette tragédie, alors faisons en sorte de préserver le vrai du faux.

Castillac se demanda comment il devait interpréter cette formule sibylline. Par souci d'efficacité, il ramena l'entretien sur les dispositions à prendre pour organiser ce jour même une réunion avec Bidard. Balain, qui jouait visiblement les emmerdeuses, répondit que son emploi du temps chargé ne lui permettait pas de se libérer avant le lendemain en fin d'après-midi. Dans le but d'éviter une nouvelle polémique, le commandant préféra mettre un terme à la discussion en maintenant la réunion prévue ce jour même à 14 h. Pour la forme, la jeune femme baragouina quelques mots qui n'étaient pas des amabilités et sortit en claquant la portière.

Une fois les fesses posées sur son fauteuil, Castillac retrouva les automatismes de la première heure de bureau. C'est en consultant ses dernières notes et en se remémorant les commentaires du capitaine que les impressions affluèrent à son cerveau, lui donnant l'étrange sentiment de commencer à y voir plus clair dans les subtilités comportementales des principaux acteurs mouillés dans cette affaire. Jusqu'à présent, personne ne s'était intéressé au propriétaire du second appartement situé 36 Rue-la-Fontaine, un certain Marco Marchelli, sans antécédents judiciaires. Autant battre le fer tant qu'il était chaud. Il saisit le combiné du téléphone et appuya sur la touche qui le mettait directement en contact avec Bidard.

— Oui, commandant ?

— Pouvez-vous venir dans mon bureau ?

— Tout de suite ?

— Oui, si vous n'avez rien d'urgent à terminer.

— J'arrive… commandant.

Le temps de raccrocher et d'enfiler sa veste, et deux minutes plus tard le capitaine frappait à la porte.

Castillac l'attendait, debout devant la fenêtre.

— Asseyez-vous, proposa-t-il à son interlocuteur en reprenant sa place derrière le bureau. Puis il enchaîna : en relisant les différents rapports, il m'est venu à l'esprit que nous avons omis de nous renseigner sur le propriétaire de l'appartement de la Rue-la-Fontaine. Je voudrais que vous fassiez une enquête de voisinage sur ce M. Marco Marchelli.

— Vous avez des raisons de croire qu'il peut être impliqué ?

— Une simple intuition. Cette histoire de clés entre les deux immeubles reste malgré tout encore bien obscure, car vous êtes bien d'accord : ce n'est pas la clé que Vélasquez possédait qui a servi à ouvrir la porte communicante avec le 36 Rue-la-Fontaine. Alors logiquement, à moins que Philippe Beck détînt un double, mais je n'en vois pas l'utilité, seul le sieur Marchelli pouvait avoir accès à la rue Boileau.

— Je m'en occupe en début d'après-midi, commandant. Ce sera tout ?

— Non… Pourriez-vous décaler votre intervention en fin d'aprèsmidi ? J'ai prévu d'organiser une réunion ce jour à 14 h et votre présence est indispensable.

— C'est enregistré, commandant… Si vous n'avez rien de plus à ajouter, je vous dis à tout à l'heure.

Une fois la porte refermée sur le capitaine, il n'eut pas le temps d'ouvrir un tiroir que Balain, tout sourire, déboulait dans le bureau.

— Pour votre retour, je serais navrée que vous restiez sur une mauvaise opinion de moi. Il faut m'excuser… j'ai le réveil difficile. Je suis contente de vous revoir, commandant.

Son visage ne mentait pas, même si ses lèvres légèrement pincées contredisaient une entière adhésion. Sa poignée de main, moins franche que d'habitude, confirmait ce qu'il ressentait comme un malaise, sans parvenir à interpréter l'origine de la tension.

— Je vais me faire un café bien serré, dit le commandant en se dirigeant vers la machine expresso, posée sur une table à côté de la photocopieuse. Vous en voulez un ? proposa-t-il à la jeune policière en croisant son regard.

— Non, le thé de ce matin me suffira.

— Alors, où en êtes-vous ? Qu'avez-vous d'intéressant à me dire depuis tout à l'heure ?

— Rien de nouveau... la routine. Que des suppositions. Des pistes qui débouchent sur des impasses, et une flopée de gens tous plus suspects les uns que les autres. Le principal reste à découvrir dans une enquête où tout est possible. En revanche, ce que j'ai à vous dire risque de ne pas vous plaire... !

— Dites toujours... nous verrons bien !

Balain ne s'attendait pas à cette réponse. Elle hésita, tournant autour de son index une mèche de cheveux raides, et se décida à lâcher le morceau.

— Il y a quelque chose d'important que vous devez savoir sur Gabriella Lindorff.

— Ouais... continuez !

— Elle connaissait Vélasquez beaucoup mieux qu'elle ne le laisse croire.

— Ouais, et alors ?

— Elle ment quand elle prétend ne pas le connaître. Il faut l'interroger sur le fond, quitte à la mettre en garde à vue.

— Vous avez l'air de me rejouer la même scène que ce matin. Rien dans son comportement n'oblige à utiliser ce moyen. Une simple convocation au commissariat suffira. Quant à l'alibi principal, celui qui concerne l'assassinat de Vélasquez, je confirme qu'il est recevable.

— Je croyais que vous vouliez des résultats ?

— Ce n'est pas une raison pour faire n'importe quoi !

— Excusez-moi de penser avant tout à ce qui serait bon pour l'enquête plutôt qu'au bien-être de votre protégée... mais faites comme il vous plaira, commandant.

— Je n'aime pas beaucoup vos insinuations, inspectrice. Les suppositions ne sont pas des preuves ; encore faut-il convaincre de leur bien-fondé.

Son esprit en éveil ne manquait pas de s'étonner de ce qu'elle pouvait espérer en provoquant un tel remue-ménage, et de se demander à quel étrange dénouement elle s'attendait. Quand il lui posa la question, elle exprima le désir de savoir à quel titre, étant donné sa fonction d'enquêtrice, il prétendait la questionner. Il le fit en prenant des pincettes, lui-même pas tout à fait sûr de la justesse de ses arguments, et voyant son air buté, il répondit sans hésiter :

— En toute logique, il me semble, d'après ce que vous venez de dire, que vous m'accusez de partialité dans la conduite de cette affaire.

— Je ne fais que souligner les incohérences. Ne rien faire pour les corriger n'aboutira qu'à ralentir l'arrestation des coupables.

— Je devrais vous remercier, inspectrice Balain. Vous sauvez cette enquête de l'ennui et de l'enlisement. Et puisque vous me parlez d'incohérence, pourriez-vous m'expliquer à quoi rime ce chassé-croisé entre vous et le capitaine Bussy ?

— Vous vous trompez de cible, commandant. Je ne remets nullement en cause votre autorité. Je constate et je propose des solutions. Libre à vous de les accepter ou de les refuser. Quant à Bussy, c'est ma vie privée. Elle ne vous concerne pas.

— Eh bien, dans ce cas, répondez aux appels de votre ami.

À quoi elle répondit d'un ton sec :

— Ce n'est ni mon ami ni mon confident. C'est précisément ce que j'ai fait pas plus tard que ce matin.

Depuis son retour au commissariat ce n'était plus la même. Elle avait de mystérieuses fréquentations, et ses explications n'étaient pas convaincantes. Si seulement elle se confiait ! Mais au contraire elle ne parlait pratiquement plus, n'échangeant que des propos d'une banalité déconcertante. Il se demandait, en la voyant triste et anxieuse, dans quel pétrin elle avait bien pu se fourrer. Elle venait de mentir à l'instant en affirmant qu'elle avait été en contact avec le capitaine Bussy, pour la simple et bonne raison qu'il l'avait eu au bout du fil ce matin.

— Ne me forcez pas à toujours rabâcher la même chose. Il n'y a rien dans votre plaidoyer qui autorise une garde à vue.

— Je suis désolée de vous contredire, mais la déposition de la femme chargée du ménage au château affirmait ne pas l'avoir vue depuis quarante-huit heures. J'en ai donc conclu qu'elle mentait sur son emploi du temps, qui se résumait à une histoire d'agression sans plainte et une journée passée chez un ami dont elle refusait de dire le nom.

— À votre place, je me renseignerais sur le domicile actuel de Gabriella Lindorff. Je crois savoir qu'elle habitait provisoirement l'appartement de sa défunte demi-sœur Élisabeth Lindorff. Je me vois obligé d'interrompre la discussion, dit Castillac en se levant. Puis en la raccompagnant vers la sortie, il ajouta : vous aurez n'importe comment la possibilité de parler de tout ça au cours de la réunion qui aura lieu ici même dans... (il consulta sa montre) exactement cinq heures, ce qui vous laisse largement le temps de la préparer.

Il s'était exprimé calmement sans forcer la voix. Cependant, ce qu'il vit passer dans les yeux de la jeune femme n'était pas du tout amical. Elle envoya sèchement sans le regarder :

—Je regrette que vous me placiez devant le fait accompli, commandant, marmonna-t-elle entre ses lèvres.

Elle devait absolument garder un contrôle sur l'enquête. Depuis l'arrivée du capitaine Bidard, elle avait l'impression d'être tenue à l'écart de certaines décisions. Elle avait pourtant le sentiment de s'être montrée suffisamment prudente pour cacher certains actes qui risquaient de la mettre dans l'embarras.

En se présentant tardivement à la réunion, Balain avait eu l'impression que Castillac et Bidard étaient en train de parler d'elle. Elle crut même, sans en avoir la confirmation, détecter une certaine gêne dans le comportement distant des deux hommes.

— Asseyez-vous, Balain, on n'attendait plus que vous pour commencer, dit le commandant sur un ton de reproche, façon de lui faire sentir que son retard n'était pas passé inaperçu. le tout dit sur un ton de reproche, façon de lui faire sentir que son retard n'était pas passé inaperçu. Nous parlions justement de vous, ajouta-t-il.

La jeune femme portait un blue-jean serré et un tee-shirt blanc. Elle s'était assise sur le rebord de la chaise, comme si elle s'apprêtait à repartir. Son regard un brin anxieux faisait la navette entre Castillac et Bidard, déjà installé, qui consultait le rapport de la Scientifique sur le meurtre de Vélasquez.

— Alors, quoi de neuf depuis la dernière réunion ? Je n'ai trouvé aucun rapport sur mon bureau, maugréa le commandant en accentuant la pression sur l'inspectrice.

L'entrée en matière déplaisait fortement à Balain, qui se sentait injustement agressée.

— Vous savez très bien que j'ai été souffrante ! protesta-t-elle en prenant un air de jeune fille courroucée.

— Vous avez bien quelque chose à nous dire ? persista Castillac en ignorant le motif avancé.

— Je ne m'attendais pas à un accueil aussi critique, s'étonna la jeune femme en montrant une mine déconfite.

En regardant le commandant assis en face d'elle, Balain fut prise d'une peur insensée. Et s'il avait eu vent durant son absence qu'elle menait en parallèle une enquête pour retrouver la trace de sa sœur disparue ? Ou bien encore, si le capitaine Bussy avait fini par lui dévoiler toute la vérité sur sa véritable identité ? Elle savait que sa voix tremblerait si elle tentait de se justifier en mentant ; aussi se garda-t-elle d'ajouter le moindre mot.

— Vous en faites une tête, Balain… détendez-vous ! Vous n'êtes pas devant un tribunal. Dites-nous plutôt ce que vous avez fait de vos journées de repos.

Elle rougit spontanément, surprise par la question, et répondit en baissant la tête :

— Je me suis reposée et j'ai lu plusieurs livres.

Une peur incontrôlée lui faisait dire des bêtises. Elle espérait seulement qu'il ne lui demanderait pas les titres ou les auteurs des livres qu'elle était censée avoir lus.

— J'ai également un bonjour à vous transmettre.

— Ah bon... de qui s'agit-il ? demanda-t-elle, interloquée.

— Du capitaine Bussy. Il voulait vous parler le jour de l'enlèvement d'Élisabeth Lindorff, mais vous aviez disparu avant qu'il puisse le faire.

Il marqua un court silence, puis ajouta :

— Vous le connaissez bien ?

La jeune femme, de nouveau rougissante, tentait de maîtriser un début de panique.

— Sans plus, il a été mon instructeur à l'école de police, parvint-elle à articuler au prix d'un effort indicible.

Elle allait devoir redoubler de prudence. Faire attention à ce qu'elle disait, et éviter à l'avenir ce genre de confrontation gênante. C'était seulement un avertissement, mais suffisant pour qu'elle fasse gaffe.

— Capitaine, puisque vous êtes dessus, pouvez-vous nous résumer le rapport de la Scientifique concernant l'assassinat de Vélasquez ?

— Rien de bien excitant, attaqua Bidard. La mort se situe entre 11 h et midi. La victime a été touchée par deux balles, une dans une jambe et l'autre, mortelle, en pleine tête. Les balles identifiées appartiennent à un P 17, le revolver utilisé lors du meurtre de Maeney. Aucune empreinte exploitable relevée. Les traces de pas analysées sur la scène de crime correspondraient à trois individus, dont un ne pesant pas plus de 65 kilos.

Bidard expliquait les choses méticuleusement avec la régularité d'un métronome. Au contraire de Balain, plus impulsive, mais moins fiable dans ses analyses.

— Vous avez bien dit que trois empreintes de pas avaient été relevées sur la scène de crime, dont une petite pointure. Ce qui pourrait vouloir dire que le psychopathe avait une ou un complice.

Perplexe, le commandant promena son regard un instant dans la pièce avant de revenir se fixer sur celui des deux officiers de police.

— Il va falloir se montrer inventifs. Nous sommes au pied du mur ; un risque de panne moteur nous menace. Il faut tout démonter, noter méticuleusement chaque pièce et son utilité, éliminer les défectueuses et les remplacer par de nouvelles. À chaque fois « Le Maudit » s'est montré plus malin que nous, allant presque jusqu'à nous ridiculiser. Un nouveau témoignage laisserait penser qu'il aurait une femme comme complice. Nous devons impérativement déterminer une technique et nous y tenir. Nous avons en face de nous un duo machiavélique doué pour faire douter. Alors fini les embrouilles et les fausses excuses pour rejeter les fautes sur les autres. Chacun doit prendre ses responsabilités et faire en sorte de participer pleinement à l'enquête.

Les yeux de Castillac, brûlants comme de la braise, accrochèrent ceux de l'inspectrice qui rougit à vue d'œil.

— Qu'avez-vous fait, Balain, depuis votre retour pour faire avancer les choses ? Rien, à ma connaissance, sinon des critiques. Vous feriez mieux de vous bouger le cul au lieu de débiter des fadaises.

La lieutenante avait courbé l'échine, et son air renfrogné en disait long sur ce qu'elle pensait.

— Vos reproches sont durs à avaler. Je n'ai jamais eu l'impression de bâcler mon travail. Au contraire, je me suis toujours efforcée de remplir ma mission ; encore fallait-il pouvoir le faire dans de bonnes conditions. Je suis d'accord sur un point : il faut changer de méthode.

— Nous vous écoutons... Développez votre idée, proposa le commandant sur un ton apaisé.

— J'étais absente lors de l'intervention pour coincer Vélasquez. Mes observations concernent donc exclusivement la mission confiée par le capitaine Bidard et mes propres impressions. Cette affaire est d'une complexité incroyable. On pense avoir une piste, et toutes débouchent sur une impasse. Le capitaine Bidard, lors d'une première visite des caves, avait remarqué qu'il existait une porte fermée à clé communiquant avec d'autres caves dont la sortie se trouvait au 36 Rue-la-Fontaine, une voie parallèle à la rue Boileau. Sur ordre, je suis intervenue pour constater et me renseigner auprès du gardien afin d'obtenir la liste des gens qui disposent d'une clé. Deux personnes, également propriétaires d'un appartement Rue-la-Fontaine, possèdent la fameuse clé : Philippe Beck et un dénommé Marco Marchelli, sans antécédent judiciaire.

— Et quelles conclusions tirez-vous de ces observations ?

— Que Vélasquez avait une clé, et que c'est lui qui a ouvert la porte à son assassin.

— Logique, répondit Bidard, trop logique. Nous n'avons retrouvé dans ses poches que celle de son studio.

— Bien raisonné, persifla Balain. On peut sans se tromper dire que c'est le tueur qui l'a prise pour s'échapper par la sortie Rue-la-Fontaine.

— Il se peut aussi, contre-attaqua le capitaine, que l'assassin possédât le sésame et qu'il ait donné rendez-vous à Vélasquez côté rue Boileau. Ce que confirme le rapport de la Scientifique après avoir trouvé la clé accrochée dans la cuisine du studio.

— Ah, mais vous trichez ! s'emporta la lieutenante en pâlissant. Je n'ai jamais eu accès à ces documents.

— Ils sont tombés ce matin. En les consultant, vous apprendrez aussi que les balles qui ont tué Vélasquez et raté de peu le commandant provenaient du revolver P 17 de Maeney.

Balain faisait une drôle de mine. Il faut dire qu'elle venait de se faire moucher comme une débutante. Elle n'était pas ravie de sa prestation, et il lui fallait trouver rapidement une idée géniale pour redorer son blason. C'est en voyant le regard noir que Balain lançait à Bidard que le commandant s'en voulut de ne pas avoir pigé à temps l'acrimonie grandissante entre les deux officiers de police. Il allait devoir réagir avant que les choses ne dégénèrent.

— Résumons-nous, si vous le voulez bien, proposa Castillac, pas satisfait de la tournure que prenait la réunion. *Primo*, nous savons que l'objectif numéro un du tueur était d'abattre Vélasquez. La rapidité de l'action ne laisse aucun doute sur ce point. Nous savons aussi que le psychopathe détenait l'arme de Maeney, acquise dans des circonstances qu'il faudra déterminer.

— L'explication la plus plausible, en partant du principe que Jacobsen détenait le pistolet, c'est que seul Vélasquez était en mesure de le récupérer.

Balain avait débité sa phrase, pressée de montrer qu'elle suivait le cheminement de l'action.

— Au risque d'apparaître une nouvelle fois comme un empêcheur de tourner en rond, j'ose émettre une autre hypothèse. Si je me souviens bien, l'Argentin était pote avec Jacobsen, mais son patron, c'était Philippe Beck. Il connaissait également Bonillat, le maraîcher, et le jeune cuistot du château – autant de personnages capables de jouer les trouble-fêtes dans cette affaire déjà très compliquée. Vélasquez connaissait son assassin, lui-même parfaitement au courant de la topographie des lieux. *Secundo*, un complice qui ne correspond à aucun signalement répertorié dans les services est intervenu, sans que l'on sache pour quoi faire. *Tertio*, il faudra trouver comment le tueur s'est procuré la clé et pour quelle raison Vélasquez devait être éliminé.

Les deux regards des policiers convergèrent vers Castillac, sans prononcer le moindre mot.

— Voilà, mademoiselle et monsieur, la tâche qui vous incombe à présent, si vous voulez avoir la moindre chance de mettre un nom sur le tueur.

— Je croyais qu'il s'agissait d'une réunion de travail, pas d'un règlement de comptes, s'offusqua la jeune inspectrice en manifestant son mécontentement.

— Nous sommes ici pour résoudre une des enquêtes les plus tordues que je connaisse, déclara Castillac, agacé par les caprices de Balain. Il se leva pour aller se faire un café, ajoutant, excédé : pas pour se chamailler pour des futilités.

— Je suis désolée, commandant, mais je capte que dalle à votre discours, sinon que vous critiquez systématiquement la moindre de mes idées.

— Quel message cherchez-vous à faire passer, Balain ? Que vous mettez en doute ? La méthodologie développée pour résoudre cette affaire ?

La jeune femme piqua un fard, et se réfugia dans un court silence avant de répliquer :

— J'estime de mon devoir d'enquêtrice de dire sans détour les choses qui me choquent.

— Nous vous écoutons, lieutenante ; développez vos griefs.

— Eh bien, reprit-elle en haussant le ton, mon approche consisterait plutôt à interroger les témoins jusqu'à présent épargnés.

— À qui pensez-vous en particulier, même si j'ai ma petite idée ?

— J'estime que Gabriella Lindorff a jusqu'à maintenant échappé à un interrogatoire plus musclé. Elle pourrait très bien être la complice du psychopathe. Une chose est sûre : la mort de Vélasquez l'arrange bien.

— Sur quels critères vous basez-vous pour affirmer une telle chose ? À ma connaissance elle en a subi deux, ni plus ni moins que les autres témoins principaux.

— J'ai consulté attentivement tous les rapports. Elle apparaît dans presque tous, sans être directement impliquée. Avouez que ce comportement a quelque chose d'ambigu.

— Oui... et alors ? Qu'entendez-vous par ambigu ?

— Vélasquez a reçu la veille de sa mort la visite d'une femme. Le gardien, qui se trouvait dans les escaliers, a aperçu une silhouette féminine frapper à la porte de son studio. La description qu'il m'en a faite pourrait correspondre à celle de la demoiselle Lindorff.

— Vous n'êtes pas sérieuse, Balain ! Des suppositions, rien que des suppositions ! Il va falloir trouver autre chose pour envisager une garde à vue.

— Je sais, commandant, que vous essayez de me décourager. Vous avez toujours protégé la benjamine des Lindorff, pour des raisons que je ne désire pas connaître.

— Allez au bout de votre pensée, Balain. Les sous-entendus ne font qu'introduire des conflits. Cette jeune fille vient d'encaisser coup sur coup deux expériences traumatisantes. Elle avait besoin que quelqu'un lui remonte le moral.

— Peut-être, commandant, mais je persiste à penser qu'elle nous cache des choses.

— J'ai une information à vous communiquer. Un fait nouveau que vous ignorez. Maximilien Beck m'a fait des confidences avant de mourir... Gabriella Lindorff était sa petite-fille. Son père, le fils de Maximilien Beck, né d'une aventure avec la nurse juive qui s'occupait des enfants, a épousé la fille Lindorff en seconde noce.

Comme d'habitude, Balain était assise sur le rebord de la chaise. La surprise fut telle qu'en reculant elle avait failli tomber, se rattrapant de justesse au bord du bureau.

— Vous en avez encore beaucoup, des nouvelles comme celle-là ! Absente depuis une semaine, je suis complètement larguée. Vous êtes sûr de ne pas avoir gardé le nom du psychopathe dans une de vos manches ? Qu'importe, je persiste à penser qu'elle est coupable de quelque chose. Pour moi, ça ne change rien. La demoiselle avait des comptes à régler avec le clan Beck et ses acolytes. Je pense entre autres à la tentative de viol évitée de justesse. De plus, le fait d'avoir des origines juives ne fait que renforcer son animosité envers ceux qui ont massacré ses aïeux.

— Je préfère votre humour à vos propos cancaniers. En ce qui concerne Gabriella Lindorff, je ne crois pas un seul instant à sa culpabilité, déclara-t-il ; néanmoins, pour éviter toute interprétation malveillante, je ne m'opposerai pas à une demande de mise en garde à vue. Je vous accorde de l'interroger en duo avec le capitaine, moi-même me tenant en retrait derrière la glace. Une dernière chose : libre à vous de croire qu'une garde à vue dissipera d'un coup de baguette magique l'épais brouillard qui enveloppe cette affaire.

— Elle peut au moins permettre d'y voir un peu plus clair dans son jeu. Je ne crois pas aux coïncidences dans les affaires criminelles. Un alibi peut toujours se bidouiller.

— Et vous capitaine, qu'en pensez-vous ?

— Je suis d'accord avec Balain. Une confrontation directe au contact des nouveaux éléments mentionnés dans le cadre de l'enquête pourrait débloquer certaines pistes jusqu'à présent inexplorées.

Les yeux bleus de l'inspectrice accueillirent avec une satisfaction non feinte ce ralliement auquel elle ne croyait plus.

— Eh bien, va pour la garde à vue. Bidard, vous vous occuperez de tout ça le plus rapidement possible. Faites-moi signe une fois que tout sera prêt. Allez ! au boulot, ajouta Castillac. Je compte sur vous pour redorer le blason terni de ce commissariat.

— Si nous avons terminé, dit le capitaine en se levant, je vous dis à demain, commandant. Balain avait suivi le mouvement, mettant un terme à la réunion.

Cette garde à vue programmée lui trottait dans la tête comme une emmerde de plus. Il devait prendre les devants et s'assurer que Gabriella Lindorff ne risquait rien sous le feu croisé des questions de Bidard, et surtout de Balain qui ne lui offrirait aucun cadeau. Castillac voulait tâter le terrain, et si possible pas au commissariat. Il craignait que la lieutenante eût vent de leur brève liaison et qu'elle s'en serve pour la déstabiliser. Il s'était engagé dans cette relation amoureuse sans mesurer la nuisance de certains actes. Il avait été stupide de se laisser entraîner dans une aventure dangereuse pour la suite de cette affaire. Sans réfléchir plus longtemps, sa décision était prise : il allait se rendre sur-le-champ au nouveau domicile de Gabriella Lindorff.

— Je ne m'attendais pas à vous revoir, dit Gabriella Lindorff, l'air surpris en ouvrant la porte.

— Si je ne dérange pas, j'aurais quelques questions à vous poser.

— J'espérais autre chose comme entrée en matière, mais faites comme chez vous, le salon se trouve tout de suite à gauche, répondit-elle en s'écartant pour le laisser passer.

Elle avait l'air d'aller bien. Il croisa son regard, intense et souriant, captant au passage la tonicité d'un parfum acidulé.

— Je vous fais un café bien serré, comme d'habitude, avait-elle ajouté, désinvolte, en se dirigeant vers la cuisine. Vous auriez pu apporter les gâteaux, cria-t-elle pour couvrir le bruit de la pression émis par la machine expresso.

Il y avait dans sa voix un soupçon de gaieté, comme si elle ne voulait pas paraître déçue. La première question concernait sa relation avec Vélasquez. Elle répondit succinctement en disant qu'elle le croisait parfois dans le parc. La deuxième question déclencha la riposte. Elle concernait son emploi du temps la veille et le jour de l'assassinat de Vélasquez.

— Que vous me posiez cette question m'attriste profondément. Elle insinue des choses désagréables.

— Il n'est pas utile de vous braquer, s'exclama le commandant, qui ne s'attendait pas à une telle réaction. Après tout ce n'est qu'une question de routine, ajoutant une octave en dessous ; il se peut que vous soyez interrogée demain à ce sujet.

Il voulait en avoir le cœur net. Le comportement anxieux de la jeune femme l'inquiétait et fragilisait un interrogatoire sur le fond. Ce grain de sable, qui risquait de gripper le bon déroulement de l'enquête, devait être isolé et éliminé. Il aurait voulu ne pas avoir à penser ça, mais Gabriella était au courant de la proche arrestation de Vélasquez.

— Ne vous offusquez surtout pas de ma demande. Je suis là pour vous aider, temporisa le commandant. Que faisiez-vous le 6 août à 11 h ?

— Le jour du meurtre de Vélasquez et de votre blessure à l'épaule ?

Castillac secoua la tête en signe de dénégation.

— Non... ! Le jour d'avant. Je sais où vous étiez le 7 août.

La jeune femme observa un long silence en jetant de fréquents coups d'œil dans sa direction.

— Vous devriez savoir que j'étais chez vous, affirma-t-elle avec aplomb.

— Je suis passé à 10 h 30 : l'appartement était vide.

— Que cherchez-vous à me faire dire, exactement ?

— La vérité, rien que la vérité.

— Que me reprochez-vous, au juste ?

— Personnellement, rien. Je vous invite seulement à vous préparer à subir un flot de questions parfois embarrassantes sur votre activité au cours de ces six derniers jours.

— De quoi parlez-vous ? D'une prochaine garde à vue ? insinua-t-elle intuitivement.

— Elle est en effet programmée. Je n'interviendrai pas directement ; les officiers de police Bidard et Balain mèneront l'interrogatoire. La lieutenante me paraît disposée à vous en faire baver, pour des raisons que j'ignore.

Gabriella Lindorff, prise au dépourvu, marqua une pause en finissant sa tasse de café.

— Dois-je m'attendre à être arrêtée ? demanda-t-elle en reposant la tasse sur la table basse.

— Non... mais tout dépendra des réponses que vous donnerez. Contentez-vous de dire la vérité, et tout se passera bien.

— J'ai l'impression, dit-elle en le fixant d'un air candide, que vous craignez de me voir balancer notre brève et chaude nuit d'amour.

— Vous vous trompez, assura-t-il, peu rassuré néanmoins par les retombées d'un tel aveu. Si vous estimez nécessaire d'en faire part pour votre défense, faites-le !

Elle engagea de nouveau un long silence, les yeux fixés sur sa tasse vide. Puis son regard clair et brillant retrouva le sien.

— Merci de me prévenir. Je ferai en sorte de passer cette épreuve sans trop remuer le passé et en pensant juste au présent.

Après le départ du commandant, la jeune fille éprouva le besoin de prendre l'air. Elle voulait se promener seule, rejoindre la plage et marcher dans le sable. Elle souhaitait depuis longtemps faire le point, oublier pour un temps la pesante atmosphère du château, échapper au maléfice des vieilles pierres, confidentes silencieuses de secrets jamais avoués. Les événements tragiques de ces derniers jours bousculaient l'emprise qu'elle pensait avoir sur le temps. Sa demi-sœur Élisabeth, assassinée comme sa jumelle Christine sans que l'on connaisse véritablement le motif, sinon celui de la vengeance, lui faisait prendre conscience de la situation inconfortable dans laquelle elle se trouvait. Elle avait le sentiment obsédant qu'une rupture s'était produite dans la continuité d'une vie jusqu'à présent relativement normale.

Castillac, qui venait de réintégrer son bureau après un entretien de routine avec Bussy et le procureur, s'était arrêté à la porte de Balain pour lui demander de penser à prendre contact avec le capitaine Bussy.

— C'est chose faite, commandant. J'ai appelé le capitaine et nous nous sommes expliqués. Au final, il a reconnu m'avoir confondue avec une autre personne.

— Comment pouvez-vous affirmer une telle chose ? lui demanda-t-il. J'étais en réunion avec le capitaine il y a à peine une heure. En nous séparant, il était étonné de ne pas avoir de vos nouvelles.

— Je... oui, bégaya-t-elle en rougissant. J'ai menti... !

— Dans ce cas, pourquoi me raconter des bobards ?

— Je ne sais pas... par peur de réveiller un très mauvais souvenir de mon passage à l'École de police.

— Qu'essayez-vous de me faire comprendre ? Que le capitaine Bussy serait impliqué dans une sale affaire ?

— Non, pas directement, mais je préfère ne pas avoir à reparler de tout ça. Vous connaissez maintenant les raisons de mon refus de rencontrer le capitaine.

Une fois la porte refermée et la surprise passée, Balain, dans son for intérieur, se disait qu'elle jouait gros. Il suffisait que le commandant parle de son refus de rencontrer Bussy pour que son mensonge se retourne contre elle. Elle allait devoir mettre les bouchées doubles pour peaufiner son plan, à commencer par celui concernant la benjamine des Lindorff. Elle avait déjà une petite idée de ce qu'elle se proposait de faire. Dans un premier temps, préparer son intervention avec minutie. Son chef ne lui offrirait aucun cadeau. Une rumeur circulait bien, qui disait que Gabriella Lindorff était la maîtresse du commandant, sans avoir de preuves matérielles pour le démontrer. Il restait à souhaiter que ses arguments seraient suffisamment convaincants pour la coincer. Elle se demandait quelle force maléfique armait son bras pour lui inspirer une telle haine ! Jusqu'où irait le châtiment ? Devrait-elle aller au bout de l'horreur pour se punir d'avoir abandonné sa sœur ? Pour l'instant en tout cas, elle parvenait à passer entre les mailles du filet en espérant que les circonstances continueraient à lui être favorables.

Bidard, en voyant passer Castillac devant la porte ouverte de son bureau, lui fit signe d'entrer. Le capitaine, ignorant la chaleur, portait une chemise blanche cravate et tripotait un presse-papier.

— Vous aviez raison, patron. Votre intuition était la bonne. Les renseignements que j'ai glanés à droite et à gauche confirment deux choses. Le propriétaire est souvent

absent. Il voyageait beaucoup. En revanche, une jeune fille occuperait l'appartement de façon irrégulière. Je n'ai pu obtenir qu'un vague signalement. Taille moyenne, brunette et vêtue sobrement. Une proche voisine pensait qu'elle venait faire le ménage. Toujours est-il que nous serons fixés demain soir. Marco Marchelli rentre de voyage.

Samedi 11 août

La nuit était chaude et moite, presque orageuse. La lune pleine d'une lueur orangée l'empêchait de dormir, à moins que ce soit la lumière jaune du réverbère qui se projetait sur le bout du lit. Castillac passa un long moment à rêvasser avant de sombrer dans un sommeil profond.

Ce matin-là était différent des autres. Le soleil tardait à briller et Castillac ressentait la grisaille comme un mauvais présage. Des voix s'étaient intensifiées pour qu'on lui retire l'enquête. Mais le procureur avait tenu bon, arguant que le dénouement était proche et que le coupable serait sous les verrous avant la fin du mois. Il restait maintenant à lui donner raison en mettant les bouchées doubles.

Il avait pris au passage devant la brasserie son triple expresso et deux croissants avant de gagner son bureau. Bidard l'attendait devant la porte. Après les formules de politesse, le commandant engagea la conversation en attaquant directement sur les modalités prévues pour l'interrogatoire programmé en début d'après-midi.

Le capitaine avait l'intention de mener l'audition en alternance avec Balain. Il restait à déterminer les plages d'intervention respectives.

— Balain... comment la trouvez-vous ? demanda Castillac, ajoutant dans la foulée : est-elle remise de ses émotions pour affronter deux heures d'entretien ?

— Vous connaissez la profondeur de nos rapports... Superficiels... très superficiels. On s'en tient aux contacts professionnels, rien de plus. Pourquoi, quel est le problème ?

— Je l'ai trouvée distante, voire ronchon, et même emmerdeuse.

— Un comportement habituel en ce qui me concerne, relativisa le capitaine.

Castillac, pour toute réponse, accentua son regard sur l'officier de police.

— Je compte sur vous pour modérer ses ardeurs. Je crains qu'elle mène cet interrogatoire à charge en ignorant la règle la plus élémentaire : la présomption d'innocence.

— Je ferai en sorte d'être le plus juste possible, sans pourtant créer de conflit entre elle et moi.

— Je ne vous demande rien d'autre... monsieur Bidard.

— Alors, tout va pour le mieux dans le meilleur des mondes.

La décontraction apparente du capitaine, son air de prendre les choses à la légère pouvait évoquer l'attitude d'un dilettante. Il n'en était rien. Il faisait le boulot avec sérieux et efficacité. Bidard, par prudence, préférait s'entretenir avec la lieutenante, avant tout désireux de ne pas se laisser enfermer dans la stratégie imaginée par elle pour faire tomber la benjamine Lindorff. Il tenait à préciser sa position avant le début de l'interrogatoire.

— Le commandant croit dur comme fer qu'un réel danger menace Gabriella Lindorff et il veut empêcher cela.

Bidard se tut, laissant le soin à Balain de relancer la conversation. Celle-ci ne désirant visiblement pas prendre la parole, il poursuivit :

— Il va probablement vous demander de ne pas trop secouer sa protégée. Alors que je crois que vous allez la charger au maximum.

— Vous supposez bien, capitaine. Je compte en effet prouver l'implication de la jeune Lindorff dans plusieurs meurtres. L'intervention de Castillac ne me fera pas changer d'avis. Petite amie ou pas, j'ai suffisamment de preuves pour la mettre en garde à vue.

— Vous me semblez très impliquée... Prenez garde quand même de ne pas outrepasser vos prérogatives, dit Bidard d'une voix qui se voulait apaisante.

— C'est infiniment aimable de vous soucier de mon avenir, mais je me contenterai de votre soutien pour faire tomber la demoiselle Lindorff.

— Ne comptez quand même pas trop m'entraîner dans votre chasse aux sorcières, se contenta de souligner le capitaine, qui voulait éviter de donner l'impression qu'il soutenait le plan de l'inspectrice à cent pour cent.

Sur ce, les deux officiers de police gagnèrent la salle d'interrogatoire.

Le moment phare de l'après-midi fut sans conteste l'interrogatoire de Gabriella Lindorff. Par prudence, pour éviter tout malentendu, Castillac avait préféré ne pas participer directement à l'audition. Le démarrage fut laborieux. L'arrivée intempestive de Balain accompagnée d'Ardouin dans le service des urgences avait provoqué l'indignation du directeur de l'hôpital, choqué par les méthodes brutales et blessantes des policiers lors de l'interpellation d'une interne.

Bidard, accompagné de Balain, s'apprêtait à rejoindre la salle des auditions où se trouvait Gabriella Lindorff, assise derrière la table, face à deux chaises vides.

Castillac venait de brancher le système audiovisuel pour suivre le déroulement de l'audition derrière la glace. La jeune femme, comme si elle se savait épiée, regardait autour d'elle, cherchant des yeux dans quel coin se trouvait la caméra.

— La belle est en place, fit remarquer la lieutenante qui passait saluer le commandant. Le bal peut commencer, ajouta-t-elle sur un ton guilleret. Je crains que la valse des questions lui fasse vite tourner la tête.

— Ne soyez pas à ce point psychorigide. Vous n'avez rien de sérieux contre elle.

— Vous n'aurez pas longtemps à attendre pour voir que vous vous trompez sur son compte. La petite fille sage cache bien son jeu.

C'était la deuxième personne à le mettre en garde contre l'image innocente et fragile de Gabriella Lindorff. Ange ou démon ? Il devrait être fixé en fin d'après-midi.

— Sans trahir un secret, quels sont vos arguments pour coincer la dernière des Lindorff ? L'intimidation, des confidences de témoins, vrais ou faux. Prenez garde de ne pas franchir la ligne rouge.

— Je ferai de mon mieux pour ne pas brutaliser moralement votre protégée, finit-elle par cracher sur un ton un tantinet irrévérencieux.

— Faites quand même en sorte de ne pas pousser le bouchon trop loin, Balain. Votre descente de cow-boys à l'hôpital a laissé des traces. Elle pourrait vous valoir une mise à pied.

Balain s'apprêtait à répondre plutôt vertement à la menace, mais devant l'œil noir du commandant et son froncement de sourcils, elle ravala sa salive. Qu'est-ce qui avait bien pu lui retourner la tête à ce point ? Voilà la question que se posait Castillac. Balain n'était plus la même depuis l'assassinat de Vélasquez. Quelque chose avait dû se produire qui avait bouleversé le cours de sa vie.

Debout derrière la glace, Castillac se préparait à suivre l'interrogatoire de Gabriella Lindorff. Il avait décidé de laisser Bidard et Balain l'interroger pour mieux surveiller ses réactions et jauger son comportement face à une femme qui avait autorité. Au début, elle avait marqué son désappointement en ralentissant intentionnellement les réponses et en faisant répéter deux fois les question. À ce petit jeu, Bidard était rodé. Il avait réussi, à force de comparaisons et de recoupements, à capter l'attention de la jeune fille.

— Comment ressentez-vous cette audition ? demanda le capitaine sans forcer le ton de sa voix.

— J'ai été trompée, manipulée depuis plus de vingt ans. Que voulez-vous que j'exprime, sinon du dégoût et de la rancœur ? Ce n'est plus une « révélation », mais un cauchemar. Apprendre que ceux qui m'ont élevée étaient les bourreaux de ma vraie famille n'incite pas à l'indulgence, mais à la vengeance.

Bidard s'abstint de tout commentaire, désireux de maintenir un climat plus apaisant que tourmenté.

— Est-ce vous-même que vous estimez trahie à travers cette épreuve, ou l'idée que vous aviez de votre oncle, de votre cousin et de vos demi-sœurs ?

Elle fit une réponse à l'emporte-pièce, mordante et tranchante.

— Ce sont la dignité et l'estime que j'avais pour eux qui viennent de sombrer dans cette triste mascarade qui tombe les masques.

— Le fait d'apprendre après sa mort que votre oncle était votre grand-père paternel change-t-il quelque chose à votre jugement ?

— Très franchement, non ! J'ai toujours eu pour lui une affection particulière, qu'il me rendait bien.

La jeune femme avait répondu sans rechigner, expliquant avec force détails son emploi du temps pour les périodes concernées par un homicide. Elle était blanche comme neige et n'avait rien à se reprocher. Il fallait bien entendu pour la forme vérifier ses alibis, mais il ne faisait aucun doute qu'ils seraient nickel.

— Eh bien, si je vous disais, capitaine, que j'apprécie vos questions savamment posées et non moins pertinentes, je mentirais un peu car je n'ai qu'une hâte : m'arracher d'ici.

— Avez-vous été informée par un individu mystérieux, vingt-quatre heures avant que le scandale n'éclate, du passé nazi de vos grands-parents ?

Balain venait de prendre le relais en sautant du coq à l'âne.

— Oui… Je n'ai pas donné suite, pas plus qu'aux interviews sollicitées.

— Il n'empêche, cet homme vous a quand même communiqué plus de vingt-quatre heures à l'avance des renseignements explosifs concernant le passé de vos grands-parents ! À ma connaissance vous êtes restée muette, laissant ainsi le scandale éclabousser votre famille.

À quel jeu douteux la lieutenante était-elle en train de jouer ? Comment pouvait-elle être au courant des informations que seule la jeune fille connaissait, et naturellement l'énigmatique correspondant ?

— J'ai fait ce que je pensais juste ! De toute manière, politiquement l'affaire aurait été jetée sur la place publique.

En disant cela, la jeune femme repassait dans sa tête tout ce qu'elle aurait pu dire. Et comme si cette diablesse de fliquette avait lu dans ses pensées, loin de la libérer, elle relança le bal des questions.

— Que pensez-vous de la mort de Vélasquez ? À votre avis, qui a bien pu le tuer ?

— Vous savez très bien que je ne peux pas répondre à cette question. Je ne suis pas voyante, et encore moins à votre place.

— Alors plus précisément, quels étaient vos liens avec Vélasquez ?

Elle ne broncha pas, mis à part un rapide frémissement du menton qui se répercuta sur sa lèvre inférieure.

— Je ne sais pas grand-chose sur cet individu. J'ai dû le croiser une fois cette semaine dans le parc du château.

— Vous maintenez donc ne pas connaître le dénommé Vélasquez, fit remarquer la policière, tout en glissant sous ses yeux une photo d'elle pendue au cou de l'Argentin.

Gabriella Lindorff se raidit un peu et fronça les sourcils, mais reprit rapidement le contrôle de la situation.

— Je n'ai gardé aucun souvenir de cette rencontre. Où diable avez-vous trouvé cette photo ? Ce n'est pas très gentil, inspectrice, de tenter de me déstabiliser en employant des méthodes tendancieuses. Non… je ne m'appelle pas Lady Chatterlay et je ne m'envoie pas en l'air avec le jardinier.

Si Balain maîtrisait bien les questions qu'elle posait, la demoiselle Lindorff n'était pas en reste pour apporter son grain de sel aux réponses.

— Je suis vraiment désolée de ne pas pouvoir vous aider plus, répondit-elle en prenant un air affligé. Mais un souci bien plus important lui torturait l'esprit. Elle avait quelques doutes concernant la probité de la jeune policière.

— Ne renversez pas les rôles, mademoiselle. C'est plutôt vous qui avez besoin d'aide ! Puis, sans attendre qu'elle ouvre la bouche, Balain déroula ses arguments en insistant sur le fait que ses alibis ne tenaient qu'à un fil.

Une réponse claire s'imposait. Néanmoins, obéissant à une impulsion venue de nulle part, Gabriella Lindorff présenta sa défense autrement.

— Je veux connaître le motif exact de ma garde à vue. Pourquoi tout ce cirque pour une simple vérification d'alibis ?

L'inspectrice, ignorant sa demande, enchaîna :

— Revenons, si vous le voulez bien, à votre emploi du temps durant les quarante-huit heures qui ont précédé l'assassinat de Vélasquez.

— Je vous ai déjà tout dit, répondit la jeune fille avec dans la voix un début de lassitude.

— Taratata, miss Lindorff... Je dispose de suffisamment d'éléments pour prouver que vous persistez à mentir.

— Et de quoi serais-je coupable ?

— Ici, c'est moi qui pose les questions. Contentez-vous d'y répondre, et surtout cessez systématiquement de répliquer en vous croyant protégée.

— Ma seule véritable protection n'est plus de ce monde. Mais je suis une grande fille. Je suis capable de me défendre toute seule.

— Je vais vous rafraîchir la mémoire, lâcha perfidement Balain. Certaines photos trouvées au domicile de Vélasquez ne laissent planer aucun doute sur les rapports intimes que vous entreteniez avec la victime, ajouta-t-elle en sortant d'une chemise verte qu'elle avait sous le coude, deux nouveaux clichés étalés sur la table. Vous reconnaissez, j'imagine, la personne que vous enlacez avec plus de passion que s'il s'agissait d'un inconnu.

— Oui... Vélasquez ! Que voulez-vous savoir ?

— Vous vous connaissiez bien, tous les deux ?

— Cette photo date de plusieurs mois. Nous nous sommes fréquentés le temps d'un week-end, sans prolonger l'aventure. Autre chose ? des photos plus récentes peut-être ?

— Vous vouliez un cliché plus récent... Dites-moi ce que vous pensez de celui-là, s'esclaffa la lieutenante en balançant sous ses yeux une photo où l'on voyait une jeune femme pénétrer au 25 rue Boileau. Que faisiez-vous à cette adresse un jour avant le meurtre de Vélasquez ?

Gabriella Lindorff, en analysant le document, était partagée entre colère et rire.

— Pas de chance, cette photo est encore plus vieille. Il suffit de regarder comment je suis habillée pour constater que c'était plus l'hiver que l'été. Je peux par contre vous dire que je rendais visite à mon cousin, Philippe Beck.

Une petite rougeur colora les pommettes de Balain. Sans dire un mot, elle saisit le cliché et le glissa rapidement dans la chemise.

— Si vous en êtes réduite à maquiller les preuves, je suis curieuse de connaître la suite !

— Arrêtez de vous foutre de ma gueule, mademoiselle Lindorff, ma patience a des limites. Continuer à vous taire aggrave les choses. Dans ce cas, nous nous verrons obligés de prolonger la garde à vue.

— Ce qui veut dire en clair ? se renseigna-t-elle.

— Que vous dormirez ce soir en prison, et que nous reviendrons demain sur certaines incohérences dans votre emploi du temps, dit-elle, plus remontée que jamais. Il est peut-être temps de dire toute la vérité avant de vous trouver accusée de meurtre.

— Oh ! je connais ce genre d'intimidation. Vous n'avez aucune preuve qui m'incrimine dans la série d'homicides qui, je vous le rappelle, touche essentiellement les membres de ma famille.

— La complicité aussi est passible de lourdes condamnations.

— Je ne suis ni complice, ni meurtrière. Que vous puissiez le penser ne me fait ni chaud ni froid.

— Pourtant, vous faites une suspecte idéale. Toujours présente ou à proximité du lieu des crimes. Vous avez certes des alibis, mais difficilement vérifiables.

— Vous me faites un mauvais procès, lieutenante. En attendant, le psychopathe court toujours.

— Ne vous réjouissez pas trop vite, mademoiselle. Je n'en ai pas fini avec vous. Je vous laisse une dernière chance de vous rattraper, ajouta-t-elle en mettant sous ses yeux une grande clé en fer protégée par une enveloppe plastique. J'imagine que vous allez me dire que vous ne connaissez pas cette clé qui permet d'accéder au 36 Rue-la-Fontaine en passant par la cave ?

— Oui, lieutenante ; je n'étais absolument pas au courant de la particularité de cette clé, et j'ignorais qu'il existait un passage entre ces deux immeubles.

— Ben voyons... ! Vous continuez à me prendre pour une brèle, miss Lindorff. La policière plissa les yeux tout en levant la tête en direction de la caméra. Vous n'avez pas voulu saisir la perche que je vous tendais, ajouta-t-elle en fixant de nouveau son regard sur le visage tranquille de la jeune fille. Apprêtez-vous à en subir les conséquences. Je me vois dans l'obligation de prolonger la garde à vue, laissa-t-elle tomber en guise de conclusion.

— Vous ne pouvez pas exiger une telle chose. Cette garde à vue est arbitraire, vous outrepassez vos droits en la maintenant.

— Ah bon ! Je ne peux pas, selon vous, prolonger votre détention, dit-elle en la foudroyant d'un regard explosif. C'est pourtant ce que je vais faire, pour la simple et bonne raison qu'il est 17 h passées, ce qui est synonyme de fin d'audition. Nous referons le point demain matin, en espérant que vous serez dans de meilleures dispositions. Un gardien va vous conduire dans la cellule où vous allez pouvoir méditer en toute sérénité.

La jeune fille haussa les épaules en faisant cette moue de petite fille boudeuse qui plaisait tant au commandant.

Au grand étonnement de Castillac qui suivait l'interrogatoire derrière la glace sans tain, Bidard était resté étrangement silencieux. Mis à part son intervention en début d'entretien, pas un mot ; il restait muet comme une carpe, sans que l'on sache exactement ce qu'il pensait.

Ce que craignait Castillac venait de se produire. Balain s'était ridiculisée en menant un interrogatoire de pacotille. L'attitude laxiste de Bidard le laissait également sur sa faim. Tout décidément sonnait faux dans l'organisation de cette audition. Il en était même à se demander si la lieutenante ne voulait pas humilier la jeune fille en l'emprisonnant pour une nuit. Il désirait exprimer son mécontentement de vive voix, mais Balain et Bidard avaient déjà quitté la salle d'interrogatoire, laissant Gabriella Lindorff sous la garde d'Ardouin. En voyant entrer le commandant, la jeune fille avait paru soulagée. Le sourire discret qui courait sur ses lèvres suffisait à illuminer son regard.

— C'est une machination, déclara-t-elle tout de go. Il faudrait être aveugle pour ne pas voir que la lieutenante veut me créer un maximum de problèmes en me faisant jeter en prison.

Castillac n'était pas loin de partager ce point de vue, d'autant que rien de concret n'était ressorti de ces palabres oiseux.

— Pourquoi vous voudrait-elle autant de mal ?

— Eh bien, par jalousie, je suppose. Elle est amoureuse de vous, et pour elle vous êtes mon protecteur. Je veux bien endurer une nuit en prison, mais dès demain je déposerai une plainte pour arrestation abusive. Cette garde à vue est arbitraire. Il n'y a aucune preuve sérieuse qui m'incrimine. L'épisode de mon interpellation à l'hôpital suffira à m'accorder la bienveillance des juges.

— Je n'en doute pas, répondit Castillac, ajoutant qu'avec ce qu'il avait vu, il pouvait passer outre la décision de Balain et la libérer sur-le-champ.

— Ce serait lui donner raison… ! Ce que je veux dire, c'est que je dois aller au bout du jeu pour gagner la partie, avoua-t-elle d'un air mystérieux. Une nuit en prison… ! On n'en meurt pas, ajouta-t-elle en ébauchant un sourire, j'aurai au moins une histoire peu banale à raconter à mes amis pendant les longues soirées d'hiver.

— Dans ce cas, je vous fais apporter une couverture et de quoi boire et manger.

— Merci, commandant. Une bouteille d'eau suffira. Je vais me reposer et méditer afin de garder mon énergie pour faire face demain.

Était-ce l'environnement, cette cellule sans fenêtre qui ne sentait pas bon ? Toujours est-il qu'il avait un sombre pressentiment. Gabriella Lindorff ne méritait pas un tel traitement. Elle avait bloqué son dos contre le mur et allongé les jambes sur la paillasse qui couvrait le banc. Il la fixait d'un regard admiratif, impressionné par sa force de caractère. Elle aussi jetait de furtifs coups d'œil dans sa direction, soucieuse de ne pas révéler l'émotion qui étreignait son cœur.

— Avant que vous ne partiez, je voudrais avoir votre avis sur une idée qui me trotte dans la tête. (Elle remonta une mèche de cheveux noirs qui avait glissé sur son front.) Je ne sais pas comment aborder la chose. Vous allez certainement me trouver idiote, mais quelque chose a attiré mon attention au cours de l'interrogatoire, sans l'approfondir sur le coup.

— Quoi donc ? s'empressa de demander Castillac.

— C'est ça, maintenant je me souviens. (Un joli et bref sourire illumina son visage.) La couleur de la chemise d'où la lieutenante a sorti les photos. Verte, comme celle que la mystérieuse jeune femme a récupérée dans les mains de David Strauss.

À en juger par la brusque pâleur de son visage, lui aussi venait de faire le rapprochement. Même s'il ne voulait pas le croire, le doute s'était installé dans son esprit. La description de la femme du parking correspondait à celle de Balain. Tout ça était tellement énorme qu'il allait devoir s'assurer de la véracité des preuves avant de lancer des accusations.

— Que comptez-vous faire, commandant ?

— Me renseigner, et surtout récupérer la précieuse chemise verte. Il la fixa, étonné par le rayonnement lumineux que dégageaient ses beaux yeux verts. Je vous renouvelle ma proposition de vous libérer sur-le-champ.

— Je reste, commandant... ! Je vais enfin pouvoir clouer définitivement le bec à la lieutenante. Rentrez-vous coucher commandant, vous en avez besoin.

Leurs regards, qui se cherchaient de nouveau, se croisèrent, provoquant chez la jeune femme un choc émotionnel puissant. Elle était malgré tout partagée entre l'envie de quitter ce trou à rats le plus vite possible et celle de prouver au commandant qu'elle était capable de résister aux assauts détestables de la lieutenante tout en préservant au passage leur aventure d'un soir et en prouvant au travers des questions et des réponses sa parfaite innocence.

Castillac – c'était peut-être le contrecoup de sa blessure – ressentait une grande faiblesse. Il savait pourtant inconsciemment qu'il devait puiser dans ses dernières forces car il touchait au but. Coup sur coup, deux indices importants venaient de le mettre sur une nouvelle piste. La chemise verte... ! Serait-il possible que Balain soit la mystérieuse jeune femme, complice de Strauss ? Pour en avoir le cœur net, il devait déjà mettre la main sur le fameux document vert et se livrer à une étude approfondie de l'emploi du temps de la lieutenante durant son absence du poste de police. L'autre volet qui l'interpellait concernait la tiédeur qu'elle mettait à vouloir rencontrer le capitaine Bussy. En fait, il s'apercevait qu'il ne savait rien du tout sur le passé de la jeune femme, car il n'avait fait que parcourir son CV en ne s'intéressant qu'à son très bon classement à sa sortie de l'École de police.

Gabriella Lindorff voyait la fatigue dessiner des cernes sous les yeux du commandant, malgré tout toujours aussi intensément attirants, qu'assombrissaient les sourcils souvent froncés et un sourire sans illusion qui tentait d'égayer un visage soucieux. Avant de se séparer, le long et profond regard qu'ils échangèrent, expressif et fort, auquel la jeune fille ne s'attendait pas, provoqua une telle émotion dans son cœur, que ses lèvres se serrèrent de peur de laisser échapper un sanglot, et sans raison elle se mit à rougir comme une collégienne amoureuse.

En remontant, il croisa Balain qui s'apprêtait à partir.

— Je vous souhaite une bonne fin de soirée, commandant, balança-t-elle, une lueur malicieuse dans le regard.

— N'en rajouter pas Balain. Votre numéro de tout à l'heure ne restera pas dans les annales de ce commissariat, ne peut-il s'empêcher de rétorquer

— Ah bon… ! rétorqua-t-elle en le toisant, vous n'avez pas apprécié la prestation ? (Le tout dit sur un ton irrévérencieux.)

Le commandant demeura froid à ce genre d'humour, en tout cas pas disposé pour trouver des circonstances atténuantes au comportement décevant de la jeune policière.

—Vous voulez mon avis à chaud ? déclara-t-il. Je vous ai écoutée et j'ai vu… ! Des arguments appuyés par des photos hors sujet. Tout ça n'avait rien de professionnel, lieutenante Balain.

Il la regarda fixement, peu disposé à ouvrir un nouveau débat qui à coup sûr risquait de dégénérer en confrontation orageuse. Il pensait que les choses allaient en rester là, mais la lieutenante en avait décidé autrement. Les reproches de son supérieur suscitèrent en elle une brusque colère qui lui fit tenir des propos incohérents.

— Oh, s'écria Balain, ce que je veux est une chose que vous êtes incapable de comprendre. Vous protégez cette fille qui appartient à une famille d'assassins. Et qui, à votre avis, paiera les pots cassés ? demanda-t-elle sur un ton grinçant.

— Probablement pas vous, mademoiselle... !

— Est-ce que vous voulez la justice, ou laisser inexpiés les crimes perpétrés par une bande d'intouchables qui agissent en toute impunité ?

Castillac tarda un peu à répondre.

— Je ne comprends rien à cette violente diatribe, à mon avis hors de propos.

— Je suppose que vous cherchez à me faire taire en m'interdisant de faire avouer les vrais coupables, lança la jeune femme d'une voix haletante et pressante.

— Le constat est déjà fait en ce qui me concerne. La suite dépend de vous ! Je ne saurais trop vous conseiller davantage de rigueur et d'attention dans la préparation de vos actions. Le contraste est frappant entre vos débuts prometteurs et maintenant. Ne pas savoir ce que l'on veut au bout d'un mois de terrain risque de vous porter préjudice pour la suite de votre carrière. Vous m'avez terriblement déçu, crut bon d'ajouter le commandant.

— Ah, alors tout est dit, répondit-elle en ricanant. Je n'ai plus rien à perdre.

Les propos tenus, leur ténébreuse signification, le frappaient néanmoins.

— Que n'aurez-vous plus à perdre ? Il la regardait fixement, ne voyant dans ses yeux que le sombre tourbillon des émotions qui agitaient son esprit.

Il n'en saurait pas plus pour cette fois-là... ! Balain, sans un mot, avait tourné les talons en le plantant au milieu du hall.

À Ardouin qui venait d'arriver pour assurer la garde de nuit, il demanda de bien vouloir descendre une bouteille d'eau et un gobelet plastique à la garde à vue. Puis il monta lentement les marches de l'escalier conduisant à son bureau. C'est en passant devant celui de Balain qu'il se dit que c'était peut-être le moment de mettre la main sur la fameuse chemise verte. Il n'eut pas à chercher trop longtemps ; elle trônait bien en vue sur la dernière des trois corbeilles. Sa déception fut grande quand il s'aperçut qu'elle ne contenait qu'un feuillet répertoriant les questions à poser. Dépité, il s'apprêtait à quitter les lieux quand son regard fut attiré par le contenu de la corbeille à papiers. Il y trouva pêle-mêle les photos déchirées en deux.

Castillac s'apprêtait à regagner son domicile, quand il reçut un appel du capitaine Bussy.

— Bonsoir commandant… ! J'ai un mal de chien à joindre votre lieutenante. Je me souviens à présent l'avoir rencontrée à l'École de police où je donne des cours. Elle s'était avérée être la meilleure recrue de la promotion. Je crois me souvenir qu'une affaire familiale particulièrement douloureuse l'avait affectée. Par ailleurs, je voulais vous informer… et puis plus rien, un trou de quelques secondes et la voix pressée du capitaine qui le priait de l'excuser car il était appelé en urgence sur les lieux d'un grave accident.

Castillac avait le sentiment que Balain lui cachait des choses. L'appel de Bussy confirmait ses soupçons. Une mise au point devenait nécessaire, d'autant plus qu'il comptait réviser ses plans, la question essentielle étant de savoir quelle direction prendre. L'adversaire insaisissable continuait de le narguer, sûr de son impunité. Il s'était même surpris, un instant de grosse déprime, à envisager qu'un proche de l'enquête renseignait le psychopathe ou brouillait les pistes.

Dimanche 12 août

La sonnerie de son iPhone le réveilla en sursaut. Castillac avait la bouche pâteuse et un mal de crâne carabiné. L'horloge affichait 6 h 15. C'était Ardouin, tellement bouleversé qu'il en bafouillait.

— Que se passe-t-il, brigadier ? articula-t-il en bâillant.

— Vous devez venir de toute urgence au commissariat. J'ai été agressé hier soir vers 22 h par deux individus cagoulés qui m'ont assommé et ligoté. Quelques secondes de silence, le temps que son interlocuteur reprenne son souffle, puis il ajouta : je viens d'être libéré par l'agent de service.

Castillac à cet instant éprouva une drôle d'impression. Le vide qui suivit dura une éternité. Sans vouloir se l'avouer, il craignait le pire pour la vie de Gabriella Lindorff.

— Je ne sais pas comment vous dire ça, commandant. Je suis tellement retourné que les mots ont du mal à sortir de ma bouche. J'ai retrouvé la jeune femme en garde à vue, morte dans sa cellule.

— Gabriella Lindorff… ! Assassinée au sein même du commissariat !

— Oui, commandant… ! Je n'ai pas eu le temps de déclencher l'alarme ; le plus petit des agresseurs s'est interposé entre moi et la sirène. Je suis désolé, ce qui vient d'arriver est terrible, et je n'ai rien pu faire pour éviter ce drame.

— Je me fous, Ardouin, de vos états d'âme. Ce qui m'importe est de mettre un nom sur les coupables. Dans l'immédiat, vous ne touchez à rien et vous ne laissez personne entrer. Je préviens la Scientifique et le médecin légiste. Par contre, je vous laisse appeler Bidard et Balain. Je m'habille et j'arrive.

Il s'aspergea le visage d'eau, pulvérisa du déodorant deux fois sous les aisselles, enfila chemise et pantalon, récupéra sa veste et son revolver, sans oublier de prendre au passage une boîte de comprimés de paracétamol, puis il sauta dans sa voiture. Même pas cinq minutes plus tard, il rangeait son véhicule sur le parking réservé au commissariat.

Il n'avait pas franchi la porte que Bidard arrivait à pied.

— Bonjour commandant… ! En voyant l'air surpris de ce dernier en constatant qu'il était sans voiture, il ajouta : une fuite d'eau dans mon appartement. J'ai dormi à l'hôtel qui se trouve à deux pas d'ici. Que se passe-t-il de si urgent ? demanda-t-il, et alors qu'il s'apprêtait à écouter les explications de son supérieur, l'arrivée de la Scientifique, accompagnée du médecin légiste, suffirent à le renseigner sur la gravité de la situation.

Ils trouvèrent Ardouin avachi sur une chaise. Il releva la tête en fixant les deux policiers avec des yeux tourmentés, emplis de rage. Il s'exprima du mieux qu'il pouvait, d'une voix étranglée par l'émotion.

— Je n'ai rien pu faire, commandant. Les agresseurs m'ont surpris en entrant par la porte de derrière. Ils étaient vêtus d'une combinaison noire et portaient une cagoule. Ils m'ont rapidement bâillonné et ligoté. J'ai vu passer les quarts d'heure, plus de trois en tout. J'avais en permanence l'horloge sous les yeux, qui me rappelait à chaque minute mon impuissance. Je n'ai rien entendu de ce qui se passait au sous-sol. Le téléphone a sonné deux fois, sans provoquer de réaction. Ils ont emprunté le même chemin pour partir. L'horloge affichait minuit moins dix.

Le plus dur restait à faire. Identifier le cadavre probablement torturé de Gabriella Lindorff. Trois experts de la Scientifique s'activaient autour du corps nu de la jeune fille. Son ami Pierrot, le médecin légiste, qui l'avait vu dans l'encadrement de la porte, se leva pour venir lui parler.

— Eh bien, mon pauvre ami, la série continue, déclara le légiste en saluant d'un bref mouvement de tête les deux policiers. Une aussi belle et jeune fleur ! Quel individu détestable a pu trancher aussi sauvagement sa ligne de vie ? Quel est ce monstre sanguinaire qui trouve même le moyen de commettre ses méfaits à l'intérieur d'un pré carré comme ce commissariat ? Pour en revenir à mes premières constatations, je n'ai relevé *a priori* aucune violence sexuelle, seulement un simulacre macabre différent des autres homicides, comme si c'était la dernière représentation du psychopathe, qui clôturait le cycle infernal de ses crimes par une mise en scène digne de sa réputation. Elle était nue, mais un nu artistiquement disposé et faisant penser au modèle qu'un peintre s'apprêterait à immortaliser pour l'éternité. Les prélèvements effectués par la Scientifique réservaient aussi quelques curieuses surprises. Du sperme et des mucosités vaginales qui logiquement n'appartiennent pas à la victime ont été retrouvés sur les vêtements de Gabriella Lindorff. Ce qui voudrait dire qu'un couple a fait l'amour après avoir commis son crime. Il faudra bien entendu attendre le rapport des experts pour confirmer tout ça. J'allais oublier : la mort est intervenue entre 23 h et minuit, après un étranglement à l'aide d'un foulard retrouvé sur place qui a profondément entamé la chair du cou.

Bidard et Ardouin, déjà assis, l'avaient précédé dans son bureau ; seule Balain manquait à l'appel. Son portable était sur messagerie. Cette absence, préoccupante à plus d'un titre, le perturbait, et il ne pouvait pas s'empêcher d'imaginer le pire. La lieutenante complice du psychopathe ? Un bouquet final qu'il n'aurait jamais osé imaginer. Il devait forcément y avoir un moyen, en décortiquant les faits, de trouver une faille qui le mette sur la piste.

— Ardouin, reprenons, si vous le voulez bien, l'historique de votre agression à l'instant où vous avez été surpris et immobilisé par deux individus cagoulés, entrés par la porte de derrière. Première remarque : à ma connaissance, seuls les agents travaillant au commissariat possèdent une clé de la porte. Vous m'avez bien dit qu'un de vos agresseurs vous avait empêché de déclencher l'alarme ?

— Oui… tout à fait. Je le vois encore barrer le chemin en me menaçant de son arme.

— Vous ne trouvez pas ça bizarre ? Une fois encore, seul le personnel connaît l'endroit où se trouve l'alarme. Je crois qu'il est inutile de continuer cette expérience. Un des employés du commissariat est complice de ce meurtre.

Sans que personne n'ose prononcer son nom, tout le monde pensait à Balain. Les absents ont toujours tort ; aussi cette piste devait-elle être sérieusement étudiée. Bidard et Ardouin se mettaient sur-le-champ à la recherche de la lieutenante.


La jeune femme errait sur la plage. Son visage à l'expression égarée et sa démarche hésitante faisait penser à quelqu'un de saoul. Elle cligna des yeux, gênée par le faisceau lumineux des premiers rayons de soleil. L'inspectrice Balain marchait sans but, incapable de dire ce qu'elle faisait sur l'étendue sableuse. C'était le trou noir. Sa mémoire défaillante la plongeait dans les ténèbres.


Lundi 13 août

Seul, assis au bord de son fauteuil, Castillac, les coudes posés sur le bureau, tenait sa tête entre les mains. Il n'avait aucune nouvelle de Balain, qui devenait au fil des heures la complice présumée du psychopathe. La lumière s'était faite d'un coup en prenant connaissance du mail envoyé par le capitaine Bussy. Balain était le nom de jeune fille de sa mère. En quittant l'école de police, Valérie Ménard-Balain n'avait qu'un objectif : trouver les assassins de sa petite sœur Sylvie, la jeune soubrette probablement morte car jamais retrouvée, maîtresse de Philippe Beck.

Il devait consentir un dernier effort. Il suffirait de forcer le verrou et la porte s'ouvrirait. Le tueur avait un visage et sa complice était démasquée, car sans préjuger de la suite, Balain avait menti sur toute la ligne. Il attendait une confirmation de sa véritable identité, et surtout une copie de son dossier d'élève à l'École de police. Dans l'urgence, il ne pouvait que la suspendre de ses fonctions et saisir l'IGPN. Pour ça, encore fallait-il la trouver.

Tout ce qui venait d'arriver était prévisible. Rien de bien ne se faisait sans une attitude responsable face au présent. Il se prenait à philosopher alors qu'un couple de tueurs battait la campagne. Où se cachaient-ils ? Les barrages n'auraient servi à rien, et à cette heure tardive de la nuit, peu de personnes fréquentaient les abords du commissariat. Il le sentait, les deux fugitifs n'avaient pas quitté la région. Ils se terraient dans un trou le temps de se faire oublier.

Castillac, en attendant le retour de Bidard parti régler un problème personnel, consultait une nouvelle fois le pré-rapport d'autopsie et celui de la Scientifique concernant l'assassinat de Gabriella Lindorff. Il était en mesure de réfléchir tranquillement, d'analyser chaque paragraphe, de s'imprégner du ressenti du tueur et de tenter de comprendre ce qui motivait une telle cascade de violences toutes plus horribles les unes que les autres. Néanmoins, son dernier crime était différent des autres. Le corps de Gabriella Lindorff n'avait pas été souillé, le visage était intact, figé dans une sorte de sérénité que seule la mort pouvait créer. Le corps à la différence des autres homicides, n'avait subi aucun sévices ; seul le cou présentait une plaie circulaire, là où le foulard étrangleur avait pénétré les chairs. La mort, probablement rapide, lui avait évité des souffrances inutiles. Cette tragédie le hanterait certainement longtemps. Ne pas avoir pu l'empêcher était un échec, une faute où le faible invoquait les circonstances soi-disant imprévisibles – le handicap de sa blessure, ou l'appel du capitaine Bussy écourté et privé de sa partie essentielle.

Le capitaine avait eu la bonne idée de rapporter deux sandwichs. Castillac ne se sentait pas capable d'affronter les 38 °C extérieurs qui chauffaient le bitume. Les volets des deux fenêtres étaient rabattus et malgré les deux ventilateurs qui tournaient à plein régime, la température dans le bureau avoisinait les 27 °C. Le commandant avait retroussé ses manches de chemise, au contraire de Bidard qui n'avait consenti qu'à desserrer le nœud de sa cravate. Il faisait les cent pas tout en mordant dans son sandwich qu'il entrecoupait de rasades de bière fraîche. Le capitaine préférait rester assis et profiter du courant d'air qui se glissait par la porte largement entrouverte.

Il régnait dans la pièce une drôle d'ambiance. C'était quelque chose que l'on retrouvait parfois dans certaines séries policières qui passaient à la télé. Il manquait le fond musical (à l'exception du ronflement des ventilos), mais l'atmosphère était conforme : lumière tamisée dans laquelle se mouvaient deux personnages aux profils bien posés de flics déterminés.

— Vous ne pensez quand même pas que Balain puisse être ce monstre qui serait à l'origine de tous ces crimes ? Je ne l'apprécie pas spécialement, mais je ne peux pas croire qu'elle soit capable de telles monstruosités. Strauss la tenait, il a dû la forcer à lui obéir.

Bidard venait d'engager la conversation en émettant un avis que Castillac ne partageait pas.

— Je suis beaucoup plus nuancé que vous, capitaine, concernant l'implication directe de Balain dans cette série de drames. Les derniers renseignements qui me sont parvenus ne plaident pas en sa faveur. Elle s'appelle en réalité Ménard, Balain étant le nom de jeune fille de sa mère.

— Ménard... ! comme le nom de la jeune soubrette disparue.

— Eh oui, le mobile de Balain serait la vengeance. Comme quoi tout arrive, capitaine... le meilleur comme le pire. Nous vivons actuellement le plus détestable moment de cette enquête : celui où nous en sommes à suspecter les enquêteurs qui travaillent à nos côtés. Tous les présumés coupables sont pratiquement éliminés. Il ne reste plus que Philippe Beck, le prochain sur la liste, et David Strauss, toujours invisible et jamais cité. Il se peut que Strauss soit notre homme. Il est grand et fort, suffisamment discret pour passer entre les mailles du filet. Reste maintenant à débusquer le cerveau – celui ou celle qui a planifié tous ces crimes et manipulé le psychopathe pour assouvir un dessein difficile à identifier.

L'épaule de Castillac le faisait souffrir. Tout en se dirigeant vers la machine expresso, il avait sorti de sa poche un comprimé de paracétamol.

— Désirez-vous un café ? proposa-t-il à Bidard tout en tirant de l'eau à la fontaine.

— Un double si c'est possible, répondit le capitaine. Je n'ai pas eu le temps de prendre mon petit déjeuner.

— Désolé de ne pas avoir de croissants, dit-il en déposant la tasse de café allongé devant le capitaine.

— Je m'en passerai, relativisa-t-il en demandant quels étaient les ordres.

— En priorité, retrouver Balain et coincer Strauss. L'un n'allant peut-être pas sans l'autre.

— Je suis sur le coup, commandant. Je vous préviendrai si j'ai du nouveau.

Castillac, qui était retourné s'asseoir, décrocha le combiné du téléphone pour demander à la juge d'instruction de bien vouloir préparer deux mandats d'amener à l'encontre de David Strauss et Valérie Ménard-Balain, en fuite, suspectés du meurtre de Gabriella Lindorff. Il n'avait pas raccroché que le procureur s'annonçait, accompagné du préfet.

— Comment allez-vous ? demanda le magistrat en s'adressant à Castillac.

— Bien, seulement un peu fatigué, monsieur le procureur, répondit-il en invitant les deux hommes à s'asseoir.

— Qu'est-il arrivé à Gabriella Lindorff ? Cette histoire est sidérante ! Comment une telle chose a-t-elle pu se produire au sein même du commissariat ? interrogea le préfet en prenant un air pète-sec conforme au ton cassant de sa voix.

— Je suis d'avis de laisser le commandant s'expliquer. Je ne doute pas qu'il nous fournisse des éclaircissements sur ce regrettable incident. Une fois de plus, le procureur volait à son secours. Nous vous écoutons, commandant, avait-il ajouté en s'asseyant.

Que pouvait-il bien raconter, sinon faire une synthèse rapide du rapport transmis hier soir, qui expliquait le cheminement obscur et criminel d'un officier de police qui n'avait qu'un seul objectif : venger la mort de sa sœur ?

— La rencontre de l'officier Balain avec un psychopathe intelligent et pervers a chamboulé sa vie, au point de l'entraîner à accomplir des actes criminels. Un psychologue devra déterminer sa réelle implication dans les différents crimes commis par David Strauss. Il ne fait malheureusement aucun doute qu'elle a participé activement aux deux derniers assassinats, ceux de Vélasquez et de Gabriella Lindorff. Les meurtres se sont succédé, rendant suffisamment clair leur caractère violent et sadique qui suivait une ligne directrice, celle de la vengeance. Seul le meurtre de Fred le jockey sortait du cadre. Il ressemblait plus à un règlement de comptes impliquant la mafia des jeux. Les autres suivaient une logique qui se heurtait malgré tout à des incohérences. Jusqu'à hier, nous n'avions jamais envisagé que l'officier de police Balain puisse être complice du psychopathe. Nous avons aujourd'hui la certitude de son implication dans la série de meurtres commis par David Strauss, le bras droit de Philippe Beck.

—Et vous pensez vraiment que cette jeune femme aurait tout combiné ? demanda le préfet sur un ton pas entièrement convaincu.

— C'est justement la question que nous ne manquerons pas de lui poser sitôt que nous l'aurons retrouvée.

— Et David Strauss, le bras droit de Philippe Beck, quel rôle jouait il dans cette affaire ?

— Le rôle principal : celui du psychopathe qui a assassiné, torturé et violenté quatre personnes.

— Ce que vous dites est inquiétant. J'ai côtoyé et même parlé avec cet homme qui, je l'avoue, me mettait mal à l'aise, mais de là à imaginer que c'était un monstrueux criminel ! Comment a-t-il pu mettre la police en échec aussi longtemps ?

L'expression particulière avec laquelle le préfet s'était exprimé provoqua un court silence.

— Le plus simplement du monde, répondit Castillac, pas mécontent de pouvoir expliquer au préfet les difficultés de l'enquête. Notre homme est intelligent. Il vivait dans l'anonymat le plus complet. Plusieurs années passées en Israël et quelques-unes aux États-Unis, où il s'était forgé une réputation d'homme compétent, lui avaient permis de s'imposer comme l'éminence grise de Philippe Beck.

— Et comment comptez-vous vous y prendre pour coincer un tel assassin ?

— De la façon la plus normale : en diffusant son signalement et en comptant sur une arrestation rapide de sa complice : la lieutenante Balain.

— J'espère que vous savez ce que vous faites, commandant. Vous comprendrez que cette situation ne peut plus durer, ajouta le préfet en ébauchant un sourire malgré tout encourageant.

Alors qu'il allait répondre, le procureur l'interrompit en se levant :

— Laissons le commandant Castillac faire son boulot, suggéra-t-il, entraînant le préfet dans son sillage.

Le capitaine Bussy ayant manifesté le désir de le rencontrer, à l'extérieur de préférence, ils s'étaient retrouvés à marcher tranquillement sur la promenade qui longe la plage. Tout en discutant, le capitaine sortit d'une poche de sa vareuse un long cigare qu'il alluma en utilisant une allumette soigneusement remise dans la boite une fois éteinte. Il savoura la première bouffée puis enchaîna ;

— Pensez-vous vraiment que l'inspectrice Ménard-Balain, soit la complice du psychopathe. Il capta le regard du commandant. Ses yeux éveillés restant aux aguets.

— Je n'irais pas jusque-là, répondit Castillac, partagé entre compréhension et colère. Il reste néanmoins, ajouta-t-il que la Scientifique a relevé sur le lieu du crime des traces d'ADN appartenant à Balain.

— Je l'ignorais, déclara le capitaine en prenant un air navré. – Ce que je sais d'elle... l'élève brillante que j'ai côtoyé, ne cadre pas avec l'image de la comparse d'un tueur.

Le capitaine Bussy aurait-il pour Balain des sentiments affectueux ? la façon dont il s'y prend pour la défendre pouvait le laisser penser.

— Pour information, ajouta-t-il en tendant sa main en signe d'au revoir, la brigade vient de recevoir le renfort d'une escouade de douze gendarmes. L'individu traqué s'étant volatilisé, ces hommes vont permettre d'agrandir la zone de recherches dans un rayon de 20 kilomètres autour de Berville.

## Mardi 14 août

Castillac se posait la question de savoir comment il allait s'y prendre pour honorer sa promesse de mettre rapidement sous les verrous le duo particulièrement dangereux que constituaient Balain et Strauss. Durant les heures précédentes, il avait attendu un signe, une visite, un message porteur de bonnes nouvelles qui résoudrait tout. Aussi, lorsque Bidard lui annonça que Balain s'était constituée prisonnière, il se dit que les choses commençaient à bouger dans le bon sens. Jamais il n'avait descendu le vieil escalier de bois avec autant de questions en tête. Quelle allait être sa réaction ? Était-elle prête à coopérer en livrant le lieu où se planquait David Strauss ?

Elle l'attendait en bas de la dernière marche, encadrée par Ardouin et Bidard. Sa première impression fut qu'elle ressemblait à une clocharde. Son visage, pas maquillé, était d'une lividité terreuse, et ses cheveux ébouriffés formaient des mèches disgracieuses qui pendaient le long de ses oreilles. Elle le fixait comme si elle ne le voyait pas, et il remarqua immédiatement les taches de sang qui maculaient le sweat-shirt gris qu'elle portait.

Après une toilette sommaire, elle s'était jetée avidement sur les deux sandwichs jambon beurre, avalés en un rien de temps. Castillac, invoquant le prétexte qu'il allait le faire nettoyer, récupéra le pull-over pour le faire examiner par la Scientifique.

On l'avait installée dans la salle d'audition, à la place qu'occupait Gabriella Lindorff il y avait quelques jours, sans qu'elle manifeste le moindre changement d'attitude. Il était pourtant curieux de savoir comment elle allait se justifier. Sa curiosité le poussait à faire traîner les choses, désireux de voir de quelle façon elle se sortirait de ce guêpier. Pour différentes raisons, il voulait encore croire qu'il se trompait, malgré les indices qui s'accumulaient contre elle.

— J'ai là sous les yeux le dossier concernant votre passage à l'École de police... Édifiant en diable. Sortie première de la promotion, donc ayant le choix du poste, vous optez pour une petite ville balnéaire à la stupéfaction de votre maître de cours, le capitaine Bussy. J'ai hâte d'entendre vos explications, mademoiselle Ménard-Balain ; et pour vous mettre sur la voie, je peux vous raconter une courte histoire. Celle d'une jeune femme douée qui a une petite sœur tombée dans les griffes de salopards. Elle a revêtu l'habit du justicier pour venger son suicide. Mais la violence est un virus pernicieux qui salit les plus belles causes. Sa complicité avec le plus taré des psychopathes s'est terminée en massacre.

— Ce n'est pas drôle comme histoire, murmura Balain en levant sur lui des yeux inexpressifs.

— Vous devriez pourtant vous reconnaître dans cette soi-disant justicière.

La lieutenante lui jeta un regard agressif, puis s'enferma durant une minute dans un silence complet.

— Je me doutais bien qu'un jour ou l'autre tout ça éclaterait au grand jour. Vous êtes maintenant au courant de tout. Je ne chercherai pas d'excuses, ne regrettant rien des décisions parfois douloureuses que j'ai été obligée de prendre.

— Ce que vous avez fait étant particulièrement grave, vous comprendrez que votre place dans la police soit sérieusement remise en question. En attendant les conclusions de l'IGPN, vous êtes suspendue de vos fonctions et placée en garde à vue. Je vous demande également de bien vouloir me remettre votre arme et votre carte de police.

— Je n'ai plus le revolver de service que je crois avoir jeté dans la mer. Quant à ma carte de police, je l'ai brûlée, de toute façon elle ne me servait plus à rien.

— Ce genre de comportement augure bien mal de la suite de l'interrogatoire.

— Je n'en ai rien à foutre des conséquences... ! Je n'ai plus rien à perdre... Envoyer-moi directement en prison, cela évitera aux contribuables de payer pour des palabres inutiles.

— Vous savez très bien que les choses ne fonctionnent pas comme ça. Vous serez interrogée comme n'importe quel gardé à vue. Nous allons faire un break et reprendre l'audition dans une heure. Profitez-en pour vous reposer.

— Non... ! J'aurai tout le temps de dormir. Posez vos questions et n'en parlons plus. Avant de commencer, et comme la loi m'y autorise, je voudrais utiliser mon droit à un appel téléphonique et me rendre aux toilettes.

Castillac l'avait laissée téléphoner, d'autant qu'elle semblait décidée à s'exprimer sur l'affaire, plus en détail et sans tarder. Après tout c'était aussi son enquête à elle, une grande affaire qu'elle réduisait à sa seule vengeance. Castillac était conscient de la fragilité des déclarations de la jeune femme. Elle avait basculé du mauvais côté, entraînée dans une spirale de violence qu'elle était incapable de maîtriser.

Balain, seule dans les toilettes, se regardait dans la glace. Allait-elle se décider à raconter son histoire, le bouleversant et minutieux récit qui décrivait sa courte mais brutale descente aux enfers ? Elle était sûre que Castillac l'écouterait sans l'interrompre, désireux avant tout d'obtenir des réponses aux nombreuses questions qu'il se posait. Elle insisterait sur l'ambiguïté des rapports qu'elle avait eus avec Strauss, sur l'attirance ressentie au début pour cet homme rejeté par tous et qui aimait trop les femmes pour ne pas les haïr de l'avoir jeté, en les humiliant et en les torturant. Elle terminerait par tout ce que Strauss lui avait déballé sur les événements sanglants survenus ces dernières semaines, ainsi que le véritable rôle des principaux protagonistes. Elle dirait son mal-être, son envie de vomir et de soulager sa conscience, quitte à payer le prix fort pour racheter ses erreurs de jugement. Et puis non ! Une dernière réflexion lui fit remettre à plus tard ses confidences. L'interrogatoire ne faisait que commencer, et elle avait une carte maîtresse dans son jeu. Il restait à combler le trou noir de l'assassinat de Gabriella Lindorff. Que s'était-il passé ce soir-là ? Elle fouillait sa mémoire avec acharnement, mais tout lui échappait, mis à part cette sale impression d'être souillée et violentée.

Elle avait repris sa place derrière la table, rassérénée par la justesse de la décision qu'elle venait de prendre.

— Tout m'a paru tellement simple au début. La rencontre avec David, la concordance de nos volontés réciproques de faire payer leurs crimes aux Beck-Lindorff. J'avais besoin d'exprimer ma haine et mon dégoût à travers des actes forts.

— Des actes d'une violence extrême qui ont entraîné la mort de quatre personnes, souligna le commandant sur un ton vif qui condamnait de tels propos.

— Oui. Ils étaient nécessaires. C'était l'aboutissement de ma mission : punir ceux qui ont participé au naufrage et à la mort de ma petite sœur. Ce qui est vrai, dit-elle en souriant étrangement, c'est que je ne contrôlais plus rien ; c'était comme une révélation, un chemin tracé d'avance. Le résultat de deux années d'effort, d'une traque commencée dès la sortie de l'École de police. Tout est arrivé à force d'opiniâtreté et du pacte scellé avec le diable. Je suis parvenue à mes fins en payant le prix fort. La fin de ma liberté.

Castillac s'apercevait au fil des minutes qu'il découvrait la véritable personnalité de celle dont il avait ignoré le désarroi jusqu'à ce jour. Il en avait de plus en plus le sentiment, Balain le baladait toujours en omettant en toute connaissance de cause de porter à son attention des renseignements qu'elle continuait de cacher, concernant entre autres l'endroit où David Strauss se planquait.

Elle releva la tête et ses yeux effrontés le toisèrent, dédaigneux.

— C'est dommage, au début je vous aimais bien.

— Ce qui n'est plus le cas maintenant ?

— Vous êtes par la force des choses devenu mon meilleur ennemi ; le seul malgré tout que je respecte encore, et en qui j'ai confiance.

— Si ce que vous dites est vrai, je vous conseillerais de regarder la réalité en face. Il n'y a plus d'issue, l'arrestation de Strauss n'est plus qu'une question d'heures.

— À votre place, je ne serais pas aussi affirmatif. David est insaisissable, c'est le diable en personne.

— Je n'arrive toujours pas à comprendre que vous puissiez pactiser avec ce monstre. Une telle association ne pouvait se terminer qu'en tragédie.

— Vous faites partie du système, commandant. Vous raisonnez et choisissez en fonction de lois votées par des notables, qui leur permettent de disposer en toute impunité du pouvoir de décider. Croyez-moi, commandant, j'avais une bonne raison pour agir de la sorte.

— Une raison pour quoi faire ?

La réponse de Balain fusa, argumentée et imparable.

— J'ai tout de suite compris que j'allais m'opposer à de gros bonnets qui avaient des appuis haut placés. Pour confondre les assassins de ma sœur et les forcer à avouer leur crime, je ne pouvais compter ni sur la justice, ni sur la police.

— Vous avez donc endossé l'habit de justicière, au mépris des lois, en pactisant avec le plus monstrueux des psychopathes.

Deux grosses rides plissèrent son front en signe d'embarras. Puis, reprenant son souffle, elle ajouta :

— Je n'ai pas mesuré tout de suite la nuisance de cet arrangement. J'avais besoin de renseignements concernant les familles Beck et Lindorff. David Strauss était l'homme de la situation.

— Parlons-en... ! Violeur et assassin présumé d'au moins quatre personnes ! Le choix était désastreux.

Elle s'était raidie sur sa chaise, et les muscles contractés de sa mâchoire plissaient ses lèvres d'une vilaine grimace.

— Ne vous moquez pas, commandant. Je supporte difficilement aujourd'hui le poids de cette erreur. Je suis victime, autant que les autres, de la perversité de ce tueur.

— En parlant des autres, j'imagine que vous faites référence aux trois femmes violées, torturées et assassinées, ainsi qu'au meurtre gratuit de l'inspecteur Martin. Je suis désolé, mais le comparaison est choquante. Vous n'avez rien de commun avec ces victimes.

Castillac, les yeux débordants de colère, avait posé ses poings sur la table, et il fixait la lieutenante qui ne bougeait pas un cil, pétrifiée sur place. Une décharge d'adrénaline aurait fait le même effet. Les muscles de son visage s'étaient contractés jusqu'à plisser son front et provoquer une hideuse crispation de la bouche.

— Vous n'avez pas le droit de me traiter comme une criminelle.

Conscient de l'avoir un peu bousculée, il s'efforçait néanmoins dans ce contexte de dissiper la part d'obscurité qui empêchait l'esprit de la jeune femme d'y voir clair, quitte à lui faire mal moralement.

— Je suppose que vous n'avez pas oublié l'épisode des cassettes pornographiques et de ceux qui participaient à ces séances. Ceux-là mêmes que vous dites être vos amis.

— J'ai appris à faire la part des choses. Aucun de ces noms n'a été cité par les médias. Vous avez d'ailleurs vous-même fait chou blanc en perquisitionnant les sous-sols du château, se délecta-t-elle avec une douceur hypocrite.

— Je veux bien croire au mobile de la vengeance. Alors dans ce cas, expliquez-moi pour quelle raison vous avez épargné le seul véritable coupable de la mort de votre sœur.

— Je ne vois pas de qui vous voulez parler. Tous ont payé ; aucun n'a échappé à ma vengeance.

— J'ai pourtant la preuve que Philippe Beck est le seul responsable de sa mort ; en tout cas celui qui était le plus impliqué.

La réplique acérée et piquante la prenait de court. Elle chercha intuitivement une riposte à ce qu'elle considérait comme un piège qu'on lui tendait.

— Vous mentez… ! dit-elle en se repositionnant sur la chaise. Le fils Beck était au-dessus de tout soupçon.

Castillac décida de ne pas relever, du moins pour l'instant. Il préférait ne pas brusquer les choses, au risque de la voir se refermer sur elle-même.

— Je vois dans votre regard que vous ne me croyez pas.

Elle redressa les épaules jusqu'à toucher le dossier, et s'exprimant sur un ton froid, elle répliqua :

— Vous parlez de choses que vous ne connaissez pas. Alors à moins d'avoir des preuves solides, je persisterai à croire que vous cherchez à m'embrouiller.

Le regard dur, inflexible, les lèvres pincées et les sourcils froncés n'exprimaient rien d'autre que de l'entêtement.

— Vous avez tort, car vous semblez ignorer que des gens mal intentionnés se sont servis de vous pour obtenir des renseignements confidentiels concernant l'enquête en cours.

— Vous racontez n'importe quoi pour me forcer à avouer.

— Vous reconnaissez donc avoir des choses à confesser ? Pour clore ce chapitre, je tiens à votre disposition un rapport certifié prouvant que Philippe Beck était bien l'amant de votre sœur.

Et sans plus attendre, il glissa sous son nez le rapport d'audition de M^me Rose, sur lequel il avait souligné les passages importants. Perplexe, la jeune femme parut un moment réfléchir avant de se saisir du document pour en prendre connaissance. Quand elle repoussa le rapport d'une main ferme, son comportement ne trahissait aucun trouble. C'était comme si elle était déjà au courant.

— Pourquoi ne m'avez-vous pas interrogée avant, si vous me suspectiez ? demanda-t-elle en prenant un air effarouché.

— J'avais trouvé vos explications concernant l'enquête sur la jeune servante disparue bien timides, et mon intuition me disait que vous me cachiez des choses. En outre, votre façon d'éviter le capitaine Bussy m'a mis la puce à l'oreille. Mais je manquais de preuves solides. L'assassinat de Gabriella Lindorff vient de me les fournir.

— Parlons-en justement. Au risque de vous décevoir, je n'ai aucun souvenir de cet épisode. Cette petite garce m'aura pourri la vie jusqu'au bout. Vous ne comprendrez décidément jamais rien, grogna-t-elle en serrant sa tête entre ses mains.

— Je crains que toutes ces épreuves chamboulent trop votre vie, dit le commandant.

— C'est vrai, je ne suis pas au mieux ; mais c'est en partie ma faute. Je serai peut-être soulagée si vous me disiez le temps que je risque de passer au trou. C'est pour l'instant la question qui m'obsède.

— La seule conclusion que je tire de cette affaire, c'est que vous risquez vingt ans de prison alors que l'assassin de votre sœur s'apprête à profiter des retombées que vous avez permises en éliminant toutes les héritières de la famille Lindorff.

— Vous me fatiguez, commandant... J'ai besoin de me reposer.

— Je vous accorde deux heures ; ensuite nous reprendrons l'audition.

Castillac s'était levé en attendant l'arrivée du brigadier chargé de raccompagner la gardée à vue dans sa cellule. C'est Bidard qui s'était présenté, non pas pour s'occuper de Balain, mais pour l'avertir qu'une avocate demandait à voir sa cliente. La surprise était complète ; jamais la lieutenante n'avait abordé l'assistance éventuelle d'un défenseur. Quelques minutes plus tard, la femme en robe noire frappait deux coups à la porte. Elle était grande, d'ailleurs chez elle ce qui était grand prédominait. Un visage allongé, de beaux yeux bleus en amande et de longs cheveux blond vénitien. Une quarantaine d'années. Elle portait un tailleur-pantalon gris-bleu qui épousait parfaitement la forme allongée des bras et des jambes en soulignant le côté peu saillant de la poitrine et des fesses.

— Anabelle Mallarmé, avocate à la cour de Rouen, dit-elle en se présentant et en tirant une chaise pour s'asseoir à côté de sa cliente.

— Commandant Castillac, chargé de l'enquête, avait-il répondu en inclinant légèrement la tête.

— Commandant, pouvez-vous m'accorder un entretien d'un quart d'heure, une vingtaine de minutes tout au plus, avec ma cliente ?

La voix avait un ton particulier, presque ensorcelant.

— Nous étions justement en train de faire une pause. Prévenez le planton de service devant la porte une fois que vous aurez terminé.

Castillac s'était réfugié dans son bureau avec Bidard dans le but de profiter de cette interruption pour faire le point sur la première partie de l'interrogatoire suivie par le capitaine, présent derrière la glace sans tain. Le commandant, qui venait de décapsuler deux bières bien fraîches, cogitait dur pour trouver des excuses au comportement inconscient de Balain. Comment l'esprit de vengeance avait-il pu provoquer un tel cataclysme dans l'esprit de la jeune femme ? Sa haine envers les assassins de sa jeune sœur était plus forte que le serment prononcé lors de sa nomination au grade de lieutenante. Depuis le début, elle avait agi conformément à un plan mûrement réfléchi, concrétisé par l'alliance avec Strauss, véritable détonateur d'une explosion de violence qui allait ensanglanter une petite bourgade tranquille. Un grand nombre étaient suspects, et certains étaient coupables, mais la justice, embrouillée par des rivalités de notables, tardait à prendre la bonne décision. Comment aurait-il pu prévoir un mois plus tôt qu'une prometteuse lieutenante fraîchement émoulue de l'École de police allait se transformer en justicière ? Castillac lisait à présent parfaitement dans les pensées de la jeune femme. Il n'y avait plus l'ombre d'un doute. David Strauss était bien le bras armé de sa vengeance. Celui qui exécutait par plaisir et sadisme les ordres démoniaques d'une jeune femme qui avait perdu le sens des réalités.

Alors que Bidard avait regagné son bureau, Castillac s'apprêtait à consulter les documents qui se trouvaient dans la corbeille des affaires à traiter quand l'agent de service à l'accueil l'informa qu'on venait de signaler un drame au château du Parc... un suicide, d'après ce qu'il avait compris.

Castillac, qui se posait la question de savoir qui au château avait bien pu se foutre en l'air, décida dans l'urgence de se rendre sur place en laissant le soin au capitaine de terminer l'audition de la lieutenante.

Pendant ce temps, Balain, assise dans la cellule qu'elle connaissait, se disait que pour l'instant les choses fonctionnaient à sa convenance et qu'elle devrait profiter de ce temps libre pour réviser son texte. L'entretien avec l'avocate, qui l'avait appelée à la demande d'une personne désirant garder l'anonymat, et qui travaillait pour un gros cabinet régional, l'avait bien briefée afin d'entamer la seconde partie de l'interrogatoire dans les meilleures conditions possibles.

Elle avait tout sacrifié à la vengeance de sa petite sœur. Ses fiançailles, sa carrière et les amis qu'elle n'aurait plus jamais. Le seul être à l'avoir vraiment comprise, l'exécuteur des basses œuvres, était le pire des assassins, un psychopathe sadique qu'elle comprenait autant qu'elle le détestait. Tuer à répétition ne s'inventait pas. Il fallait être méthodique et déterminé. Au bout de plusieurs crimes, le mobile avait perdu de son importance. Il tuait pour se perfectionner, pour le frisson. David Strauss était un génie du mal. Il avait fait de sa laideur l'atout principal de sa force. Il s'était créé un double à l'image du personnage qu'il voulait incarner : dominateur, faisant subir aux femmes qui le rejetaient les pires sévices. Le masque qui atténuait les traits difformes et hideux de son visage, la perruque de cheveux roux souvent remarquée et les lunettes noires complétaient le physique atypique d'une personne que tout le monde pouvait décrire en fournissant au moins deux indices. « Grand et rouquin », voilà l'aspect physique qui le définissait et illustrait son double, inventé et insaisissable. Ce qui lui avait permis de durer aussi longtemps, c'était une sorte d'incohérence dans l'image qu'il laissait paraître de lui, son effacement et cet art de se faire oublier, d'être partout et nulle part à la fois.

Le majordome du vieux Beck avait perdu de sa superbe. Il attendait le commandant au pied du grand escalier pour le conduire sur le lieu du drame. L'apparence négligée de l'homme tranchait avec le souvenir récent que Castillac gardait d'une tenue impeccable. Une barbe de trois jours, gris terne, amaigrissait son visage d'une lividité cadavérique. Il avait sauté un rang en boutonnant son gilet et sa cravate était de travers. Le comportement du vieux domestique, d'une extrême fébrilité, marqué par des gestes gauches, et sa voix mal assurée montraient l'image d'une personne à la dérive.

Philippe Beck était pendu à la première grosse branche du cèdre bleu, soit environ à presque trois mètres du sol. Une chaise renversée se trouvait à tout juste un mètre du corps.

— Qui a découvert le corps ?

— Mme Rose, la seule femme de ménage encore employée au château. En arrivant, elle a remarqué quelque chose d'anormal qui pendait au bout d'une branche du cèdre bleu. J'ai reconnu le fils Beck une fois sur place. Je vous ai appelé aussitôt.

— Quelle heure était-il ?

— 12 h 45. Mme Rose prenait son service et je m'apprêtais à aller déjeuner.

— Qui se trouvait au château ?

— Moi et Philippe Beck ; plus personne n'habite ce lieu maudit.

— Vous n'avez rien remarqué de particulier, rien entendu ? demanda Castillac en sortant son iPhone de sa poche.

— Non, commandant, j'ai suivi vos instructions. Je n'ai touché à rien et je n'ai pas bougé d'ici depuis mon appel, répondit-il d'une voix chevrotante.

— Excusez-moi une minute ; le temps de prévenir la police scientifique et le médecin légiste et je suis à vous.

Le policier ne put s'empêcher de sourire en voyant l'homme reculer de trois pas et détourner la tête pour ne pas entendre ce qu'il disait. Une fois son appel passé, il retourna interroger le maître d'hôtel en sortant son carnet et son stylo de sa poche.

— Quand avez-vous vu Philippe Beck pour la dernière fois ?

— Hier... à 21 h. Nous avons pris l'habitude de dîner ensemble au moins deux fois par semaine. Leurs regards se croisèrent et le majordome crut bon d'ajouter : plus grand monde ne fréquentait le château depuis tous ces événements tragiques.

— Vous avait-il paru inquiet... ? De quoi avez-vous parlé ?

— Il ne se sentait pas en sécurité. Il craignait d'être la prochaine cible du tueur des demoiselles.

Le fait est que Castillac avait l'air dubitatif en regardant le corps de Beck pendu à la branche. Il imaginait mal le lascar lesté de plusieurs millions se suicider par remords. C'est pourquoi il attendait avec impatience l'arrivée de son ami Pierre, le médecin légiste, pour en savoir plus sur les circonstances et l'heure exacte de sa mort. Son intuition lui disait qu'il se trouvait peut-être en face d'une mise en scène. Restait à en trouver les acteurs : le couple Balain-Strauss, et pourquoi pas le majordome.

— Si j'ai bonne mémoire, c'est bien vous qui m'avez informé des pratiques licencieuses qui se déroulaient dans le sous-sol du château, et qui m'avez signalé les disparitions mystérieuses de deux adolescentes attachées au service de M. Beck junior ?

— Oui… ! Je n'ai rien à me reprocher, mais je désire libérer ma conscience du poids de certaines confidences qui m'empêchent de dormir.

Tout en parlant, il tira une feuille de papier pliée en quatre dans sa poche de pantalon, et sans un mot la lui tendit. Castillac déplia la missive et la lut, debout devant lui.

L'écriture, torturée et angoissée filait, ignorant la syntaxe et les fautes d'orthographes sur la page quadrillée d'un cahier d'écolier. Les mots étaient ceux d'une adolescente rêveuse et naïve qui croyait au conte de fée. Prisonnière sexuelle de son prince charmant, elle vivait un enfer, cloitrée dans une maison où elle n'entendait que le bruit de la mer. Le cri déchirant était celui d'un appel au secours adressé à sa sœur Valérie.

— Je n'ai jamais eu connaissance de cette pièce à conviction, s'étonna Castillac en ajoutant aussitôt – comment se trouve-t-elle en votre possession ?

— Je l'ai trouvé en faisant du rangement dans les affaires du suicidé. En la prenant j'ai juste eu le sentiment qu'elle était importante pour la suite de l'enquête.

— Ce mot est accablant pour Philippe Beck. J'imagine que le prénom « Sylvie » en bas de page est celui de Sylvie Ménard, la sœur de l'inspectrice Balain.

— Le remord a sans doute poussé Beck junior à cette issue fatale. Ce qu'il a fait, lui et David Strauss à ces jeunes filles innocentes est impardonnable. Je connaissais Sylvie Ménard. Elle avait tout juste dix-sept ans et, trop crédule pour voir le mal, elle avait succombé aux belles paroles et aux cadeaux. Elle m'envoyait tous les mois un petit mot pour me donner des nouvelles. Je n'ai plus rien reçu depuis trois mois et je crains le pire pour sa vie.

— Je regrette de connaître ces faits seulement maintenant.

— Comprenez-moi, commandant ; je ne pouvais décemment pas divulguer cette lettre tant que Maximilien Beck était en vie.

— Il faudra vous arranger avec votre conscience. Je garde ce document, dit Castillac en le repliant avant de le glisser dans sa poche.

A l'expression contrariée de son interlocuteur, il vit qu'il aurait voulu récupérer la lettre.

— Vous l'avez, je crois, compris : je désire rester en dehors de tout ça, répondit-il sur un ton aux inflexions nasillardes.

— De qui ou de quoi avez-vous peur ? demanda Castillac. Vous n'avez plus rien à craindre, vous pouvez dormir sur vos deux oreilles.

— C'est vous qui le dites. À ma connaissance, le tueur est toujours en cavale.

— Si rien ne prouve qu'il est mort, certains indices nous font penser le contraire.

Il se recula d'un pas en donnant l'impression de vouloir mettre un terme à l'entretien. Ce qu'il fit en souhaitant au majordome une bonne fin de journée.

La police scientifique avait bouclé l'affaire en un peu plus d'une heure. L'endroit une fois photographié ainsi que la position du corps et de la chaise, le pendu libéré de la corde avait été allongé dans l'herbe dans l'attente d'être transporté à la morgue. Le médecin légiste étant indisponible, les premières constatations sur le cadavre ne montraient aucune blessure apparente sur tout le corps. En revanche, ce qui se trouvait dans une de ses poches de veste méritait d'être approfondi. Une photo montrait Philippe Beck posant en compagnie de Sylvie Ménard, la sœur disparue de Balain, sur une petite plage. On apercevait en arrière-plan une maison de pêcheur aux volets bleus. Il restait maintenant à attendre le rapport du médecin légiste et que le document soit authentifié pour se prononcer sur un crime éventuellement maquillé en suicide.

En regagnant son véhicule, Castillac était tombé sur M$^{me}$ Rose qui venait de terminer son service. Il avait saisi l'occasion de cette rencontre pour lui poser la question de savoir si elle reconnaissait la maison qui se profilait derrière les deux personnages.

— Vraiment, c'est un coup de chance de vous croiser, s'écria Castillac en rappelant son nom et sa fonction à la dame, qui l'avait de toute façon reconnu. En lui serrant la main, l'idée lui était venue qu'elle pourrait peut-être lui dire si elle pouvait identifier sur la photo la maison de pêcheur aux volets bleus.

— Oui… ! Je pense pouvoir me souvenir où se trouve l'endroit. Sylvie y allait de temps en temps avec Philippe Beck.

Il faisait très chaud ; la brave dame avait sorti un mouchoir de son sac pour éponger son front en sueur. Son air absorbé trahissait son effort pour se remémorer les faits. Et puis d'un coup, ses yeux s'illuminèrent. Elle s'exclama :

— La maison donnait directement sur une petite plage située à côté de Berville. Je n'y suis jamais allée, mais elle en parlait souvent.

— Un grand merci, madame. Votre coopération devrait me permettre d'avancer dans cette enquête qui arrive à son terme.

De retour au commissariat, le commandant se dirigea directement vers la pièce où se trouvait la glace sans tain. Tout en écoutant, il cogitait. L'information qu'il venait d'avoir valait de l'or. Strauss, l'ennemi public numéro un, se planquait probablement dans la maison aux volets bleus. Il devait prévenir le procureur et monter une opération conjointe avec la gendarmerie.

Le capitaine Bidard avait repris l'interrogatoire avec l'ambition de faire cracher à Balain l'endroit où se planquait Strauss. Le commandant lui avait communiqué juste avant de se rendre au château un renseignement qui pouvait peut-être servir de détonateur. Le rapport de la Scientifique confirmait que le sang retrouvé sur le sweat de la lieutenante était bien celui de Strauss.

— Parlons de votre rencontre avec Strauss. Il avait posé la question sans forcer le timbre de sa voix.

— Les circonstances sont parfois déroutantes. J'étais loin de me douter, en interrogeant les témoins présents le jour du meurtre de Maeney, que j'allais par le plus grand des hasards tomber sur le meurtrier de Christine Lindorff. Il en voulait à la terre entière, et plus particulièrement aux femmes et aux notables. Sa laideur m'importait peu. Il était l'homme de la situation, celui qui était en mesure de me renseigner et de m'aider à remonter jusqu'aux bourreaux de ma sœur, une jeune soubrette qui travaillait au château. J'ai ignoré des témoignages, dont celui, important, d'Élisabeth Lindorff. La suite fut un jeu d'enfant.

— Vous parlez d'un jeu de massacre ! souligna Bidard, stupéfait de l'insouciance avec laquelle la jeune femme s'exprimait.

— Non, c'était dans la nature des choses… ! Éliminer les uns après les autres les responsables de la mort de ma sœur.

— Et en quoi l'assassinat de Maeney, suivi de celui des sœurs Lindorff et le massacre de l'inspecteur Martin vengeaient-ils la mort de Sylvie Ménard ?

— Tous ont plus ou moins participé à l'entraîner dans une spirale de débauche qui l'a conduite à la mort.

— Vous mélangez tout, mademoiselle. À ma connaissance, que ce soit Élisabeth ou Gabriella Lindorff, aucune n'a participé de près ou de loin à des séances sadomasochistes. Ce qui n'est pas le cas de vos amis, Philippe Beck et David Strauss.

— Vous racontez n'importe quoi. Je n'ai plus d'amis ! Et puis d'ailleurs je m'en fous. Mon but était atteint ; pour moi, c'était le principal.

— Vous avez en effet détruit une famille, les Lindorff, en oubliant curieusement de punir le seul véritable responsable, le fils Beck, aujourd'hui à la tête d'une fortune considérable.

— Ah bon ! murmura-t-elle. Désolée de l'apprendre maintenant ; si vous le dites… Et puis après un court silence, elle ajouta en grimaçant : tant pis pour moi.

— Vous avez maintenant la preuve que c'est bien lui qui a entraîné Sylvie Ménard dans sa déchéance.

— Que cherchez-vous à me mettre dans la tête, sinon à me culpabiliser ? Je devine la manœuvre… Cela arrive trop tard pour me faire changer d'avis, même si les hommes m'ont déçue, coupables des pires bassesses.

— Le fils Beck ment sans vergogne. Vous avez eu connaissance du témoignage de la femme de ménage du château, qui affirme au contraire qu'il connaissait très bien votre sœur puisque c'était sa maîtresse.

— Je viens de prendre connaissance de ce témoignage ; dommage que lui aussi arrive trop tard.

— Bon sang ! Content de voir que vous ouvrez les yeux. Vos amis sont des pervers. Ils se couvraient mutuellement, chacun profitant des séances de luxure pour assouvir ses penchants licencieux et criminels. Puisque vous êtes prête à coopérer, parlez-moi de Vélasquez, une de vos dernières victimes. Pourquoi l'avez-vous éliminé ? s'enquit le capitaine, ajoutant aussitôt : les preuves sont accablantes.

Elle ne répondit pas tout de suite, son regard fuyant cherchant une échappatoire.

— Lui aussi était mêlé aux saloperies de Beck, lança-t-il à tout hasard.

— Ce n'était qu'un exécutant, manipulé et trahi par son patron.

— Pourquoi alors l'avoir abattu, et avoir blessé le commandant ?

Balain garda le silence un long moment. Cet épisode n'était pas le plus glorieux de sa descente aux enfers. Elle devait se taire… ne plus rien dire et nier si nécessaire. Mais le besoin de soulager sa conscience fut le plus fort :

— C'était un accident ; une grossière erreur de ma part.

— Expliquez-vous, lieutenante ! Je ne pige rien… Les empreintes relevées dans la cave correspondent à votre pointure, et vous n'avez pas d'alibi.

— On peut dire les choses comme ça !

— Je vous écoute, Balain. Pour une fois, dites-moi la vérité.

— Je me suis trompée de cible. Mon tir visait Philippe Beck. J'avais trouvé des preuves indiquant qu'il me mentait au sujet de ma sœur. Probablement renseigné par Strauss, le piège que je lui tendais s'est retourné contre moi. J'ai compris ce jour-là que moi aussi j'avais été bernée par un des responsables de la mort de ma sœur. Je m'en voulais d'autant plus que je savais qu'il voulait se débarrasser de Vélasquez, devenu trop gênant.

Castillac, qui suivait l'interrogatoire derrière la glace, se disait que c'était peut-être le bon moment pour intervenir de nouveau. En le voyant entrer, Balain tourna la tête dans sa direction en affichant un sourire de satisfaction.

— L'entrée en lice du commandant devrait relancer la discussion qui avait tendance à s'endormir, prononça à mi-voix la lieutenante sur un ton ironique qui visait le capitaine.

— Je vais m'empresser de répondre à votre attente, mademoiselle, répondit Castillac en s'asseyant à côté de Bidard. Nous allons pour commencer revenir aux questions restées sans réponse. À quand remonte votre dernière rencontre avec le fils Beck ?

Un court instant, Balain sembla désarçonnée. Elle s'attendait visiblement à une autre entrée en matière.

— J'ai dû le voir en coup de vent, il y a quarante-huit heures...

— Pourquoi, à votre avis, se serait-il suicidé en se pendant à une branche du cèdre bleu ? Puis il ajouta, donnant à sa voix des intonations plus fortes : une enquête est en cours pour déterminer les circonstances exactes de sa mort.

— Je n'en ai aucune idée, et si vous voulez connaître le fond de ma pensée, je m'en fiche totalement.

Il s'attendait à plus d'empathie envers une personne décédée qu'elle encensait il y avait à peine une minute. En définitive, la mort du fils Beck ne lui faisait ni chaud ni froid. Pour la forme, il insista quand même.

— Comment l'aviez-vous trouvé ?

— Je vous l'ai dit, nous avons à peine parlé. Il paraissait en bonne forme.

— Avez-vous reçu cette lettre, dit-il en mettant sous les yeux de la jeune femme le brouillon remis par le majordome. Sinon vous feriez bien de la lire.

— Balain posa les yeux sur la feuille quadrillée. Tout de suite, elle reconnut l'écriture enfantine de sa sœur. Au fur et à mesure qu'elle lisait, les traits de son visage se décomposèrent, ouvrant les vannes à de grosses larmes, sinueuses le long de ses joues blanches.

— Comment vous êtes-vous procuré ce document, bafouilla-t-elle entre deux sanglots.

— Par un témoin qui a bien connu votre sœur. Cette pièce sera versée au dossier.

— Je n'ai jamais reçu cette lettre, interceptée par le fils Beck si j'ai bien compris. Que je suis bête d'avoir fait confiance à cette ordure se lamenta la jeune femme en pleurnichant entre chaque phrases.

— Puisque nous sommes au chapitre des disparus, parlez-moi de David Strauss.

— La dernière fois que j'ai vu David… je dirais un… non, deux jours. C'était le lendemain de l'attaque du commissariat.

— À quel endroit cela s'est-il passé ?

— Je ne m'en souviens pas bien ! Peut-être sur le parking du supermarché de Berville, dit-elle en se grattant la tempe.

— Et vous n'avez aucune idée de l'endroit où il peut se cacher ?

— Non… répondit-elle d'une manière si rapide et irréfléchie que le commandant ne crut pas un seul mot de ce qu'elle racontait.

— N'aurait-il pas trouvé refuge dans une petite bâtisse du bord de mer ?

— Je n'en sais rien ! Pourquoi pas ? Il aimait se baigner tôt le matin. Le ton, celui de la plaisanterie, ne laissait aucun doute sur l'hypocrisie de son témoignage.

— Vous avez l'air de bien connaître ses habitudes releva Castillac ; mais revenons maintenant à votre rôle dans la tragique agression du commissariat.

— Je n'ai jamais voulu la mort de Gabriella Lindorff. Je souhaitais seulement lui faire peur et briser son arrogance. Je me souviens avoir quitté le poste de police vers 19 h, et après plus rien… Le trou noir !

— C'était avant ou après que vous vous êtes envoyée en l'air avec Strauss ?

Balain avait rougi jusqu'aux oreilles et rentré sa tête dans les épaules.

— Vous êtes un beau salaud, cracha-t-elle en bredouillant . Je n'aurais jamais pu imaginer que vous seriez capable d'utiliser des méthodes aussi odieuses pour soutirer des renseignements. La voix, sans tonicité, affirmait sans convaincre.

— Votre avocate aura connaissance du rapport de la Scientifique qui a isolé les traces d'un rapport sexuel sur un vêtement de la victime. Un des ADN relevés correspondait au vôtre.

Elle avait blêmi, et sa bouche faisait la grimace. Castillac, sans être spécialement fier de ce qu'il venait de balancer, trouvait malgré tout que baiser dans ces circonstances cachait quelque chose de plus obscur, de profondément dépravé.

Dans l'indifférence, le commandant avait informé la gardée à vue qu'il était l'heure de mettre fin à l'audition, qui reprendrait demain dans la matinée. Il risqua une dernière question dans l'espoir que Balain, fragilisée par ce qu'elle venait d'apprendre, y répondrait favorablement.

— Strauss vous a fait trop de mal pour continuer à le couvrir. Vous avez intérêt à dire où il se planque si vous ne voulez pas vous retrouver toute seule dans le box des accusés.

Balain eut une hésitation, mais elle reprit très vite le contrôle ; et sa réponse arriva, explicite :

— Je ne suis au courant de rien. Je n'ai aucun souvenir de ce que j'ai pu faire au cours de la nuit du 11 au 12 août. Je sais seulement que tout était fini et que vous n'entendrez plus jamais parler du tueur des demoiselles.

Elle secoua plusieurs fois la tête avec véhémence, pour exprimer de l'affliction ou une délivrance. La forme brutale et définitive de sa phrase pouvait laisser croire que le monstre était mort. Dans ce sens, le rapport de la Scientifique était formel. Il confirmait que le sang retrouvé sur le sweat de Balain correspondait bien à celui de Strauss. Si cette hypothèse se confirmait, il restait à trouver l'endroit où le cadavre était enterré.

— Pourquoi cette certitude... ? Expliquez-vous.

Le bref silence qui suivit pouvait laisser penser qu'elle allait s'exprimer, ou au moins lever les doutes sur le sort de Strauss, mais il n'eut droit pour toute réponse qu'à un visage fermé et des lèvres closes. Elle regardait dans sa direction, mais en ignorant sa présence.

Mercredi 15 août

Comme souvent le 15 août, le temps avait viré à l'orage. Menaçant depuis une heure, il tardait à éclater, se contentant de donner de la voix par intermittence.

Castillac, après un passage obligé par la brasserie pour avaler son petit déjeuner, gagna le commissariat, frais et dispos. Il n'avait pas mis les pieds sous le bureau que Bidard débarquait, visiblement pressé de l'informer d'un élément en relation avec l'enquête.

— Patron, enchaîna-t-il d'une voix de stentor, j'ai rencontré Marchelli, le second propriétaire dépositaire d'une clé qui ouvre la porte des caves entre le 25 rue Boileau et le 36 Rue-la-Fontaine. Il m'a autorisé à faire des relevés d'empreintes. (Le rapport se trouvait ce matin sur son bureau. Castillac connaissait déjà le résultat en lisant la déception sur son visage.) Outre les empreintes de Marchelli, il y avait celles de la femme de ménage, un point c'est tout. Il m'a par ailleurs confirmé qu'il connaissait Strauss et qu'il lui louait parfois son appartement. Tout ça est malheureusement insuffisant pour constituer des preuves incriminant le couple Balain-Strauss dans le meurtre et la tentative d'homicide sur votre personne et celle de Vélasquez.

— Ne soyez pas déçu, capitaine. C'est bien d'avoir essayé et d'être allé sérieusement au bout de votre idée. Je sais que l'avocate sera présente à la dernière audition avant que Balain soit inculpée par le juge. Voilà pourquoi il faut s'attendre à ce qu'elle nous glisse des peaux de banane sous les pieds.

Castillac et Bidard s'apprêtaient à rejoindre la salle d'audition quand Ardouin les informa que l'avocate désirait les rencontrer avant de débuter l'interrogatoire.

— Pour commencer, dit Anabelle Mallarmé en s'asseyant, je vous remercie de m'écouter. Un homme m'a appelé au téléphone en fin de journée hier. Je m'apprêtais à quitter le bureau. Il m'a demandé « Est-ce que vous êtes bien l'avocate chargée de défendre Valérie Ménard. » J'ai répondu « Oui ». A ce moment la voix m'a dit « Cette jeune fille n'est pas responsable de la mort de la benjamine Lindorff. Elle a agi sous l'effet d'une drogue. Le seul crime qu'on peut lui imputer, c'est d'avoir abattu le psychopathe qui l'a violé. Il y avait de la friture sur la ligne et la voix maquillée, difficile à comprendre. « Qui êtes-vous ? » ai-je demandé en obtenant pour toute réponse quelque chose qui ressemblait à l'énoncé d'une adresse sans que je puisse la mémoriser. J'ai voulu lui faire répéter, mais il a raccroché.

— Ce que vous nous apprenez, Madame, corrobore certaines déclaration de votre cliente et expliquerait la tâche de sang sur son sweat. Vous a-t-elle fait d'autres confidences que le viol rapporté par le mystérieux correspondant ; par exemple le lieu où se cache Strauss.

Castillac joua de sa voix la plus persuasive et de son sourire charmeur pour convaincre la belle avocate de se montrer magnanime en l'aidant à mettre un terme à cette tragique histoire.

— Je ne peux malheureusement pas vous en dire plus. L'épreuve que vient de traverser cette malheureuse jeune femme étant suffisamment douloureuse pour ne pas remuer le couteau dans la plaie.

Castillac hocha la tête d'un air perplexe.

— Je ne dis pas qu'elle raconte des bobards, mais il y a de quoi perdre patience. Vous réagissez en fonction de réactions « subjectives ». J'ai toujours respecté la présomption d'innocence malgré les lourdes charges qui pèsent sur les épaules de l'inspectrice.

— Peut-être, mais vous n'avez pas cessé de l'enquiquiner en mettant systématiquement en doute ses réponses. Le pire étant l'allusion maladroite au rapport sexuel qu'elle aurait eu avec le psychopathe.

— Je suis flic ! Mon métier consiste à coincer les criminels. Balain, malgré son statut, n'échappe pas à la règle, répliqua sèchement le commandant en regardant l'avocate droit dans les yeux.

— Je ne mets pas en question votre professionnalisme commandant. Je veux seulement vous faire toucher du doigt la profonde détresse dans laquelle se débat Valérie Balain, chantonna-t-elle d'une voix douce qui atténuait les critiques émises plus tôt.

Cette mise au point faite, ils s'apprêtaient tous les trois à rejoindre la pièce où patientait la jeune femme quand le téléphone égrena sa note monophonique disgracieuse.

— Ardouin... Je vous passe le capitaine Bussy... C'est urgent !

— Commandant, est-ce que je peux vous voir ? J'ai quelque chose d'important à vous dire.

— J'allais reprendre l'interrogatoire de Balain, répondit Castillac. De quoi s'agit-il ?

— Je préfère ne pas en parler au téléphone. J'ai besoin de conseils pour prendre une décision.

Le capitaine n'était pas un homme à le déranger pour des vétilles, aussi lui proposa-t-il de se retrouver à 19 h à la Brasserie de la mairie.

De retour dans la salle d'audition, plongée dans une demi-obscurité, Castillac et le capitaine s'assirent face à maître Mallarmé et à Balain, éclairées par la lampe posée sur la table.

La jeune lieutenante, apathique, effondrée sur son siège, paraissait sans ressort. Ses yeux bleus si beaux quand ils vivent, semblaient éteints. Elle jeta un rapide coup d'œil autour d'elle, comme pour prendre la mesure des visages qui l'épient.

— Vos regards inquisiteurs parlent d'eux-mêmes. Vous me croyez vraiment capable de tout pour venger ma sœur ... n'est-ce pas !

— Ce n'est pas à nous de juger, répondit sobrement Castillac. La seule chose que vous devez garder en mémoire, c'est que vous allez finir en prison, et pour longtemps si vous persistez à vous taire, ajouta-t-il d'une voix résolue.

— Au risque de me répéter... Je ne me souviens plus de rien.

Le cri du cœur fut bref et l'impact espéré sans suite. En revanche, l'anxiété apparue sur son visage profondément marqué par l'épreuve qu'elle traversait. L'avocate silencieuse jusqu'à présent s'adressa à Balain dans ces termes ;

— Mademoiselle, ne soyez pas stupide. Vous sombrez lentement dans la dépression. Laissez-nous vous aider ! Je crois qu'il est temps de dire à ces messieurs la vérité sur l'épreuve douloureuse et traumatisante que Strauss vous a fait subir.

— Je suis dans un trou, sans cesse submergée par le même flot de problèmes insolubles. J'ai beau me torturer l'esprit, je suis dans l'incapacité totale de vous dire ce que j'ai fait au cours de cette nuit cauche-mardesque.

Balain serra les dents, plissa le front. Ce n'est qu'après un long silence qu'elle reprit ;

— Que va-t-il m'arriver maintenant ?

— Ça dépend du genre de réponse que vous allez donner. Soyez franche et concise. Vous éviterez peut-être d'écoper d'une lourde peine de...

— Oh ! Je... La jeune femme interrompit le commandant, regarda affo-lée l'avocate en s'écriant ; je dis la vérité. Je ne mens pas en persistant à dire que je n'ai aucun souvenir de cette nuit où pour moi tout a basculé.

— Cherchez bien, insista Castillac. Votre liberté dépend peut-être d'un bruit, d'une odeur, d'un ressenti.

— Je suis désolée commandant, rien de tout ça me vient à l'esprit. Je ressens seulement la nausée et la sensation durable d'avoir été souillée.

— Ma cliente est une victime commandant pas la complice immature d'un psychopathe doué pour les embrouilles qui suit méthodiquement un plan préparé de longue date.

La tension était monté d'un cran et la jeune femme proche de la rup-ture.

— Arrêtez, hurla Balain... Taisez-vous ... Foutez-moi la paix !

Une peur panique s'empara de la jeune femme, déformant les traits de son visage. Un instant, elle lutta pour ne pas revivre en pensées les moments les plus sombres de ces dernières 24 h.

Mais rien ni fit, l'horrible vision s'imposa dans toute son horreur. Strauss se tenait debout devant la fosse, fantôme hideux et glacial au regard fixe et paralysant.

— Tu cherches ta jolie petite sœur... grommela-t-il. Tu viens de là trouver. Elle repose au fond du trou, s'exclama-t-il d'un ton étrange, suivit d'un sifflement.

Elle ne voyait que son sourire narquois et ses yeux de dément. Dans un état second, sans réfléchir aux conséquences, elle avait dégainée son arme et appuyée sur la gâchette à plusieurs reprises, vidant son chargeur dans la poitrine et la tête du monstre. Ensuite tout s'était embrouillé dans sa tête. Les yeux à moitié fermés, agissant comme un robot elle avait fait basculer le corps ensanglanté dans la fosse, pris la fuite en empruntant la sortie vers la plage et demander l'aide du capitaine Bussy, le seul à pouvoir la tirer de ce mauvais pas sans poser trop de questions.

Un silence pesant régnait dans la pièce depuis de longues secondes. Castillac avait insisté pour terminer seul l'interrogatoire de Balain. Elle lui faisait face, recroquevillée sur elle-même, les coudes posés sur la table et la tête entre les mains. Elle écarta un court instant les doigts sur un petit sourire narquois, vite effacé de ses lèvres pour laisser place à une expression de démence qui envahissait la totalité du visage, avant de plonger tête baissée dans ses cheveux ébouriffés.

Elle avait à présent une allure et surtout un comportement différent de ceux qu'elle avait montrés jusqu'à maintenant. Ce changement se remarquait avant tout à son attitude désordonnée qui se manifestait dans les gestes brusques de ses bras qui battaient l'air sans raisons apparente. Il s'aperçut également qu'elle n'avait plus conscience de ce qu'elle disait. Les mots ne s'accordaient plus au sujet et les phrases perdaient toute cohérence. A ce stade d'égarement, Castillac se posait la question de savoir si Balain ne simulait pas une crise de folie. En tout cas, force était de reconnaître qu'elle donnait parfaitement le change. Simulation ou pas, la jeune femme était en pleine confusion mentale. Incapable de structurer une phrase, elle partait dans un délire inquiétant. Le mieux était de remettre cette fin d'audition et de laisser au procureur la décision de la faire examiner par un psychiatre.

Le capitaine Bussy était déjà installé quand Castillac se pointa au rendez-vous ; Brasserie de la mairie. Le gendarme fit un signe de la main pour signaler sa présence.

— Salut commandant, la voix claire et accueillante mettait en confiance. La gosse est dans le pétrin. J'ai rarement eu une aussi bonne élève et je ne peux pas croire qu'elle est sombrée dans la grande délinquance, attaqua directement le capitaine. Je veux vous faire partager mon sentiment sur les évènements survenus dernièrement.

236

— Je vous écoute ? Répondit Castillac, curieux de savoir où Bussy voulait en venir.

— Je commence à entrevoir ce qui s'est passé de grave au commissariat. Balain vous a dit ne rien savoir et elle n'a pas entièrement tort. Strauss l'a drogué avec du GHB, utilisée et manœuvrée pour faire croire à sa culpabilité. Le matin du 12, Balain m'a appelé. Elle était désespérée, complétement paumée. Je l'ai retrouvé sur la plage et je lui ai conseillé de se rendre au commissariat. Ce qu'elle a fait sans poser de questions. Pensez-vous que j'ai eu tort d'agir de la sorte ?

— Non ! Vous avez fait au mieux ; éluda le commandant, désirant avant tout comprendre l'acharnement du gendarme à vouloir innocenter Balain. Le comportement curieux du capitaine l'intriguait au point de se demander s'il n'existait pas entre eux un lien plus fort que la reconnaissance professionnelle vis-à-vis d'une élève douée.

Bussy parut content d'être entendu. Aussi sauta-t-il du coq à l'âne en demandant à Castillac si sa blessure n'était pas trop douloureuse.

Le commandant répondit qu'il souffrait moins et qu'il n'avait qu'une hâte, retrouver la mobilité complète de son bras. Satisfait, de trouver en Bussy un interlocuteur qui cherchait à comprendre ce qui avait été dit et était survenu dans la nuit du 12 au 13 août, il était malgré tout perplexe quant aux véritables motivations du capitaine.

— Pour revenir à Balain reprit Castillac, je regrette qu'elle raconte juste le minimum en refusant d'expliquer le principal et en inventant une histoire à dormir debout pour se couvrir. Comment pourrais-je la croire ? Il n'y a pas un seul argument qui tienne la route dans son témoignage. Elle n'a rien vu, ni rien entendu. C'est le trou noir selon ses propres termes. Elle ne charge même pas Strauss, ce qui pourrait laisser croire qu'elle nourrit des sentiments plus qu'amicaux envers cet être abject.

Insensiblement la voix du commandant pris de l'ampleur, poussée par l'irrésistible besoin de ne trouver aucune excuse au silence coupable de la jeune femme.

— Je ne crois pas, répondit Bussy, ébranlé par le réquisitoire sans concession du commandant ; qu'elle est tout inventé et que des gens comme Strauss, véritable monstre de cruauté puisse l'avoir à ce point transformée en docile exécutante. Admettons qu'elle est vraiment été droguée au GHB. Cela expliquerait son amnésie et aussi son mal être de ressentir dans son âme et son corps l'impression obsédante de la corruption et du viol.

— Je vous accorde le doute capitaine, mais pour l'instant nous sommes dans l'incapacité de juger de son état mental. Seul un spécialiste pourra nous éclairer et porter un diagnostic. Pour revenir à des choses plus terre à terre, dites-moi capitaine, une chose m'échappe. Vous m'avez bien dit avoir rejoint l'inspectrice Balain sur une plage. Dans ce cas vous avez certainement une idée plus précise de l'endroit où se planque Strauss.

— J'allais justement vous en parler. Les choses progressent dans le bon sens. Une zone réduite de recherches étant maintenant délimitée, ce n'est plus qu'une question d'heures pour localiser la maison aux volets bleus.


Il était près de 20 h quand Castillac regagna son bureau. Le capitaine Bidard l'attendait debout devant la fenêtre.

— J'ai loupé la fin de l'interrogatoire, dit l'officier de police. Balain est-elle passée aux aveux ? Demanda-t-il en faisant volte-face.

— Pourquoi le ferait-elle ? Elle ne se souvient de rien et son avocate plaide l'amnésie.

— Croyez-vous vraiment qu'elle puisse être mêlée à tous ces crimes.

— Oui. Je le crains. La juge doit décider de son incarcération ou d'un placement en HP.

— Quel gâchis ! Que dit-elle pour se justifier ?

— Justement rien ! Elle n'a plus aucun souvenir de ce qui a bien pu lui arriver durant la nuit tragique.

— C'est-pas croyable ? Le capitaine se rapprocha et se laissant tomber sur la première chaise à portée de main, il ajouta sans enthousiasme ; je regrette sincèrement ce qui lui arrive, même si je n'ai pas d'atomes crochus avec elle. Expliquez-moi quand même commandant, comment elle a pu en arriver là ?

Castillac, mal disposé pour se lancer tout de suite dans une nouvelle discussion, porta machinalement les yeux sur la corbeille recevant le courrier. Il reconnut immédiatement l'écriture « pattes-de-mouche » de son copain Pierre Hébert. Il proposa une pause, le temps de prendre connaissance du rapport d'autopsie concernant la mort de Philippe Beck, survenue le 14 août entre 9 h 30 et 10 h. Le corps ne présentait aucune ecchymose, mis à part la trace profonde de la corde autour du cou, sur laquelle la Scientifique avait trouvé de l'ADN ne correspondant pas à celui de la victime. Autant il croyait Balain capable de tuer Strauss, autant il écartait d'office l'hypothèse qu'elle ait pu maquiller l'homicide en suicide. Pour l'aider à prendre une décision, la conclusion du rapport de la Scientifique était bien normande. Si rien ne venait franchement contredire la thèse du suicide, il restait que la victime était dans un état à demi-inconscient quand le nœud de la corde avait serré son cou. Les caméras de surveillance n'étaient pas branchées, et si meurtre il y avait le maître d'hôtel, avec son air effacé et sa mine patibulaire, faisait le coupable idéal. Il aurait pu récupérer la photo sur le frigo de la cuisine, dixit Mme Rose, et la glisser dans la poche de la victime. De plus, il avait par le passé accusé le fils Beck d'être compromis dans la disparition d'une jeune soubrette qui travaillait au château ; Sylvie Ménard, la sœur de Balain.

Jeudi 16 août.

L'aube pointait le nez dans le ciel sur le point de s'éclaircir quand Castillac actionna l'ouverture automatique du store de la chambre. Pour la première fois depuis plusieurs jours les noctambules éméchés n'avaient pas perturbés la nuit. Il avait raccourci son emploi du temps de la journée, de façon à pouvoir se libérer pour passer le week-end à Monbourg auprès de ceux qu'il aime. Les croissants encore chauds et le triple expresso avalés, il avait rejoint le commissariat d'un pas alerte, heureux et en même temps frustré de voir se profiler la fin de l'enquête laissant le cœur meurtri et l'esprit insatisfait.

Une fois assis derrière le bureau, il remarqua soulagé que la corbeille des affaires courantes était vide. En classant le rapport relatif à l'interrogatoire de l'inspectrice Balain, il ne put s'empêcher en lisant entre les lignes de trouver des incohérences soulevant de nouvelles questions. Entre autres, pourquoi la jeune femme n'a-t-elle jamais parler de son appel de détresse au capitaine Bussy. Le son carillonnant du poste fixe le surprit en pleine cogitation.

— Téléphone commandant. C'est le capitaine Bussy, et il dit que c'est important.

— « Quand on parle du loup, il sort du bois », disait son grand-père, un vieillard rusé et intelligent. Allo... Castillac... je vous écoute capitaine.

— Mon équipe vient de découvrir la planque de Strauss. La maison est vide, mais il s'agit bien de l'habitation aux volets bleus. J'ai prévenu la Scientifique avec mission de passer l'endroit au peigne fin. Je suis bloqué à la gendarmerie encore pour une bonne heure. Il y eu un silence, et Bussy ajouta ; Est-ce que vous pouvez vous rendre sur place immédiatement.

— Bien sûr... Envoyez-moi les coordonnées GPS et je pars aussitôt.

— D'accord. Je fais ça à l'instant.

Le centre de Berville traversé, Castillac emprunta la route descendant en douceur vers la mer, aperçue à deux cents mètres. Le portail était grand ouvert et la camionnette blanche de la Scientifique garée dans la cour. Sonia Masson, la responsable du groupe d'experts, saluée de loin d'un geste de la main, lui cria qu'un corps venait d'être découvert dans la grange. Trois chevalets balisaient la zone de découverte. Deux hommes masqués, revêtus de la combinaison réglementaire s'activaient autour d'une fosse rectangulaire au fond de laquelle gisait un cadavre criblé de balles. Le gabarit de la victime, type malabar pouvait correspondre à celui de Strauss. Il faudra attendre l'arrivée de son ami Hébert pour être fixé. Une fois les gants jetables enfilés, le commandant inspecta les alentours immédiats de la scène de crime, s'attardant en particulier sur l'établi. Une hache au long manche, emballée dans un sac plastique étiqueté, était posée dessus. Il avait peut être sous les yeux l'arme ayant servi à massacrer l'inspecteur Martin. Il allait sortir pour fumer un cigarillos quand son regard fut attiré par ce qui ressemblait à une boite d'allumettes coincée entre le mur et le pied de la table de menuisier. Il se rappelait le graphisme de l'étui, celui d'une gitane stylisée, utilisé par le capitaine Bussy pour allumer ses cigares. Sans grande surprise, il constata en ouvrant la boite que la majorité des allumettes étaient utilisées. Ce qui voulait dire que Bussy mentait en faisant croire qu'il n'avait jamais mis les pieds dans cet endroit. Il allait devoir s'expliquer sur ce mensonge qui pouvait en cacher d'autres ?

Pierre Hébert fit une apparition remarquée en garant son coupé Mercedes dans la cour. Il était vêtu d'un polo blanc et d'un pantalon bleu pétrole. Un sac de golf d'où dépassaient des fers de clubs était posé sur la banquette arrière. Le temps d'enfiler sa combinaison et de prendre sa précieuse mallette, il était opérationnel. Ils se saluèrent comme deux vieux copains heureux de se voir.

— Ta partie de golf risque de prendre l'eau, pronostiqua Castillac sur le ton moqueur de la mise en boite.

— J'ai retenu un 18 trous pour 11 h. Il me reste de la marge. Quel est le programme, s'enquit-il d'une voix décontractée. Un nouveau méfait du « Tueur des demoiselles », se renseigna le médecin légiste en pénétrant dans le hangar.

— Non. Il se peut que pour une fois l'assassin soit la victime.

Pierre Hébert était descendu dans la fosse depuis une demi-heure quand il sollicita l'aide de deux gendarmes pour l'aider à remonter. C'est bien Strauss, confirma-t-il, le monstre a pris tout un chargeur dans la tête et la poitrine. Celle ou celui qui l'a exécuté lui en voulait à mort et visait bien. Le décès remonte au moins à plus de quatre jours. Autre chose… Hébert reprise son souffle et déclara qu'un deuxième cadavre se trouvait enterrer sous le premier. Il proposa de revenir dans l'après-midi, une fois que les deux corps seront remontés.

Les feux arrière de la Mercedes venaient juste de disparaître que le véhicule bleu de la gendarmerie se garait sur la place libre. La découverte d'un deuxième corps chamboulait les plans du commandant. Il n'envisageait plus pour l'instant d'éclaircir la relation existant entre le capitaine Bussy et Valérie Ménard-Balain. L'urgence étant de mettre un nom sur la dernière et première victime de cette trilogie macabre. Car la logique voudrait qu'il s'agisse de Sylvie Ménard, la sœur disparue de Balain. Dans cette hypothèse la boucle serait bouclée et le voile levé sur les terribles enchaînements de cette enquête hors du commun.

Bussy le salua d'un hochement de tête et se tourna vers Sonia Masson qui venait à sa rencontre. Ils échangèrent quelques mots, puis il rejoignit Castillac.

— Masson vient de me mettre au courant des macabres découvertes. Le capitaine eut un geste de sa main en direction du hangar. Suivez-moi commandant nous serons mieux à l'intérieur pour discuter. Après quelques pas en silence, il reprit ; la mort de Strauss doit vous soulager d'un grand poids commandant. Elle confirme aussi la version de... Castillac l'interrompit ;

— Je crois qu'il faut attendre le rapport de la Scientifique avant de tirer des conclusions hâtives.

— Si vous me laissiez continuer ce que j'ai à vous dire commandant, ça aiderait à expliquer le comportement de l'inspectrice Balain.

— Je n'en doute pas capitaine, mais au risque de me répéter, trop de choses restes obscures sans y ajouter de nouvelles énigmes.

Le capitaine semblait mécontent de sa réponse et il était à deux doigts de lui mettre sous le nez la boite d'allumettes trouvée au pied de l'établi. Bussy ne jouait pas franc-jeu, et tout cela suffisait à Castillac pour ne pas lui faire confiance.

Castillac s'apprêtait à retourner au commissariat quand il reçut un SMS de son ami Hébert qui lui proposait de se retrouver dans trois quart d'heure au « Homard bleu » un chouette petit restaurant ; selon ses termes, situé au bord d'une crique dans le prolongement du port de Berville. L'endroit abrité du vent valait le détours, et comme d'habitude une table était réservée avec vue dégagée sur la mer à l'abri des regards indiscrets. Pierre Hébert n'avait pas fini de poser le pied sur le seuil de la porte que la patronne une femme plantureuse et bavarde l'accaparait pour l'entretenir de choses qui n'avaient rien à voir avec la gastronomie. Son copain avait ce don inné de plaire, surtout aux femmes, qui aimaient son côté attachant et sympathique. Le homard, excellent et bien cuisiné l'avait rassasié. Il finissait d'apprécier un vieux calvados, offert par la patronne, en écoutant son pote raconter des histoires marrantes qu'il oubliait aussitôt.

— Déjà 14 h s'étonna Hébert en consultant sa montre. Je n'ai pas vu le temps passé. Trêve de parlote, il va falloir y aller, sinon le préfet va poireauter.

Par sécurité, il ne restait plus que deux points sur le permis de son ami, Castillac se proposa de l'accompagner jusqu'à son rendez-vous. Trois véhicules stationnaient le long du trottoir. Le break de la gendarmerie, gyrophare en action et deux berlines de couleurs sombres. Les deux amis s'étaient porté à la rencontre de trois hommes et d'une femme en train de discuter devant le hangar.

— Vous êtes en retard « Messieurs », s'esclaffa le préfet sur le ton cassant du prof sermonnant des élèves retardataires.

A deux doigts de répondre, Castillac ravala sa salive, soucieux de ne pas jeter de l'huile sur le feu. Sonia Masson, connaissant l'incorrigible manque de ponctualité d'Hébert, relança judicieusement la conversation en proposant de faire le point sur l'identité des deux corps trouvés ainsi que sur les indices relevés.

— Terminé ? Vous êtes tous bien sûr que je peux annoncer que le monstre qui terrorisait les citoyens de cette ville a bien été abattu. Avant de faire une déclaration, j'ai besoin d'être sûr qu'il s'agit bien du psychopathe activement recherché.

— Vous pouvez « Monsieur » le préfet, répondit Hébert avant tout le monde. J'ai croisé suffisamment d'éléments probants pour affirmer que s'est David Strauss l'ennemi public numéro un. Vous pouvez en toute quiétude annoncer aux médias la mort du « Tueur des demoiselles »

— Et dans quelles circonstances a-t-il été abattu ? s'enquit le magistrat en s'adressant à Castillac.

— Je ne sais pas. Le principal suspect reste muet. Il faudra attendre les conclusions de la Scientifique.

— Et est-ce que vous avez les preuves irréfutables d'une quelconque complicité de... heu... de cette jeune femme inspectrice ? Le capitaine Bussy a des doutes concernant sa culpabilité.

— Oui. Des charges lourdes pèsent contre l'inspectrice Balain qui ne se souvient de rien. Elle doit normalement être présentée ce soir à la juge d'instruction pour une éventuelle inculpation.

L'insistance du préfet, toujours aussi casse pieds, lui tapait sur les nerfs. Il intercepta le regard de Pierre Hébert qui compris aussitôt qu'il devait intervenir pour tirer son ami des griffes de ce fonctionnaire tatillons.

— Monsieur le préfet, franchement, l'important n'est-il pas d'informer la population que le cauchemar prend fin avec l'élimination du « tueur des demoiselles » et qu'importe les circonstances. Vous avez n'importe comment l'habitude de broder une histoire qui plaira au public.

L'intervention du médecin légiste, courte et bien sentie, calma provisoirement le préfet qui s'adressa au procureur ;

— Cher ami, je vous laisse le soin de préparer une annonce presse à l'intention des médias. Ce serait bien qu'elle soit diffusée sur FR3 dans la soirée.

De retour au commissariat, Castillac tenta une dernière fois de décider Balain à dire la vérité.

— Il me faut des réponses claires aux charges pesant contre vous. Dans le cas contraire, vous serez déférée devant la juge d'instruction ce soir. L'essentiel lui conseilla-t-il, c'est de ne pas baisser les bras. Evitez aussi ces gros mensonges qui décrédibilisent votre système de défense.

Le silence imposé par la jeune femme dura une éternité. Elle paraissait ailleurs, déconnectée de toute réalité. Castillac s'apprêtait à relancer, quand Balain s'exclama ;

— Je n'en ai plus rien à foutre. Aujourd'hui, demain ou dans dix ans. La messe est dite. Je n'ai aucun souvenir qui me relie à cette nuit maudite…Je vous l'ai dit. Mais vous persistez à me considérer comme une criminelle complice d'un psychopathe.

La jeune femme le fixa avec des yeux hagards que la peur agrandissait. Castillac en son for intérieur était navré de ne rien pouvoir faire pour éviter qu'elle passe sa première nuit en prison. Son intuition lui disait que quelque chose clochait dans le déroulement presque parfait de cette fin d'enquête. Le comportement ambigu du capitaine Bussy étant déterminant pour provoquer une relecture des rapports et un visionnage attentif de la cassette de surveillance des abords du commissariat dans la nuit du 11 août.

Les techniciens de la Scientifique avaient déposés les deux cadavres découverts dans la maison aux volets bleus à la morgue principale située dans le sous-sol du CHU. Pierre Hébert, le médecin légiste s'était aussitôt mis au boulot pressé de rendre service à son pote le commandant Castillac. Ce qu'il venait de mettre à jour était une véritable bombe. Il devait sur le champ mettre son ami au courant. En revanche, voyant l'heure tardive, il recula l'appel au procureur le lendemain matin. Pour le moment, il avait un véritable bâton de dynamite entre les mains qui pouvait lui péter à la gueule au moindre faux pas. L'avis de son copain ne sera pas de trop pour l'aider à analyser un tel retournement de situation dans une enquête pratiquement classée.

Castillac venait de finir de se brosser les dents, quand il entendit la musique de son portable.

— Bonsoir mon pote ! Je dois te voir immédiatement. J'ai mis la main sur un truc énorme.

Il reconnut le ton gouailleur de son copain Pierre Hébert.

— Tu as vu l'heure mon ami… 23 h. J'étais sur le point d'aller me coucher.

— Je ne veux pas en parler au téléphone et plus tôt tu seras au courant au mieux ça vaudra. Je t'attends à la morgue.

— Sympa comme rendez-vous nocturne, plaisanta Castillac, en ajoutant. Je m'habille et j'arrive.

Une fois dans le couloir peut éclairer et lugubre du sous-sol du Centre Hospitalier qui conduit à la morgue Castillac poussa la porte du petit bureau de Pierre Hébert. Son ami, ses lunettes au bout du nez, lisait. En levant la tête, et sans préambule, il aborda le motif de son appel.

— Je viens de terminer l'autopsie de Strauss et quelque chose me turlupine concernant l'heure exacte de sa mort. Je suis formel... Il serait décédé au moins cinq heures avant la mort de Gabriella Lindorff.

— C'est impossible... ! les traces ADN ne mentent pas, rétorqua le commandant, décontenancé par cette nouvelle incroyable.

— Justement mon ami. J'ai eu Sonia Masson au téléphone, la seule trace ADN reconnue est celle de Balain. L'autre n'est pas répertoriée.

— Ce qui veut dire en clair que le meurtrier de la benjamine Lindorff et le violeur de Balain n'est pas David Strauss. On n'est pas dans la merde, reprit Castillac, après un moment de silence. FR3 vient de diffuser un reportage annonçant que le « Tueur des demoiselles » avait été abattu après une longue traque.

— Ce scénario m'étonne à moitié, argumenta Hébert. Le meurtre de la demoiselle Lindorff n'a rien à voir avec celui de ses deux sœurs. Tout est différent. Aucun sévices, seulement une mise en scène inhabituelle chez le 'Tueur des demoiselles'.

— J'arrive exactement à la même conclusion renchérie Castillac en posant la question de savoir qui se cachait derrière le meurtrier de Gabriella Lindorff, violeur de Balain tout en ayant à l'esprit un nom qu'il se refusait pour l'instant à dévoiler.

— Une dernière chose avant de te laisser partir, indiqua Hébert. La dépouille recouverte de chaux vive, trouvée sous le corps de Strauss est bien celui de Sylvie Ménard, la sœur de l'inspectrice Balain. La mort remonte à plus de trois mois. Elle serait due à une hémorragie provoquée par un accouchement difficile. Aucun cadavre de nouveau-né se trouvait à côté de la mère.

— Encore une énigme non résolue, confia Castillac. Dis-moi, j'aurais un service à te demander.

— Qu'est-ce que tu veux que je fasse ? demanda Hébert.

— Que tu retardes l'envoi de ton rapport d'une journée. Le temps de régler cette affaire une bonne fois pour toute.

— Pas de problème. Ils sont habitués de toute façon à me relancer plusieurs fois.

Vendredi 17 août.

Levé tôt, et une fois douché Castillac avait pris le chemin du commissariat. Une très longue journée se profilait, réclamant concentration et attention soutenue. L'implication du capitaine Bussy dans cette affaire criminelle devenait évidente en s'imposant logiquement. La rencontre avec Balain sur la plage de Berville le lendemain de l'assassinat de Gabriella Lindorff, auquel s'ajoutait la boite d'allumettes trouvée sur le lieu des crimes, constituaient un faisceau de preuves exploitables. Il restait maintenant à trouver le moyen de piéger Bussy pour le forcer à avouer ce qui c'était véritablement passé la nuit du 11 au 12 août au poste de police.

L'occasion se présenta lorsque que Bussy le contacta pour lui demander s'il avait des nouvelles d'Hébert, pas pressé pour communiquer les résultats d'autopsies. Un rendez-vous fut fixé dans la foulée en début d'après-midi. Le capitaine était dans un sacré pétrin. Le regard fixe et les traits soucieux de son visage révélaient sa préoccupation. Les deux mains posées sur le volant, il réfléchissait à l'attitude à adopter pour contrer le commandant qu'il soupçonnait de mener une enquête sur sa relation avec Valérie Ménard-Balain. Il sortit un cigare de son étui qu'il pinça entre ses dents le temps de mettre la main sur la boite d'allumettes, impossible à trouver. C'est dépité et frustré que Bussy entreprit de faire les quelques mètres qui le séparaient du poste de police.

Tout commença le plus simplement du monde par un échange courtois de banalités et un café accepté. Les choses se gâtèrent lorsque que Castillac aborda le sujet des rapports plus qu'amicaux qui liaient le capitaine à l'inspectrice Balain.

— Vous me dites ça comme si vous étiez au courant de quelque chose que j'ignore, s'emporta Bussy.

— Je pensais que c'était plutôt vous qui aviez des choses à me dire... capitaine.

Bussy émis un grognement pour exprimer son mécontentement.

— Arrêtez de tourner autour du pot, commandant, si vous avez des reproches à me faire, je vous écoute.

Castillac sentait le capitaine tendu, mais il maintenait obstinément qu'il avait agit par altruisme en secourant Balain. Il devait le déstabiliser quitte à employer des moyens peu orthodoxe.

— Des reproches non ! mais des questions oui. L'autopsie prélimi-naire du corps de Strauss situe la mort environ 5 h avant le meurtre de Gabriella Lindorff. Après un visionnage plus attentif des images enre-gistrées par la caméra de surveillance du parking on repère un couple qui s'introduit vers 22 h dans les locaux du commissariat. Si la silhouette féminine ressemble à Balain, celle de l'homme ne correspond pas à la stature puissante de Strauss.

Bussy secoua la tête incrédule.

— Vous ne croyez quand même pas commandant que je puisse être l'homme qui a froidement assassiné une jeune femme et violé Balain.

Castillac inspira longuement. Le tiroir de son bureau était ouvert et il n'avait qu'à tendre la main pour se saisir de la boite d'allumettes.

— Vous m'avez bien dit ne jamais avoir mis les pieds dans la maison aux volets bleus avant notre rencontre sur place le 16 août.

— Que voulez-vous que je vous dises ? Si vous le dites, marmonna Bussy dont les yeux devenaient agressifs et soupçonneux.

— Expliquez-moi alors ce que faisait cette boite d'allumettes perdue sur la scène de crimes, demanda le commandant en posant sur le bureau le sachet plastique scellé qui contenait la pièce à conviction.

Bussy avait pâlit. Il se leva d'un bond en disant ;

— Je ne sais pas ce qui m'a pris, commandant... je suis un misérable.

— Du calme capitaine, lui ordonna Castillac. Rasseyez-vous et repre-nez vos esprits.

Ils restèrent silencieux un long moment, comme si chacun reprenait sa respiration avant d'entamer le round final. Puis Bussy se racla la gorge ;

— Je vais tout vous expliquer, dit-il d'une voix un peu lasse. Je suis tombé follement amoureux de Valérie Ménard lors de mon travail d'instructeur à l'Ecole de Police. Une passion dévorante qui m'a fait franchir la ligne rouge. Pour elle j'étais prêt à tout... Même le pire. Bussy tout en causant, ressentait le poids de l'échec sur ses épaules. Il avait vu la jeune femme sombrer dans l'obsession de venger sa sœur à n'importe quel prix en nouant une relation diabolique avec un psychopathe et en participant à des actions criminelles sans vouloir ouvrir les yeux sur son état mental qui ne cessait pas de se dégrader. Le 11 août fut l'apothéose de sa longue quête. Droguée à mort et possédée par le démon elle avait éliminé les deux dernières personnes qui s'opposaient au triomphe de sa vengeance.

— L'amour même passionné n'excuse pas le crime. Vous aviez l'obligation de mettre un terme à cette relation nocive. L'IGPN est sur le pont. Attendez-vous à être interrogé et peut-être inculpé.

Castillac devait se satisfaire de ces aveux en attendant un hypothétique procès. Pendant plusieurs jours les médias firent leurs choux gras de la tragique histoire des demoiselles Lindorff, puis l'affaire se tassa jusqu'à passer sous silence le message de maître Mallarmé, l'avocate de Valérie Ménard-Balain qui déclarait avoir conseillé à sa cliente de plaider « non coupable pour cause d'aliénation mentale »